MW01273896

Erich Maria Remarque

Niente di nuovo sul fronte occidentale

Traduzione di Stefano Jacini

OSCAR MONDADORI

© 1931 Arnoldo Mondadori Editore S.p.A., Milano
Titolo originale dell'opera: *Im Westen nichts Neues*

I edizione Romanzi della Guerra agosto 1931
I edizione Oscar classici moderni ottobre 1989

ISBN 88-04-49296-1

Questo volume è stato stampato
presso Mondadori Printing S.p.A.
Stabilimento NSM - Cles (TN)
Stampato in Italia - Printed in Italy

Ristampe:

23   24   25   26   27   28   29

2006   2007   2008   2009

www.librimondadori.it

Erich Maria Remarque

La vita

A Osnabrück, nella Sassonia inferiore, nasce il 22 giugno 1898 Erich Paul Remark da una famiglia cattolica di origine francese emigrata in Germania al tempo della Rivoluzione. Memore di queste origini, lo scrittore firmerà le proprie opere ripristinando la grafia francese del cognome e sostituendo il secondo nome di battesimo con Maria, in omaggio al ricordo della madre.

Il lavoro di legatore del padre garantisce alla famiglia condizioni di vita decorose ma non agiate e quindi Remarque, dopo aver frequentato la scuola dell'obbligo, entra nel 1915 nel seminario cattolico di Osnabrück, che consentiva ai ragazzi meritevoli di proseguire gratuitamente gli studi. Remarque adolescente si dedica con fervore alla lettura e con profitto agli studi che tuttavia, come i suoi compagni, è costretto a interrompere bruscamente perché chiamato nel novembre del 1916 al servizio militare per essere poi destinato, l'anno successivo, al fronte della Francia nordoccidentale presso Verdun, teatro della "battaglia delle Fiandre", uno fra i più aspri combattimenti della Prima guerra mondiale. Sarà proprio la brutalità di questa guerra a segnare profondamente la sua esistenza e a costituire al tempo stesso l'origine della sua vocazione letteraria secondo una dichiarazione rilasciata nel corso di un'intervista: «Soffrivo di continue depressioni. Nel tentativo di superarle cercavo di scoprirne la causa e quest'analisi mi ricondusse all'esperienza della guerra. Le ombre della guerra gravavano su tutti noi sebbene non ne fossimo consapevoli. Quando me ne resi conto iniziai a scrivere di getto».

L'opera che documenta la causa della propria dolorosa condizione sarà anche il suo capolavoro, *Niente di nuovo sul fronte occidentale*, un romanzo-diario di guerra destinato a raggiungere rapidamente un successo di enormi proporzioni. Sebbene scritto di getto, il libro giunse a maturazione nel 1927, quasi dieci anni dopo la fine del conflitto.

Remarque, come altri della sua generazione, vive questi anni nelle precarie condizioni del reduce che stenta a inserirsi nella società e guarda con perplessità al futuro. Dopo avere ripreso e ultimato gli studi nel 1919 si dedica per breve tempo all'insegnamento, che tuttavia abbandona presto, sentendosi in disaccordo con i principi che regolano il sistema scolastico. Le sue successive, saltuarie occupazioni come rappresentante di tessuti o commerciante in una ditta di monumenti sepolcrali gli lasciano lo spazio per dedicarsi al suo primo romanzo *Die Traumbude* (La bottega dei sogni) del 1920. Oltre a quest'opera, definita poi dall'autore come prova di esordiente senza alcuna rilevanza, Remarque scrive nello stesso periodo una serie di articoli musicali e recensioni teatrali e redige testi pubblicitari per una ditta di materiali sintetici con sede ad Hannover. Proprio questa ditta gli offrirà nel 1922 l'opportunità di trasferirsi ad Hannover offrendogli una collaborazione stabile. L'esperienza acquisita in campo redazionale gli consentirà nel 1924 di ottenere un posto come redattore della rivista «Sport im Bild» a Berlino. Nel caso di Remarque, come in quello di Hemingway, scrittore che egli apprezzò al punto da considerarlo un modello, sarà proprio l'attività giornalistica a porre le premesse per l'elaborazione di quello stile scarno ed essenziale che caratterizza la loro narrativa. A Berlino sposa nel 1925 l'attrice Jutta Ilse Zambona; sarà una unione di breve durata che si scioglierà nel 1930. Sempre in questa città inizia nel 1927 a scrivere il suo romanzo-confessione *Niente di nuovo sul fronte occidentale*; sebbene ultimato nell'arco di sole sei settimane, il romanzo dovrà attendere due anni per poter apparire prima a puntate sul quotidiano «Vossische Zeitung» e successivamente in volume. Così, la data di pubblicazione, il 1929, viene a coincidere con la grande crisi economica di Wall Street, che radicalizzò tensioni latenti anche in Germania. In questo clima di fermenti, il romanzo, dal dichiarato carattere antimilitarista, balza al centro del dibattito politico e Remarque viene accusato di disfattismo e antipatriottismo da conservatori e nazionalsocialisti. Proprio questi ultimi alimentano una campagna diffamatoria nei suoi confronti accusandolo di essere ebreo e di non avere mai combattuto al fronte. Le controversie intorno alla sua opera e alla sua persona si riaccendono nel 1930 quando il film che Lewis Milestone aveva tratto dal romanzo viene proiettato a Berlino. In questa occasione i nazionalsocialisti provocano disordini e la censura interviene vietando ogni ulteriore rappresentazione in Germania. Ancora più drastico sarà l'intervento repressivo nel 1933, quando i libri di Remarque, come quelli di altri autori "degenerati" sono pubblicamente bruciati sul rogo; l'epilogo delle persecuzioni ai danni dello scrittore si verifica nel 1938 quando gli viene tolta la cittadinanza tedesca. Intanto, allarmato dalle vicende in patria, Remarque riesce ad abbandonare la Germania poco prima che Hitler prenda il potere; si rifugia in Svizzera, a Porto Ronco nei pressi di Ascona. Non gli sarà facile accettare la condizione di esule e impiegherà molti anni prima di scrivere un nuovo romanzo. Mentre *La via del ritorno* era uscito nel 1931, quindi a breve distanza dal suo primo capolavoro, *Tre camerati* sarà pronto solo nel 1938.

Nel periodo dal 1933 al 1939 Remarque soggiorna frequentemente a Parigi, città che ospita molti esuli e ispira la vicenda narrata in *Arco di Trionfo*, opera del 1945. Fu ancora Lewis Milestone a curare la trascrizione cinematografica di questo romanzo, che ottiene un successo quasi uguale a quello del primo bestseller. Attirato dall'interesse che la cinematografia americana riserva ai suoi libri, Remarque si reca in America nel 1939 e vi resta così a lungo, quasi dieci anni, da ottenere nel 1947 la cittadinanza statunitense.

A New York e a Los Angeles Remarque, pur senza abbandonare quel suo caratteristico atteggiamento schivo e riservato, entra spesso in contatto con altri esuli famosi come gli scrittori Lion Feuchtwanger e Carl Zuckmeyer e personaggi del cinema come Marlene Dietrich, Joseph von Sternberg e Ernst Lubitsch. Proprio l'ambiente del cinema gli offrirà diverse occasioni di collaborazione. Nel 1956 scrive la sceneggiatura *Ten Days to Die* per un film sugli ultimi giorni di Hitler realizzato da Pabst a Vienna, poi collabora nuovamente sia come sceneggiatore che come attore nel film che Douglas Sirk realizza ispirandosi al suo romanzo *Tempo di vivere, tempo di morire* (1957). Qui, sul set di lavorazione, conosce Paulette Goddard che diventerà nel 1958 sua seconda moglie.

Sul finire degli anni Sessanta Remarque ritorna a soggiornare prevalentemente in Svizzera, dove nel 1968 inizia a scrivere il suo ultimo romanzo, *Ombre in paradiso,* che rievoca la sua esperienza americana. Quest'opera apparirà postuma, dopo la morte dello scrittore avvenuta in una clinica di Locarno il 25 settembre 1970.

Le opere

La narrativa di Remarque acquista il proprio spessore quando si lega alla esperienza autobiografica e presenta, nelle sue diverse variazioni, il tema della guerra come incancellabile vissuto che per sempre sottrae all'individuo ogni possibile felicità.

Questi motivi, trascurando l'insignificante prova d'esordio *Die Traumbude* (La bottega dei sogni, 1920), già si delineano evidenti in *Niente di nuovo sul fronte occidentale* (1929). Questo romanzo-diario, che ricostruisce la cronistoria delle battaglie sul fronte francese, sottolinea, fin dalla premessa scritta nel tono di un aforisma, come anche i sopravvissuti alla guerra ne siano usciti distrutti, irrimediabilmente incrinati nell'animo. Questa frantumazione della psiche viene poi descritta nel romanzo successivo *La via del ritorno* (1931), strutturato come continuazione del suo precedente capolavoro. Quest'opera documenta ancora lo scorrimento parallelo tra esperienza di vita e testimonianza letteraria, e ritrae la figura del reduce che, perennemente travolto dal proprio passato, non riesce ad acquisire certezze per il presente e non intravede alcun futuro.

Il vissuto di Remarque traspare anche in *Arco di Trionfo* (1946), dove Parigi è ritratta con quell'immediatezza dovuta al lungo periodo che l'autore vi trascorse insieme a molti altri esuli durante la guerra. Il romanzo presenta inoltre uno dei temi costanti di Remarque, la difficoltà di liberarsi da un passato sempre incombente. Infatti, gli sforzi di inserimento nella complessa realtà del dopoguerra compiuti da Ravič sono vanificati dall'incontro con l'ex funzionario della Gestapo Haake, nel quale il protagonista ravvisa l'uomo che lo aveva torturato al tempo della sua prigionia a Berlino. Ravič, per difendersi dal pericolo di essere sopraffatto dal proprio passato, si sentirà costretto a uccidere il suo persecutore.

Svincolato da ogni esperienza personale e composto solo in base a un attento lavoro di documentazione, il romanzo *L'ultima scintilla* (1952), descrizione di prigionieri detenuti in un campo di concentramento, dimostra come la narrativa di Remarque, privata del supporto di una esperienza diretta, perda incisività vanificandosi nella retorica. Così, anche la storia narrata in *Tempo di vivere, tempo di morire* (1954), dove un soldato che combatte sul fronte russo vive una breve e intensa storia d'amore, diviene quasi una vicenda sfumata e collocata fuori dal tempo, come suggerito dal titolo dell'opera che allude alle bibliche parole dell'*Ecclesiaste*.

Maggiore pregnanza si ritrova nel lavoro teatrale *Die letzte Station* (Ultima stazione, 1956), perché sebbene l'autore vi raffiguri vicende alle quali non ha preso parte, le vicissitudini della Germania nel 1954, ambientandole a Berlino, dove ha trascorso un lungo periodo lavorando come giornalista, riesce a infondere nel dramma toni di immediatezza. Remarque non si è poi limitato a ribadire la sua risoluta condanna della guerra, ma ha voluto anche lanciare un messaggio di solidarietà come già dichiara il titolo *Ama il prossimo tuo*, un romanzo pubblicato prima in America col titolo *Flotsam* (1941) e successivamente in Germania (1953). Descrivendo le traversie dei profughi tedeschi, l'autore intendeva richiamare l'attenzione su questo problema e facilitare l'espatrio degli esuli in America.

Anche il tema della malattia affiora, come variante della sconfitta, nelle opere di Remarque. Nei *Tre camerati*, pubblicato prima ad Amsterdam (1937) e successivamente in Germania (1952), l'intero finale è ambientato in sanatorio. Mentre i tre amici compiono ogni sforzo per affrontare la difficile realtà del dopoguerra, la malattia di Pat, ragazza amata da uno dei protagonisti, fa emergere ineluttabilmente quel passato che tutti vogliono superare. Infatti, la sua grave forma di tubercolosi è stata contratta durante la guerra a causa di una prolungata denutrizione. Questa malattia dimostra allora come la guerra, sebbene appartenente al passato, continui a esercitare effetti letali. Un'opera più tarda del 1961, *Il cielo non ha preferenze*, ritrae l'atmosfera rarefatta di un sanatorio svizzero. Qui, le questioni ultime sul significato della malattia e della morte approdano nel vuoto, perché il cielo vi assiste, come indicato dal titolo, con indifferenza e senza elargire alcun conforto. Nella sua ricca produzione narrativa, Remarque ha mostrato di possedere anche un certo gusto per la vicenda paradossale, per l'atmosfera grottesca e per l'intrigo che rasenta il genere poliziesco.

Così, ne *L'obelisco nero* del 1956, rievocando le sue esperienze di commerciante in una ditta di monumenti sepolcrali, ha descritto in toni caricaturali gli effetti dell'inflazione tedesca attraverso il macabro mercato delle pietre funerarie. Ne *La notte di Lisbona* del 1963, la storia di una coppia di profughi perde a tratti ogni tono patetico per assumere quello rocambolesco di un'avventura piena di imprevisti rivolgimenti.

Nel suo ultimo romanzo, *Ombre in paradiso* (1971), l'autore riprende più esplicitamente la narrazione autobiografica ricordando l'esperienza americana vissuta insieme ad altri esuli europei. Nonostante affermazioni e successo conquistati in America, gli espatriati non riusciranno mai a vincere il proprio sradicamento e le ombre, citate nel titolo, torneranno a evocare un passato che persevera nel gravare sull'esistenza offuscando ogni prospettiva di liberazione. Il romanzo, pubblicato postumo, funge quasi da testamento per Remarque, un'ultima confessione che ancora riprende e modula quell'eterna disillusione dell'intero suo percorso narrativo.

La fortuna

La Prima guerra mondiale, il problema della colpa e delle responsabilità storiche furono lungamente rimossi in Germania e riuscirono a imporsi nelle testimonianze letterarie, sempre incontrando molte resistenze, solo sul finire degli anni Venti, quando la Repubblica di Weimar stava ormai attraversando una fase di relativo consolidamento. Arnold Zweig, col suo polemico romanzo *La questione del tenente Grischa* (1928), fu uno dei primi autori ad affrontare con ottica pacifista la Grande guerra, ma già le opere di intonazione antimilitarista immediatamente successive stentarono a trovare un editore; Ludwig Renn dovette attendere ben quattro anni prima di poter pubblicare il suo romanzo *Guerra* (1928) e anche Remarque, pur avendo ultimato *Niente di nuovo sul fronte occidentale* nel 1927, riuscì a trovare un editore disponibile per la pubblicazione solo nel 1929. Questi lunghi tempi di attesa mostrano quanto fosse arduo superare le resistenze che impedivano di affrontare i problemi della guerra e le accese polemiche, suscitate proprio dal romanzo di Remarque, lasciano intendere quanto già fossero gravi le tensioni che minavano la Repubblica weimariana condannandola all'instabilità.

Infatti, se da un lato i pacifisti esaltarono quest'opera riscontrandovi una ferma condanna della guerra, i nazionalsocialisti la disprezzarono per i suoi contenuti disfattisti e, scagliandosi contro questo romanzo, iniziarono la loro perniciosa lotta contro l'arte "degenerata". Ottennero una prima vittoria riuscendo a imporre il veto della censura e quando Hitler prese il potere, nel 1933, questo e altri libri "antipatriottici" furono bruciati sulla pubblica piazza.

La svolta storica era destinata a riflettersi puntualmente anche sui destini letterari e così, da questo momento, in Germania verranno pubblicate esclusivamente quelle opere che esalteranno la guerra come fenomeno di riscatto e rigenerazione; una prospettiva per altro già anticipata da Ernst Jünger col suo romanzo *Nelle tempeste d'acciaio* (1920).

Tuttavia, per cogliere i motivi dell'eccezionale fortuna di Remarque occorre spingersi oltre i limiti della situazione tedesca. Infatti, il suo romanzo ha venduto sei milioni di copie ed è stato tradotto in più di 25 lingue soprattutto grazie alla versione cinematografica realizzata nel 1929 dal regista statunitense Lewis Milestone. Proprio guidato dal successo di questo film – considerato accanto a *La grande illusione* di Renoir il capolavoro della cinematografia pacifista – la sua opera riuscì a ottenere risonanze internazionali.

Il romanzo di Remarque, peraltro, presentava sul piano narrativo delle novità destinate ad affascinare i lettori. Interamente scritto in prima persona, i suoi toni oscillano tra l'obiettività del reportage giornalistico e l'intimismo dell'annotazione diaristica, fondendo insieme il carattere di confessione e la fedele cronistoria degli avvenimenti.

La scarna registrazione della realtà rispondeva ai dettami di una tendenza letteraria che andava affermandosi in Germania con la definizione di "Nuova oggettività"; questa corrente rifiutava ogni lirismo soggettivo ponendosi invece come obiettivo il fedele ritratto degli accadimenti reali.

La narrativa di Remarque accoglieva in parte queste indi-
cazioni, conferendo al dialogo netta prevalenza e strutturan-
do il racconto attraverso l'addizione e il montaggio di scene
staccate. Questa tecnica narrativa non solo rispondeva a precise tendenze di gusto letterario, ma rendeva le sue opere
particolarmente adatte alla trasposizione cinematografica.
Mentre la cinematografia europea era soffocata dalle imposi-
zioni della censura, quella americana godeva di ampie libertà
e disponeva di molti mezzi; così furono proprio i registi sta-
tunitensi a portare sugli schermi le opere dello scrittore e naturalmente ogni nuova riduzione cinematografica dei suoi
romanzi allargava la sua fortuna.

Nel 1937 il regista James Whale trasse un film dall'opera *La
via del ritorno*, mentre l'anno successivo Frank Borzage portò
sugli schermi *Tre camerati*; *Ama il prossimo tuo* divenne un
film nel 1941 per la regia di John Cromwell e poi fu ancora il
famoso Lewis Milestone a curare nel 1948 la versione di *Arco
di Trionfo*, ottenendo un successo che quasi riuscì a uguagliare
quello dell'ormai storico *All'ovest niente di nuovo* (1930). L'ultimo romanzo di Remarque ridotto per gli schermi fu *Tempo
di vivere, tempo di morire* a cura del regista Douglas Sirk
(1958). Tra tutte le opere dell'autore la cinematografia ha pri-
vilegiato quelle che rielaborano un vissuto autobiografico e
proprio queste testimonianze dirette costituiscono i momenti
più pregevoli anche sul piano letterario: la Prima guerra mondiale combattuta al fronte, la condizione del reduce e del pro-
fugo apolide, la vita a Berlino e Parigi nel periodo tra le due
guerre e infine l'esperienza americana negli anni Cinquanta.

Il grande successo ottenuto dallo scrittore ha destato un certo
scetticismo presso la critica che ha voluto considerarlo soprattutto come fenomeno di costume. Tuttavia Bonaventura Tecchi gli
ha dedicato attenzione in un saggio del 1941 confrontando la sua
vena sentimentale con la narrazione vigorosa e impegnata di
Renn. Lo schietto antifascismo di Remarque è stato rilevato da
Paolo Chiarini che, recensendo il suo dramma *Ultima stazione*,
ha sottolineato l'importanza di riproporre il tema della guerra a
una Germania sempre incline a liquidare troppo sbrigativamente
il proprio passato (1961). Ladislao Mittner ha illustrato il profilo
di Remarque nella sua *Storia della letteratura tedesca* (1971), dopo
aver analizzato nei suoi saggi sulla "Nuova oggettività" il contesto

storico-letterario ove si colloca l'opera dell'autore. Un'ultima rassegna sulla fortuna di questo movimento presso la critica di ieri e di oggi è stata curata da Elena Giobbio Crea (1982).

Bibliografia

Prima edizione
Erich Maria Remarque, *Im Western nichts Neues*, Propyläen-Verlag, Berlin 1929.

Prima traduzione italiana
Erich Maria Remarque, *Niente di nuovo sul fronte occidentale*, trad. di Stefano Jacini, Mondadori, Milano 1931.

Scritti su Remarque
B. Tecchi, *Ritorna la guerra* e *Due famosi diari di guerra*, in Id., *Scrittori tedeschi del Novecento*, Parenti, Firenze 1941, pp. 13-25.

L. Mittner, *La «Neue Sachlichkeit»*, in Id., *La letteratura tedesca del Novecento*, Einaudi, Torino 1960, pp. 194-202.

P. Chiarini, *Due «ospiti» a teatro: Feuchtwanger e Remarque*, in Id., *La letteratura tedesca del Novecento*, Edizioni dell'Ateneo, Roma 1961, pp. 71-75.

A. Antkowiak, *Erich Maria Remarque*, Volk und Wissen, Berlin 1965.

P. Borgomeo, *L'enigma della vita di E.M. Remarque*, in «La civiltà cattolica», III, 1965, p. 324-347.

L. Mittner, *Neue Sachlichkeit*, in Id., *L'espressionismo*, Laterza, Bari 1965, pp. 133-144.

L. Mittner, *Remarque. Renn*, in Id., *Storia della letteratura tedesca. Dal realismo alla sperimentazione*, vol. II, Einaudi, Torino 1971, pp. 1313-1315.

H. Szépe, *Der deklassierte Kleinbürger in den Romanen Erich Maria Remarques*, in «Monatshefte», IV, 65, 1973.

A. Kerker, *Zwischen Innerlichkeit und Nacktkultur. Der unbekannte Remarque*, in «Die Horen», II, 19, 1974.

C.R. Baker – R.W. Last, *Erich Maria Remarque*, Ostwald Wolff, London; Barnes & Nobles, New York 1979.

E. Giobbio Crea, *Considerazioni sulla «Neue Sachlichkeit» nell'ottica della critica di ieri e di oggi. Concordanze-Divergenze*, Cisalpino-Goliardica, Milano 1982.

R.I. Firda, *Erich Maria Remarque. A Thematic Analysis of His Novels*, Peter Lang, New York 1988.

T. Westphalen (a cura di), *Erich Maria Remarque 1898-1970*, Rasch, Bramsche 1988.

H.U. Taylor, *Erich Maria Remarque, A Literary and Film Biography*, Peter Lang, New York 1989.

T. Schneider, *Erich Maria Remarque. Ein Chronist des 20 Jahrhunderts. Eine Biographie in Bildern und Dokumenten*, Rasch, Bramsche 1991.

H. Wagener, *Understanding Erich Maria Remarque*, University of South Carolina Press, Columbia 1991.

B. Nienaber, *Vom anachronistischen Helden zum larmoyanten Untertan: eine Untersuchung zur Entwicklung der Humanismuskonzeption in Erich Maria Remarques Romanen der Adenauer-Restauration*, Königshausen & Neumann, Würzburg 1997.

B. Murdoch – M. Ward (a cura di), *Remarque Against War. A Collection of Essays for the Centenary of Erich Maria Remarque*, in «Scottish Papers in Germanic Studies», 11, 1998.

T. Schneider (a cura di), *Erich Maria Remarque. Leben, Werk und weltweite Wirkung*, Universitätsverlag Rasch, Osnabrück 1998.

G. Haim, *Heroism and Friendship in the Novels of Erich Maria Remarque*, P. Lang, New York 2003.

Scritti su Niente di nuovo sul fronte occidentale

H. Rüter, *Erich Maria Remarque: Im Westen nichts Neues – Ein Bestseller der Kriegsliteratur im Kontext*, Schöningh, Paderborn 1980.

R. Kam, *Erich Maria Remarque's All quiet on the Western Front*, Barron's Woodbury, New York 1984.

C.R. Owen, *All Quiet on the Western Front – Sixty Years Later*, in «Krieg und Literatur/ War and Literature», I, 1, 1989.

T. Schneider, *Erich Maria Remarque. Im Westen nichts Neues. Bibliographie der Drucke*, Rasch, Bramsche 1992.

B. Schrader, *Der Fall Remarque. Im Westen nichts Neues. Eine Dokumentation*, Reclam, Leipzig 1992.

B.O. Murdoch, *Narrative Strategies in Remarque's Im Westen nichts Neues*, in «New German Studies», XVII, 3, 1992-1993.

P. Bekes, *Erich Maria Remarque. Im Westen nichts Neues*, Oldenbourg, München 1998.

T. O'Neill (a cura di), *Readings on All Quiet on the Western Front*, Greenhaven Press, San Diego 1999.

H. Bloom (a cura di), *Erich Maria Remarque's All Quiet on the western front*, Chelsea House Publishers, Philadelphia 2001.

S. Van Kirk, *Cliffs Notes, Remarque's All Quiet on the Western Front*, IDG Books Worldwide, Foster City 2001.

Niente di nuovo
sul fronte occidentale

I

*Questo libro non vuol essere
né un atto d'accusa né una confessione.
Esso non è che il tentativo di raffigurare
una generazione la quale – anche se sfuggì alle granate –
venne distrutta dalla guerra.*

Siamo a riposo, nove chilometri dietro il fronte. Ci hanno dato il cambio ieri; oggi abbiamo la pancia piena di
fagioli bianchi con carne di manzo, e siamo sazi e sod-
disfatti. Anche per la sera ciascuno ha potuto prenderne
una gavetta piena; inoltre, doppia porzione di salsiccia e
di pane: tutto questo fa bene. Un fatto simile non ci era
accaduto da un pezzo; il grosso cuciniere con la sua testa
da pomodoro offre addirittura il cibo a chi lo vuole; a
chiunque gli venga innanzi fa segno col suo mestolo e gli
riempie la gavetta. È disperato perché non sa come vuo-
tare la sua marmitta. Tjaden e Müller hanno scovato un
paio di catinelle e se le sono fatte riempire fino all'orlo,
come riserva. Tjaden lo fa per ingordigia, Müller per
previdenza. Dove vada a finire tutta la roba che Tjaden
ingurgita, è un mistero; lui rimane secco e magro come
un'acciuga.

Ma il più importante è che si è avuto anche doppia
razione di tabacco. Dieci sigari, venti sigarette e due
pacchetti di tabacco da cicca a testa, non c'è male. Ho
dato il mio tabacco da cicca a Katzinski in cambio delle
sue sigarette, e così ho quaranta sigarette per me: ce n'è
d'avanzo, per un giorno.

Tutta questa grazia di Dio in fondo non ci compete. I

prussiani non sono splendidi a tal punto. La dobbiamo semplicemente ad un errore.

Quindici giorni fa, quando dovemmo andare in prima linea a dare il cambio, il nostro settore era abbastanza tranquillo, sicché l'ufficiale di vettovagliamento ricevette per il giorno del nostro ritorno il quantitativo normale di viveri e fece provvista per una compagnia della forza di centocinquanta uomini. Invece proprio l'ultimo giorno si ebbe un'eccezionale sparatoria di grossi calibri e pioggia di grosse schegge – l'artiglieria inglese tambureggiava di continuo sulle nostre posizioni – sicché avemmo forti perdite e ritornammo con soli ottanta uomini.

Rientrati di notte, ci eravamo buttati là alla rinfusa per fare finalmente una dormita come si deve; perché Katzinski ha ragione: la guerra non sarebbe poi quella brutta cosa, se solamente si potesse dormire un po'. In prima linea non c'è da parlarne, e quindici giorni filati di veglia sono lunghi.

Era già mezzogiorno quando i primi di noi sbucarono fuori dalle baracche; mezz'ora più tardi, gavetta alla mano, eravamo tutti davanti alla cucina da campo, che odorava di grasso e di appetitoso. In testa, naturalmente, i più affamati: il piccolo Alberto Kropp, che di tutti noi è la testa più quadra, e perciò è soltanto appuntato; Müller 5°, che si tira dietro ancora i libri di testo, sogna sessioni supplementari d'esame e sotto il fuoco tambureggiante biascica definizioni di fisica; Leer, che porta la barba intera e predilige le ragazze dei casini per ufficiali, giurando che per regolamento sono obbligate a portare camicie di seta ed a fare un bagno ogni volta che ricevono un cliente, dal capitano in su; venivo infine io, Paolo Bäumer. Tutti e quattro di diciannove anni, tutti e quattro partiti dalla stessa aula scolastica per andare in guerra.

Dietro di noi gli amici. Tjaden, un fabbro ferraio, magro, della nostra età, il maggior divoratore della compagnia. Quando si mette a mangiare è sottile sottile, e quando si alza è gonfio come una cimice gravida; Haje Westhus, anche lui dell'età nostra, scavatore di torba, che può comodamente chiudere una pagnotta nel pugno e darci da indovinare che cosa abbia in mano; Detering, un contadino che non pensa che alla sua cascina e alla sua moglie; e, finalmente, Stanislao Katzinski, il capo della nostra squadra: duro, furbo, navigato, quarant'anni, faccia terrea, occhi azzurri, spalle spioventi e un fiuto meraviglioso per gli odori, il buon mangiare e le buone buche per ripararsi.

La nostra squadra era la prima a far coda davanti alla cucina. Ci si spazientiva, perché il cuciniere con la sua faccia da idiota se ne stava lì fermo ad aspettare. Alla fine Katzinski gli gridò: « Ohe, apri un po' la cantina. Non vedi che i fagioli sono cotti? ». Ma quello scuote imbambolato la testa: « Prima dovete esserci tutti ».

Tjaden ghigna: « Ma se ci siamo! ». Il caporale continuava a non capire. « Vi farebbe comodo, eh? dove sono gli altri? »

« Quelli non hai da mantenerli tu: ospedale da campo e fossa comune. »

Il cuciniere restò di sasso, quando seppe la cosa. « E io che ho preparato per centocinquanta uomini! »

Kropp gli diede una gomitata: « È la volta che ne avremo per il nostro appetito. Avanti, comincia! ».

Ma a un tratto Tjaden ebbe come un'intuizione. Il suo muso sottile da topo si illuminò, gli occhi gli si fecero piccoli dalla furbizia, le guance gli ballavano, e si fece sotto: « O compare, ma allora hai ricevuto anche pane per centocinquanta, no? ».

Il cuciniere, sconocchiato e distratto, fece cenno di sì.

Tjaden lo afferrò per la giubba: « E salsiccia pure? ».

Il pomodoro annuì di nuovo.

Le mascelle di Tjaden tremavano: « E tabacco? ».

« Sì, tutto. »

Tjaden si guardò intorno, raggiante.

« Perdio, questo si chiama aver fortuna! Allora tutto è per noi! Ognuno riceve... aspettate: giusto giusto doppia razione. »

Ma qui il pomodoro tornò in vita e dichiarò: « Non va ».

Risvegliati alla nostra volta dalla discussione, ci spingemmo avanti.

« Che cosa non va, o tulipano? » gridò Katzinski.

« Ciò che è per centocinquanta uomini, non può essere dato a ottanta. »

« Questa la vedremo » brontolò Müller.

« Il mangiare non dico di no, ma razioni non ne posso distribuire che ottanta » s'intestava il pomodoro.

Katzinski si arrabbiò: « Daranno il cambio anche a te, bada! Tu non hai ricevuto viveri per ottanta uomini, ma per la seconda compagnia, dunque basta! Distribuisci: la seconda compagnia siamo noi ».

Gli serrammo tutti addosso. Già nessuno poteva soffrirlo; un paio di volte, per sua colpa, il rancio ci era arrivato in trincea tardi, e freddo, perché al minimo scoppio di granate lui non osava farsi avanti con le sue casse di cottura e le nostre corvées dovevano fare una strada più lunga che non quelle delle altre compagnie. Bulcke, della prima, valeva molto più di lui; era grasso come una marmotta d'inverno, sta bene, ma all'occorrenza portava le marmitte fino in primissima linea.

Eravamo proprio eccitati, e si sarebbe venuti senza fallo ai pugni se non fosse spuntato il nostro comandante di compagnia. Si informò dell'accaduto, e da principio disse soltanto: « Già, ieri abbiamo avuto molte perdite... »; poi guardò nella marmitta: « I fagioli hanno l'aria di esser buoni ». Il pomodoro confermò: « Cotti col lardo e con la carne ». Il tenente si voltò verso di noi: sapeva che cosa pensassimo. Molte cose sapeva, perché era cresciuto in mezzo a noi, essendo entrato nella compagnia come sottufficiale.

Alzò un'altra volta il coperchio della marmitta e annusò. Poi, allontanandosi, disse soltanto: « Portatene un piatto anche a me. Le porzioni vanno distribuite tutte. Male non ci faranno ».

Il pomodoro faceva una faccia da idiota: Tjaden gli ballava intorno.

« Tu che cosa ci rimetti? Si direbbe che l'intendenza generale sia roba sua! Animo, comincia, vecchio sbafapatate, e non sbagliare... »

« Va' sulla forca! » sbuffò il pomodoro. Scoppiava, la cosa sorpassava il suo comprendonio. Non capiva più il mondo. E come per mostrare che ormai non gli importava più di nulla, distribuì in più, di sua iniziativa, due ettogrammi di miele artificiale a testa.

Oggi è proprio una buona giornata. C'è persino la posta, quasi tutti ricevono lettere e giornali. Ora ce ne andiamo pian piano verso il prato, dietro i baraccamenti. Kropp porta sotto il braccio il coperchio rotondo di un mastello di margarina.

Sul margine destro del prato è costruita una grande latrina collettiva, edificio stabile, col tetto: ma è roba per le reclute, che non sanno ancora profittare di tutte le

7

circostanze. Noi cerchiamo qualcosa di meglio. Sparse qua e là troviamo infatti tante cassettine, a un posto, per il medesimo scopo: quadrate, pulite, tutte di legno, chiuse intorno, con un ottimo, comodo sedile. Sui fianchi sono applicate maniglie perché si possano trasportare.

Ne avviciniamo tre, in cerchio, e ci accomodiamo beatamente: non ci alzeremo che fra un paio d'ore.

Mi ricordo che da reclute, in caserma, si era da principio imbarazzati, quando ci si doveva servire tutti insieme della latrina. Porte là non ne esistono, sicché venti uomini sono accoccolati l'uno accanto all'altro come in un vagone ferroviario e si possono sorvegliare con una sola occhiata: il soldato deve esser sorvegliato sempre.

Da allora in poi abbiamo imparato a superare ben più che quel piccolo senso di pudore. Col tempo ci si abitua a ben altre cose.

Ma qui la... digestione è una vera delizia. Non riesco a capire come un tempo si sorvolasse pudicamente su questi argomenti che sono naturali come mangiare e bere. Tanto che non occorrerebbe neppure parlarne, se appunto non avessero nella nostra vita tanta importanza, e non fossero proprio per noi cosa tanto nuova, mentre i nostri compagni ci si sono familiarizzati da un pezzo.

Per il soldato, lo stomaco e la digestione sono cose a cui pensa molto. Tre quarti del suo vocabolario sono tratti di là, e la massima gioia come la disperazione più profonda vi trovano la loro espressione più acconcia. Non è possibile esprimersi in modo più breve e più chiaro. Le nostre famiglie e i nostri insegnanti si meraviglieranno non poco quando torneremo a casa, ma è così: è una lingua universale.

Tutti questi atti fisiologici hanno riacquistato per noi un carattere di innocenza, grazie alla loro forzata pubblicità. Dirò di più: essi ci sono così familiari, che il loro placido adempimento viene valutato, poniamo, come una partita a carte ben condotta, al riparo dalle nespole. Non per nulla si è creato il modo di dire: « parola d'ordine delle latrine », per indicare ogni sorta di chiacchierìo; siffatti luoghi sono nella vita militare quello che sono i circoli e le tavole riservate delle birrerie nella vita borghese.

Ci troviamo dunque benissimo, assai meglio che in qualsiasi lussuoso gabinetto smaltato di bianco; là vi sarà dell'igiene, ma qui è più bello.

Scorrono ore divinamente spensierate. Sopra di noi il cielo azzurro; all'orizzonte i palloni frenati, gialli, illuminati dal sole, e le bianche nuvolette degli shrapnels. Talvolta si elevano a rosa come un fuoco d'artifizio, quando inseguono un aeroplano.

Il sordo brontolìo del fronte arriva a noi come un temporale lontanissimo. Il volo dei calabroni basta a coprirlo. E intorno a noi il prato fiorito. I fili d'erba si piegano all'aria mite e calda della tarda estate; noi leggiamo lettere e giornali e fumiamo beatamente; ci togliamo i berretti e li deponiamo accanto a noi; il vento gioca nei nostri capelli come con la nostra parola e coi nostri pensieri.

Le tre cassette sono in mezzo a un campo di papaveri rossi e splendenti...

Ci poniamo sulle ginocchia il coperchio del fusto di margarina: abbiamo così un buon tavolino per fare una partita. Kropp ha con sé le carte. Si potrebbe continuare a sedere così, all'infinito.

Dalle baracche vengono le note di una fisarmonica. Talvolta deponiamo le carte e ci guardiamo in faccia. Allora uno dice: « O ragazzi... »; oppure: « La poteva andar male... », e per un momento taciamo. In noi è un sentimento forte e contenuto, che ciascuno prova dentro di sé, senza bisogno di molte parole. Facile sarebbe stato davvero che oggi non si sedesse su queste cassette: l'abbiamo scampata per poco. E perciò ogni sensazione è nuova e forte: i rossi papaveri e il buon mangiare, le sigarette e la brezza d'estate.

Kropp domanda: «Chi di voi ha rivisto Kemmerich? ».

« È ricoverato al San Giuseppe » dico io.

Müller pensa che deve avere una ferita al femore: buona *bassa* per tornarsene a casa. Decidiamo di andarlo a trovare nel pomeriggio.

Kropp tira fuori una lettera: « Ho da farvi i saluti di Kantorek ».

Ridiamo. Müller getta via la sua sigaretta e dice: « Vorrei vederlo qui ».

Kantorek era il nostro professore: un ometto severo, vestito di grigio, con un muso da topo. Aveva press'a poco la stessa statura del sottufficiale Himmelstoss, « il terrore di Klosterberg ». Del resto è strano che l'infelicità del mondo derivi tanto spesso dalle persone piccole, di solito assai più energiche e intrattabili delle grandi. Mi sono sempre guardato dal capitare in reparti che avessero dei comandanti piccoli: generalmente sono dei pignoli maledetti.

Nelle ore di ginnastica Kantorek ci tenne tanti e tanti discorsi, finché finimmo col recarci sotto la sua guida, tutta la classe indrappellata, al Comando di presidio, ad arruolarci come volontari. Lo vedo ancora davanti a me, quando ci fulminava attraverso i suoi occhiali e ci domandava con voce commossa: « Venite anche voi, nevvero, camerati? ».

Codesti educatori tengono spesso il loro sentimento nel taschino del panciotto, pronti a distribuirne un po' ora per ora. Ma allora noi non ci si dava pensiero di certe cose.

Ce n'era uno, però, che esitava, non se la sentiva. Si chiamava Giuseppe Behm, un ragazzotto grasso e tranquillo. Si lasciò finalmente persuadere anche lui, perché altrimenti si sarebbe reso impossibile. Può darsi che parecchi altri la pensassero allo stesso modo; ma nessuno poté tirarsi fuori; a quell'epoca persino i genitori avevano la parola « vigliacco » a portata di mano. Gli è che la gente non aveva la più lontana idea di ciò che stava per accadere. In fondo i soli veramente ragionevoli erano i poveri, i semplici, che stimarono subito la guerra una disgrazia, mentre i benestanti non si tenevano dalla gioia, quantunque proprio essi avrebbero potuto rendersi conto delle conseguenze.

Katzinski sostiene che ciò proviene dalla educazione, la quale rende idioti; e quando Kat dice una cosa, ci ha pensato su molto.

Per uno strano caso, fu proprio Behm uno dei primi a cadere. Durante un assalto fu colpito agli occhi, e lo lasciammo per morto. Portarlo con noi non si poteva, perché dovemmo ritirarci di premura. Solo nel pomeriggio lo udimmo a un tratto gridare, e lo vedemmo fuori, che si trascinava carponi; aveva soltanto perduto coscienza. Poiché non ci vedeva, ed era pazzo dal dolore, non cercava affatto di coprirsi, sicché venne abbattuto a fucilate, prima che alcuno di noi potesse avvicinarsi a prenderlo.

Naturalmente non si può far carico di questo a Kantorek: che sarebbe del mondo, se già questo si dovesse chiamare una colpa? Di Kantorek ve n'erano migliaia, convinti tutti di far per il meglio nel modo ad essi più comodo.

Ma qui appunto sta il loro fallimento.

Essi dovevano essere per noi diciottenni introduttori e guide all'età virile, condurci al mondo del lavoro, al dovere, alla cultura e al progresso; insomma all'avvenire. Noi li prendevamo in giro e talvolta facevamo loro dei piccoli scherzi, ma in fondo credevamo a ciò che ci dicevano. Al concetto dell'autorità di cui erano rivestiti, si univa nelle nostre menti un'idea di maggior prudenza, di più umano sapere. Ma il primo morto che vedemmo mandò in frantumi questa convinzione. Dovemmo riconoscere che la nostra età era più onesta della loro; essi ci sorpassavano soltanto nelle frasi e nell'astuzia. Il primo fuoco tamburreggiante ci rivelò il nostro errore, e dietro ad esso crollò la concezione del mondo che ci avevano insegnata.

Mentre essi continuavano a scrivere e a parlare, noi vedevamo gli ospedali e i moribondi; mentre essi esaltavano la grandezza del servire lo Stato, noi sapevamo già che il terrore della morte è più forte. Non per ciò diventammo ribelli, disertori, vigliacchi – espressioni tutte ch'essi maneggiavano con tanta facilità; – noi amavamo la patria quanto loro, e ad ogni attacco avanzavamo con coraggio; ma ormai sapevamo distinguere, avevamo ad un tratto imparato a guardare le cose in faccia. E vedevamo che del loro mondo non sopravviveva più nulla. Improvvisamente, spaventevolmente, ci sentimmo soli, e da soli dovevamo sbrigarcela.

Prima di andare a trovar Kemmerich, facciamo un pacco della sua roba; ne avrà bisogno nel tornare a casa.

All'ospedale da campo c'è gran da fare. Puzza, come sempre, di creolina, di pus e di sudore. La vita di baraccamento abitua a tante cose, ma qui è facile che uno si senta venir meno. Cerchiamo di rintracciare Kemmerich; è coricato in una sala e ci riceve con una fioca espressione di gioia e di impotente agitazione. Mentre era svenuto, gli hanno rubato l'orologio. Müller scuote la testa: « Te l'ho sempre detto, un orologio di quel valore non si porta addosso ».

Müller è un po' balordo, e vuol sempre avere ragione. Altrimenti starebbe zitto, poiché si vede bene che Kemmerich non uscirà più vivo da questa sala. E dunque, che trovi o no il suo orologio, che cosa importa? Tutt'al più si potrà mandarlo, dopo, alla famiglia.

« Come va, Cecco? » domanda Kropp. Kemmerich reclina il capo: « Così, così ma mi duole maledettamente il piede ». Guardiamo la sua coperta. Ha la gamba sotto un archetto di ferro, e sopra si stende greve la coltre. Do una pedata di nascosto a Müller, perché sarebbe capace di dire a Kemmerich ciò che gli infermieri fuori ci hanno raccontato: che il piede non c'è più, perché la gamba è amputata.

Ha un brutto aspetto, giallo e livido; sul viso si profilano già le strane linee che conosciamo tanto bene per averle osservate centinaia di volte. Non sono nemmeno linee, ma piuttosto segni. Sotto la pelle la vita non pulsa più, respinta fino ai margini del corpo; la morte si fa strada dall'interno, e domina già gli occhi. Eccolo là, il nostro compagno Kemmerich, che poc'anzi cucinava con noi carne di cavallo e gironzolava per le trincee; è ancora lui, eppure non è già più lui, la sua figura si è sfumata, è diventata incerta come una lastra su cui si siano prese due vedute. Persino la sua voce suona spenta come cenere.

Il mio pensiero ritorna al giorno della partenza. Sua madre, una buona grassona, lo accompagnò alla stazione; piangeva senza requie, ne aveva il volto tutto gonfio; Kemmerich ne era imbarazzato, perché fra tutte era quella che meno sapeva contenersi; si liquefaceva addirittura in grasso e in lagrime. Per di più si era fissata sopra di me, ogni momento mi afferrava il braccio, supplicandomi di aver cura laggiù del suo Cecchino. Bisogna dire che lui aveva proprio una faccia da bambino, e ossa così tenere che dopo quattro settimane di zaino già aveva i piedi piatti. Ma come si fa ad aver cura di qualcuno, in trincea!

« Ora te n'andrai a casa » dice Kropp: « per la licenza avresti dovuto aspettare ancora tre o quattro mesi ». Kemmerich fa cenno di sì, col capo. Non posso guardare le sue mani, sembrano di cera. Sotto le unghie lo sporco della trincea prende una tinta nero-bluastra, come un veleno. Mi viene in mente che queste unghie continueranno a crescere come spettrali fungosità sotterranee, un pezzo ancora dopo che Kemmerich avrà cessato di respirare. Vedo la cosa come se l'avessi davanti agli occhi: le unghie si torcono a guisa di cavaturaccioli, e crescono e crescono, e con esse i capelli del cranio putrefatto, come l'erba su buona terra: chi sa come...

Müller si china: « Ti abbiamo portato la tua roba, Cecco ».

Kemmerich fa un cenno con la mano: « Mettetela sotto il letto ».

Müller eseguisce; Kemmerich riattacca con l'orologio; come rassicurarlo senza metterlo in sospetto?

Müller ripesca sotto il letto un paio di stivali d'aviatore; magnifiche calzature inglesi, di fine cuoio, che giungono sino al ginocchio e vi si allacciano: un oggetto molto ambìto. Müller si entusiasma a vederli, li confronta coi propri scarponi così grossi e goffi, e domanda: « Vuoi portarli con te, Cecco? ».

Tutt'e tre abbiamo lo stesso pensiero: anche se guarisse non potrebbe adoperarne che uno, quindi non hanno per lui nessun valore. Nella condizione in cui si trova, è un gran peccato lasciarli qui; lui morto, i soldati di sanità li faranno naturalmente subito passare in cavalleria. E Müller torna alla carica: « Non vuoi lasciarli qui? ».

Kemmerich non vuole: sono la sua cosa migliore.

« Si potrebbe fare un cambio » insiste Müller: « qui fuori questa roba serve ». Ma Kemmerich non si lascia smuovere. Io schiaccio un piede a Müller, che, esitante, ripone i bei stivali sotto il letto.

Parliamo ancora un poco e poi lo salutiamo: « In gamba, Cecco ».

Gli prometto di ritornare l'indomani: anche Müller parla di tornare; pensa agli stivali e vuol montarci la guardia.

Kemmerich ha il respiro greve per la febbre. Fuori fermiamo un infermiere, e cerchiamo di persuaderlo a fargli un'iniezione. Ma quello rifiuta: « Se dovessimo dar la morfina a tutti, non basterebbero dei barili ».

« Si vede che non servi che gli ufficiali » osserva Kropp iroso.

Mi interpongo prontamente e comincio coll'offrire al pappino una sigaretta, che egli accetta; allora gli domando: « Ma tu sei poi autorizzato a far iniezioni? ».

Offeso, replica: « Se non lo credete, che cosa venite a domandarmi... ».

Gli metto in mano un altro paio di sigarette: « Ascolta, facci questo piacere... ». « Va bene » dice lui; Kropp torna dentro insieme, perché non si fida, e vuol vedere. Noi aspettiamo fuori.

Müller mi attacca un altro bottone con quei benedetti stivali: « Mi andrebbero a pennello. Con queste barche che porto ai piedi, a ogni marcia sono vesciche. Credi che la duri fino a domani, all'ora della libera uscita? Se muore nella notte, i suoi stivali li vediamo col binocolo ».

Alberto ritorna: « Credete...? » domanda.

« Non ne parliamo più » conclude Müller.

Ritorniamo alle baracche. Penso alla lettera che dovrò scrivere domani alla madre di Kemmerich. Ho freddo, vorrei bere un cicchetto. Müller strappa fili d'erba e li mastica. A un tratto, il piccolo Kropp getta via la sigaretta, vi pesta su i piedi furiosamente, gira intorno gli occhi stralunati, il viso sfatto, e mugola: « Che schifo! Che porco maledetto schifo! ».

Noi seguitiamo a camminare a lungo il silenzio. Kropp si è calmato: sappiamo bene di che cosa si tratta: è la rabbia della trincea: ognuno ci casca, almeno una volta.

Müller gli domanda: « Kantorek che cosa ti ha scritto? ».

Egli ride: « Che noi siamo la gioventù di ferro ».

Ridiamo tutti e tre, amaramente, Kropp impreca, lieto di potersi sfogare.

Già, la pensano così; così la pensano i centomila Kantorek! Gioventù di ferro. Gioventù! Nessuno di noi ha più di vent'anni. Ma giovani? La nostra gioventù se n'è andata da un pezzo. Noi siamo gente vecchia.

II

Mi fa un effetto curioso pensare che a casa, in un cassetto del mio scrittoio, giace l'abbozzo di un dramma: « Saul », e un mazzo di poesie. Ci ho passato sopra molte serate; quasi tutti abbiamo commesso alcunché di simile; ma a me la cosa sembra oggi così irreale che non so nemmeno più farmene un'idea.

Dacché siamo qui, la nostra vita di prima è tagliata fuori, senza che noi si sia fatto nulla per ottenere questo risultato. Talvolta cerchiamo di formarci un concetto, di darci una spiegazione del fenomeno, ma senza riuscirvi. Proprio per noi ventenni tutto è tremendamente confuso – per Kropp, per Müller, per Leer, per me – insomma per quelli che Kantorek chiama la gioventù di ferro. Gli anziani sono tutti fortemente legati al passato: ne hanno motivo, perché hanno mogli, figli, professioni, interessi già tanto forti, che la guerra non è riuscita a distruggerli. Noi ventenni abbiamo soltanto i nostri genitori; qualcuno una ragazza. Non è molto, perché alla nostra età l'influenza dei genitori è ridotta al minimo, mentre la donna non è ancora dominante. All'infuori di questi sentimenti non v'era gran cosa in noi: un po' d'entusiasmo, qualche mania da dilettanti e la scuola; la nostra vita non andava più in là, e di tutto ciò nulla è rimasto.

Kantorek direbbe che eravamo sulla soglia dell'esistenza; e in fondo è vero. Non avevamo ancora messo radici; la guerra, come un'inondazione ci ha spazzati via. Per gli altri, per gli anziani, essa non è che una interruzione, al di là della quale possono ancora figurarsi qualche cosa. Invece noi ne siamo stati ghermiti e non abbiamo idea di come possa andare a finire. Sappiamo soltanto che ci siamo induriti, in una forma strana e dolorosa, quantunque non ci si senta neppure più capaci di tristezza.

Per esempio: quando Müller aspira a ereditare gli stivali di Kemmerich, non è già ch'egli compianga il compagno meno di un altro, ché ad una simile cosa neppure oserebbe pensare. Soltanto, Müller ha imparato a distinguere. Se gli stivali potessero essere di qualche utilità a Kemmerich, egli camminerebbe scalzo sul ferro spinato piuttosto che pensare a farli suoi. Ma così, gli stivali sono un oggetto che nulla ha da vedere con la situazione dell'amico, mentre Müller saprebbe bene come utilizzarli. Chiunque ne venga in possesso, Kemmerich morirà ugualmente. E allora, perché Müller non dovrebbe stare in agguato? Egli vi ha pure maggior diritto che un soldato di sanità! Quando Kemmerich sarà morto, sarà troppo tardi: ed ecco perché Müller ci pensa già fin d'ora.

Abbiamo perduto il senso di rapporti diversi da questi, perché ci sembrano artificiali. Solo i fatti sono veri e importano. E le buone calzature sono rare.

Un tempo era altra cosa. Quando ci presentammo al Comando di presidio, eravamo ancora una classe di venti scolari che, con grande presunzione, si fecero tutti insieme radere la barba – alcuni per la prima volta –

prima d'entrare in caserma. Non avevamo progetti determinati per l'avvenire, solo per l'infima minoranza la carriera e la professione erano già idee così precise da significare una forma di vita; in compenso, eravamo pieni di idee indistinte, che ai nostri occhi conferivano alla vita e anche alla guerra un carattere idealistico e quasi romantico.

In dieci settimane ci formarono alla vita militare, e in questo periodo ci trasformarono più profondamente che non in dieci anni di scuola. Imparammo che un bottone lucido è più importante che non quattro volumi di Schopenhauer. Stupefatti dapprima, esasperati poi e infine indifferenti, dovemmo riconoscere che ciò che conta non è tanto lo spirito quanto la spazzola del lucido, non il pensiero ma il sistema, non la libertà ma lo « scattare ». Ci eravamo arruolati pieni di entusiasmo e di buona volontà: si fece di tutto per spegnere in noi l'uno e l'altra. Dopo tre settimane riuscivamo già a concepire come un portalettere, divenuto per caso un superiore gallonato, potesse esercitare su di noi un potere maggiore di quello che prima non avessero i nostri genitori, i nostri educatori e tutti gli spiriti magni della civiltà – da Platone a Goethe – messi insieme. Coi nostri giovani occhi aperti vedemmo come il classico concetto di patria, quale ce lo insegnarono i nostri maestri, si realizzasse per il momento in una rinunzia della personalità, quale mai non si sarebbe osato imporre alla più umile persona di servizio. Saluto, attenti, passo di parata, presentat'arm, fianco dest', fianco sinist', battere i tacchi, cicchetti e mille piccole torture. Ci eravamo figurati diversamente il nostro cómpito; sembrava che ci si preparasse all'eroismo come cavalli da circo; ma finimmo coll'abituarci. Comprendemmo anzi che alcune di quelle cose erano neces-

19

sarie, mentre altre erano del tutto superflue. Per queste cose il soldato ha un fiuto finissimo.

A gruppetti di tre o quattro la nostra brigatella venne dispersa nelle varie squadre, insieme con pescatori della Frisia, contadini, operai e manovali, coi quali si fece presto amicizia. Kropp, Müller, Kemmerich e io capitammo nella nona squadra, comandata dal sottufficiale Himmelstoss. Questi passava per il peggior aguzzino della caserma, ed era il suo vanto. Un piccolo uomo tozzo, che aveva servito dodici anni; baffi rossastri, arricciati; nella vita borghese, portalettere. Ci aveva presi di mira in modo speciale, Kropp, Tjaden, Westhus e me, perché sentiva la nostra silenziosa ribellione.

Per lui ho rifatto la branda, una mattina, quattordici volte di seguito. Ogni volta trovava qualcosa da criticare e la tirava a terra. Con un lavoro di venti ore – naturalmente inframmezzato da pause – ho ridotto, a furia di ungere, un vecchio paio di scarpe, dure come pietre, ad una tale butirrosa tenerezza, che lo stesso Himmelstoss non ci trovò più nulla a ridire; per suo comando ho tirato a lucido la camerata con uno spazzolino da denti; Kropp e io ci siamo accinti a spazzare la neve del cortile, armati l'uno di una brusca e l'altro di uno staccio; e avremmo continuato fino a totale congelamento, se per caso non fosse spuntato un tenente, che ci mandò via e dette a Himmelstoss una pipa formidabile, coll'unico effetto d'inviperirlo più che mai contro di noi. Per quattro settimane di fila sono stato di guardia ogni domenica, e per altrettante piantone di camerata; con tutte le armi e lo zaino affardellato ho eseguito sul maneggio aperto, tutto molle e bagnato, tante volte i movimenti: « in-piedi », « di-corsa », « a-terra » fino a ridurmi un sacco di mota ed a cadere esausto: il che non mi impedì di presentarmi quattro ore più tardi a Himmelstoss col mio corredo perfettamente lavato e pulito, se pure con le mani sanguinanti. Con Kropp, Westhus e Tjaden sono rimasto sull'attenti per un quarto d'ora, un giorno che gelava forte, le dita nude appoggiate alla canna gelida del fucile, mentre Himmelstoss ci girava attorno, spiando un minimo nostro movimento per constatare una mancanza; alle due di notte sono corso otto volte, in camicia, dall'ultimo piano del quartiere fin giù nel cortile, perché le mutande sporgevano alcuni centimetri dal resto del corredo. Accanto a me correva il sottufficiale di settimana, Himmelstoss, e mi schiacciava i piedi. Ho dovuto fare l'esercizio di baionetta costantemente contro Himmelstoss, armato io di una pesante sbarra di ferro, e lui d'un leggero fucile di legno, di modo che egli poteva a suo agio e di continuo picchiarmi a livido le braccia; devo dire che ciò mi rese furibondo a tal segno che ciecamente lo assalii, e gli diedi tale colpo nel petto da stenderlo a terra. Quando volle mettersi a rapporto contro di me, il comandante di compagnia gli rise sul muso e gli disse di stare più attento: conosceva il suo Himmelstoss e credo si rallegrasse in cuor suo della lezione.

Ho imparato a salire la pertica alla perfezione; sono diventato un maestro anche nei piegamenti; tutti abbiamo tremato al solo suono della sua voce; ma con tutto ciò quel ronzino di posta inferocito non è riuscito a domarci.

Una domenica, mentre Kropp e io si portava attraverso il cortile, infilati a una stanga, i secchioni della latrina, Himmelstoss, che passava dinanzi a noi tirato a lucido e pronto ad uscire, ci si piantò dirimpetto e si mise a domandarci se quel lavoro ci piaceva; nonostante la nostra paura fingemmo di inciampare e gli rovesciammo il mastello sui pantaloni. Lui vide rosso, ma la misura era colma.

« Andrete in fortezza » urlò.

Kropp ne aveva abbastanza: « Prima però ci sarà un'inchiesta, e spiffereremo ogni cosa » rispose.

« Chi vi permette di parlare a un sottufficiale? » mugghiò Himmelstoss: « Siete diventato matto? Aspettate d'essere interrogato! Che cosa volete fare? ».

« Spifferare ogni cosa sul conto del signor sottufficiale » dichiarò Kropp, col pollice alla cucitura dei pantaloni.

Himmelstoss capì, e si allontanò senza una parola. Prima di scomparire, gridò ancora: « Ve la caccerò in gola! ». Ma il suo potere era finito. Si provò un'altra volta in maneggio con i comandi: « a-terra » e « in-piedi » e « di-corsa ». Noi eseguivamo esattamente perché il comando è comando e deve esse eseguito. Ma lo eseguivamo con tale lentezza, da spingere Himmelstoss alla disperazione. Ci mettevamo con calma in ginocchio, poi sulle braccia e così via; nel frattempo, furibondo, egli aveva già dato un altro comando. Prima che a noi spuntasse il sudore, lui era rauco.

Allora ci lasciò in pace; continuava bensì a chiamarci « carogne sporche »: ma c'era del rispetto nella sua voce.

C'erano senza dubbio molti sottufficiali assai più onesti e più ragionevoli di lui; erano anzi la maggioranza. Ma ciascuno voleva, finché fosse possibile, conservare il buon posticino in guarnigione e per questo doveva mostrarsi *energico* verso le reclute.

A noi fu data così la più raffinata educazione di caserma, e spesso abbiamo urlato di rabbia. Alcuni di noi ne ammalarono, Wolff ne è anzi morto, di polmonite. Ma saremmo apparsi ridicoli a noi stessi se ci fossimo dati per vinti. Divenimmo duri, diffidenti, spietati, vendicativi, rozzi; e fu bene: erano proprio quelle le qualità che ci mancavano. Se ci avessero mandato in trincea senza quella preparazione, i più sarebbero impazziti. Così invece eravamo preparati a ciò che ci attendeva.

Anziché spezzarci ci adattammo, aiutati in questo dai nostri vent'anni, che pure ci rendevano tanto duri altri sacrifici. Ma il più importante è che fra noi venne in tal modo sviluppandosi un forte sentimento di solidarietà, il quale poi al fronte si innalzò a ciò che di più bello abbia prodotto la guerra: al cameratismo.

Eccomi seduto al capezzale di Kemmerich; è sempre più giù, poveretto. Intorno a noi c'è molta confusione. È arrivato un convoglio di feriti, si stanno scegliendo i trasportabili. Il medico passa davanti al letto di Kemmerich, ma non si ferma neppure a guardarlo.

« Sarà per la prossima volta, Cecco » gli dico. Egli si solleva un po' sui gomiti: « Sai, mi hanno amputato ».

Dunque ora lo sa. Io gli accenno di sì, col capo, e soggiungo: « Sii contento di essertela cavata così ». Ma lui tace. Io continuo: « Potevano esser tutt'e due le gambe, Cecco. Wegeler ha perduto il braccio destro: è molto peggio. Così te ne vai a casa ».

Mi guarda in faccia: « Credi? ».

« Ma naturale. »

E lui di nuovo: « Credi? ».

« Ma certo, Cecco. Non hai bisogno che di rimetterti un poco dall'operazione. »

Mi fa cenno di avvicinarmi. Mi chino sopra di lui, e lo sento mormorare: « Io non lo credo ».

« Non dir sciocchezze, Cecco; te ne convincerai tu stesso, fra qualche giorno. Che cos'è poi, una gamba amputata? Qui si aggiustano ben altri guai. »

Egli solleva una mano: « Guarda un po' queste dita ».

« Effetto dell'operazione. Devi mangiare, vedrai che ti rimetti subito. Il vitto è buono, almeno? »

Mi indica una scodella, ancora mezza piena. Io faccio finta d'arrabbiarmi: « Cecco, devi mangiare. Mangiare è la cosa principale. Il vitto è ottimo, qui ».

Ma lui rifiuta, e dopo una pausa dice lentamente: « Volevo diventare ispettore forestale, una volta ».

« Puoi esserlo ancora » lo consolo io. « Si fanno oggi delle protesi straordinarie, non ti accorgi neppure che ti manca qualche cosa. Attaccano l'arto artificiale ai muscoli direttamente. Nella protesi delle mani si possono persino muovere le dita, lavorare, magari scrivere. E poi ne inventeranno ancora... »

Egli rimane un pezzo in silenzio, poi dice: « Puoi portare a Müller i miei stivali ».

Accenno di sì, e penso che cosa potrei dire ancora per rianimarlo un poco. Le sue labbra sono slavate, la bocca è diventata più grande, i denti sporgono in fuori, come di gesso. La carne se ne va, la fronte sembra più ampia, gli zigomi si disegnano più forti. Lo scheletro affiora a poco a poco, gli occhi si infossano. Fra un paio d'ore sarà finita.

Non è il primo che vedo in questo stato. Ma siamo cresciuti insieme, e ciò conta pure qualcosa. Ho copiato i suoi cómpiti: a scuola portava quasi sempre un abito scuro, a cintura, logorato ai gomiti. Era il solo fra noi che sapesse fare il salto mortale alla sbarra fissa; quando lo eseguiva, i capelli, che aveva come di seta, gli volavano sul viso: Kantorek perciò ne andava fiero. Ma non poteva sopportare la sigaretta: aveva la pelle bianchissima, e qualche cosa di femmineo in tutta la persona.

Mi guardo gli scarponi, grandi e goffi, in cui entrano con grosse pieghe i pantaloni; in quei tubi si ha l'aspetto forte e robusto: ma quando al bagno ci spogliamo, riveliamo ad un tratto la gracilità delle gambe e delle spalle. Allora non siamo più soldati, ma quasi ancora fanciulli; nessuno ci crederebbe capaci di portare lo zaino. È un curioso momento, quando siamo nudi; ritorniamo borghesi e per un istante ci par quasi di esserlo.

Francesco Kemmerich al bagno pareva piccolo e sottile, come un fanciullo. Ora è lì, disteso; perché poi? Vorrei far sfilare tutto il mondo davanti a questo letto, e dire: « Questi è Franz Kemmerich, diciannove anni e mezzo; non vuol morire. Non lasciatelo morire! ».

Le idee mi si confondono. Quest'aria che puzza di creolina e di bruciato ingorga i polmoni, è un'aria pigra e densa, che soffoca.

Si fa buio. Il volto di Kemmerich si sbianca, spicca sui cuscini con tale pallore che pare risplenda. La bocca si muove adagio. Mi avvicino e lo sento mormorare: « Se trovate il mio orologio, mandatelo a casa ».

Non contraddico più: non c'è più scopo. Persuaderlo ormai è impossibile. La mia impotenza mi affligge; quella fronte dalle tempie incavate, quella bocca tutta denti, quel naso sottile! E la povera grassona che piange a casa, a cui bisognerà pure scrivere: almeno avessi già spedito la lettera! Infermieri vanno e vengono intorno, con boccette e con secchie. Uno si avvicina, getta uno sguardo a Kemmerich e si allontana; probabilmente aspetta, avrebbe bisogno di utilizzare quel letto.

Io mi stringo al mio povero Cecco e parlo, come se

con ciò lo potessi salvare: « Forse andrai al convalescenziario sul Klosterberg, Franz, sai, in mezzo ai villini. Dalla finestra allora puoi vedere tutta la campagna, fino ai due alberi all'orizzonte. È la stagione più bella ora, quando il grano matura; verso sera, sotto il sole, i campi sembrano di madreperla. E il viale dei pioppi lungo il fiume, dove andavamo a pescare, ricordi? Potrai di nuovo farti un acquario, e allevare i pesci, potrai uscire senza domandare permesso a nessuno, e perfino suonare il pianoforte, se vuoi ».

Mi chino sul suo volto, ora tutto in ombra. Respira ancora, piano. Ha la faccia bagnata, piange. Bel lavoro che ho combinato, con le mie stupide ciarle!

« Ma Cecco! » Gli abbraccio le spalle e metto la mia testa accanto alla sua. « Vuoi dormire, ora? »

Non risponde: le lagrime gli colano sulle guance. Vorrei asciugarle, ma il mio fazzoletto è troppo sporco.

Passa un'ora; sospeso al suo volto ne spio ogni espressione, se per caso volesse dire ancora qualcosa. Oh se aprisse quella bocca, a gridare! Ma no, non fa che piangere, con la testa piegata da un lato. Non parla della sua mamma, dei fratelli, non dice nulla; ha lasciato già dietro di sé tutto ciò: oramai è solo, solo con la sua piccola vita di diciannove anni; e piange perché essa lo abbandona.

Questo è il più disperato e più grave congedo, a cui abbia assistito: quantunque sia stato terribile anche per Tiedjen; un colosso, forte come un orso, che urlava invocando la madre e terrorizzato, gli occhi stravolti, con una baionetta teneva lontano il medico, finché si accasciò all'improvviso.

Ed ecco che Kemmerich comincia a rantolare.

Salto in piedi, brancolo fuori della sala, chiamando:

« Dov'è il medico? Dov'è il medico? ». Quando vedo la tunica bianca lo afferro: « Venga presto, Franz Kemmerich muore ».

Lui si libera con uno' strattone e domanda all'infermiere che gli sta accanto: « Che cosa dice? ».

Quello risponde: « Letto 26; amputazione del femore ».

« Che diamine volete che ci faccia » m'investe: « ho amputato cinque gambe oggi »; mi spinge da parte, dice all'infermiere: « Guardate un po' voi » e corre alla sala operatoria.

Io fremo di rabbia, mentre cammino accanto all'infermiere. Egli mi guarda in faccia e dice: « Una operazione dopo l'altra; da stamane alle cinque; roba da pazzi, ti dico; oggi ancora sedici morti; il tuo è il diciassettesimo. Arriveremo certamente a venti... ».

Mi sento venir meno, non ne posso più. Non ho più la forza di bestemmiare, a che scopo? Vorrei lasciarmi cadere a terra e non rialzarmi mai più.

Eccoci al letto: Kemmerich è morto. Ha la faccia ancora umida di pianto. Gli occhi sono semiaperti, gialli come vecchi bottoni di corno.

L'infermiere mi dà una gomitata: « Vuoi prendere la sua roba? ».

Faccio cenno di sì. Lui prosegue: « Bisogna portarlo via subito, il letto ci occorre d'urgenza. Guarda fuori, sono distesi per terra ».

Prendo la roba, distacco a Kemmerich la piastrina di riconoscimento. L'infermiere domanda il libretto personale: non si trova. Dev'essere rimasto in fureria, dico io, e me ne vado. Dietro di me stanno già tirando Kemmerich su un telo da tenda.

Fuori, l'oscurità ed il vento sono come una liberazione. Respiro a pieni polmoni, l'aria mi alita in volto calda e dolce come non mai. Immagini di ragazze, di praterie in fiore, di nuvole bianche mi attraversano il cervello. I miei piedi si muovono sempre più presto, sempre più presto, di corsa. Passano dei soldati, i loro discorsi mi eccitano senza ch'io capisca. La terra è percorsa da fluidi che per le piante dei piedi si trasfondono in me. La notte è carica d'elettricità, il brontolìo del fronte sembra una lontana musica di tamburi. Le mie membra si muovono snodate, sento i tendini agili nel moto, respiro, soffio, mi scuoto. La notte vive, io vivo. Ho appetito, una fame grande che non viene dallo stomaco.

Müller mi aspetta davanti alle baracche. Gli consegno gli stivali: entriamo, li prova. Gli calzano come un guanto.

Egli fruga nelle sue provviste e mi offre un bel pezzo di salsiccia. E poi tè bollente, e rum.

III

Arrivano i complementi. I vuoti vengono colmati, e i pagliericci nelle baracche si fa presto a collocarli. In parte si tratta di anziani: ma dai battaglioni di marcia ci vengono assegnati anche venticinque uomini dell'ultima leva. Sono minori di noi, quasi di un anno. Kropp mi tocca col gomito: « Hai visto i bambini? ».

Faccio cenno di sì. Pettoruti, ci diamo delle arie; affondiamo le mani nelle tasche dei calzoni, passiamo in rivista le reclute e ci sentiamo mostri di anzianità.

Katzinski si unisce a noi; facciamo il giro delle scuderie e giungiamo in mezzo ai complementi, mentre stanno ricevendo in consegna le maschere antigas e il caffè.

Kat domanda a uno dei più giovani: « È un pezzo che non avete messo sotto i denti qualche cosa di buono, no? ».

Quello storce il muso: « La mattina pane di rape: rape con verdura a mezzogiorno, costolette di rape e insalata alla sera ».

Katzinski zufola, con aria competente: « Pane di rape? Siete fortunati; lo fanno già coi trucioli. Ma che diresti d'un piatto di bei fagioli bianchi, ne vuoi? ».

Il ragazzo arrossisce: « Perché prendermi in giro? ». Katzinski dice soltanto: « Prendi la tua gavetta ».

Lo seguiamo curiosi, ci accompagna ad un barile,

o al suo pagliericcio. In realtà, è mezzo pieno di
bianchi con carne di manzo. Katzinski sta lì come
generale e dice: « Apri gli occhi, allunga le mani: è la
rola d'ordine dei prussiani ».

Siamo stupefatti. Io domando: « Perdiana, Kat, come
hai fatto? ». « Il pomodoro è stato felice di sbarazzarsene.
Gli ho dato in cambio tre pezzi di seta da paracadute.
Ah, i fagioli bianchi sono ottimi anche mangiati fred-
di. »

Ne dà generosamente una porzione al ragazzo e soggiunge: « La prossima volta che vieni qui con la tua
gavetta, nella mano sinistra devi tenere un sigaro, o una
cicca. Capito? ».

« Per voi » rivolto a noialtri « per voi beninteso è sempre gratis. »

Katzinski è insostituibile, perché ha un sesto senso.
Dappertutto ci sono di questi tipi, ma nessuno distingue
a prima vista la loro specialità. Ogni compagnia ne ha
uno o due. Katzinski è il più fantastico ch'io conosca. Di
mestiere sarebbe, credo, calzolaio: ma questo non vuol
dire, i mestieri lui li sa tutti. È bene essergli amici. Kropp
e io lo siamo e anche Haje Westhus appartiene un po'
alla combriccola; veramente quest'ultimo è più che altro
un organo esecutivo, perché lavora sotto gli ordini di
Kat, quando Kat ne combina una che richieda pugni
sodi. In compenso ha poi anche lui i suoi piccoli guada-
gni.

Per esempio: si arriva di notte in una località perfettamente sconosciuta, un brutto buco, dove si vede subito che, all'infuori dei muri, non c'è rimasto nulla. Ci
accantonano in una piccola officina buia, da poco adat-
tata per alloggio di truppe. Non vi sono che letti, o

meglio lettiere fatte con quattro assi e un po' di rete metallica.

La rete metallica è dura. Non abbiamo coperte da stendervi sopra, perché la nostra ci serve per coprirci. Il telo da tenda è troppo sottile.

Kat vede tutto ciò, e dice a Haje Westhus: « Vieni con me ». Se ne vanno fuori, nel paesucolo sconosciuto, e mezz'ora più tardi sono di ritorno con un carico di paglia. Kat ha scovato una stalla, e quindi paglia; ormai si potrebbe dormire, se non avessimo lo stomaco così vuoto.

Kat domanda ad un artigliere, che è da un pezzo da queste parti: « Ci sarebbe una cantina qui intorno? ». Quello ride: « Sì, proprio! Qui non c'è niente. Manco una crosta di pane puoi trovare ».

«Non ci sono abitanti, allora? »

Quello sputa: « Sì, pochi. Ma fanno la ronda intorno alle cucine da campo, e mendicano essi stessi ».

Hum, la va male. Non c'è che stringerci la cintola e aspettare l'indomani, finché venga il rancio.

Ma vedo Kat che si mette il berretto, e gli domando: « Dove vai, Kat? ».

« A studiare un po' la situazione. » E quatto quatto se ne va fuori.

L'artigliere sogghigna: « Studia pure! E attento a non farti male ».

Delusi ci stendiamo, e riflettiamo se non sia il caso d'intaccare le scatolette di riserva: ma è troppo rischioso. Allora cerchiamo di prender sonno.

Kropp rompe una sigaretta e me ne dà la metà. Tjaden parla del suo piatto nazionale, le grosse fave col lardo; condanna il sistema di cuocerle senza crauti. Soprattutto bisogna cuocere tutto insieme, per amor di Dio non

31

separatamente, patate, fave e lardo. Qualcuno bestemmia che farà fare a Tjaden la fine delle sue fave, se non fa silenzio. Si fa allora silenzio nel camerone, solo un paio di candele piantate nel collo di due bottiglie spargono la loro luce tremolante, e di tanto in tanto si sente l'artigliere che sputa.

Cominciamo ad appisolarci, quand'ecco la porta si spalanca e appare Kat. Mi par di sognare: ha sotto il braccio due pagnotte e in mano un sacchetto da terra insanguinato, con carne di cavallo.

L'artigliere lascia cadere la pipa. Palpa il pane: «Per Dio, vero pane e caldo ancora».

Kat non fa discorsi: il pane c'è, e basta. Sono sicuro che, se lo portassero in un deserto, saprebbe imbandire in un'ora la sua cena di datteri, arrosto e vino.

Ordina secco, ad Haje: «Tu spacca la legna». Poi estrae dalla giubba una padella, e dalla tasca una manciata di sale, e perfino una fetta di lardo: ha pensato a tutto. Haje accende sul terreno una bella fiammata, che scoppietta nell'officina nuda. Non ci tiriamo fuori dai giacigli.

L'artigliere esita: per un momento riflette se non gli convenga di congratularsi, sperando che qualcosa tocchi anche a lui. Ma Katzinski non lo guarda nemmeno, come se non esistesse. E allora se ne va sacramentando.

Kat conosce l'arte di arrostire la carne di cavallo così da renderla tenera. Non bisogna metterla in padella subito, perché altrimenti diventa dura. Bisogna prima cuocerla in un po' d'acqua. Ci accocoliamo in cerchio, coi nostri coltelli, e ci riempiamo la pancia.

Così è Kat. Se in un dato anno e in una data regione vi fosse per un'ora sola la possibilità di scovare qualche sostanza mangiabile, state pur certi che proprio in quell'ora egli metterebbe il suo berretto, e quasi spinto da una visione interiore uscirebbe dritto, come guidato dall'ago di una bussola, e la troverebbe.

Egli trova tutto: quando fa freddo, le stufette e la legna, fieno, paglia, tavoli, sedie; ma soprattutto roba da mangiare. È un enigma, si direbbe che la estrae dall'aria, in virtù di chissà quale magìa.

Il suo *record* furono quattro scatole di aragosta. Per la verità, noi si sarebbe preferito dello strutto.

Siamo distesi pancia all'aria, al sole, davanti alle baracche. C'è odore di catrame, di estate e di piedi sudati.

Kat siede accanto a me, perché ama intrattenersi. Stamane abbiamo dovuto fare un'ora d'esercizi di saluto, perché Tjaden ha salutato negligentemente un maggiore. Questo affare non gli vuol uscire dalla testa: «Sta' attento» dice «che perderemo la guerra, perché salutiamo troppo bene».

Kropp si avvicina saltellando, a piedi nudi, coi calzoni rimboccati al ginocchio, e distende le sue calze a seccare sull'erba. Kat guarda il cielo, lascia sfuggire una vigorosa detonazione e l'accompagna con questa osservazione filosofica: «Ogni fagiolino fa il suo versino».

I due cominciano a disputare e intanto scommettono una bottiglia di birra intorno a un duello d'aviatori che si svolge sopra le nostre teste.

Kat non si lascia smuovere dall'opinione, che da vecchio lupo di trincea esprime così, ancora in versi: «Paga e vitto per tutti uguale, pace garantita e generale».

Kropp invece è un pensatore. Le dichiarazioni di guerra, egli propone, dovrebbero essere una specie di festa popolare, con biglietti d'ingresso e banda, come per i combattimenti dei tori. Poi, nell'arena, i ministri e i generali dei due stati avversari, in calzoncini da bagno e armati di manganello, si azzuffano. Vince il paese di quello che caccia l'altro sotto. Sarebbe assai più semplice e meglio di adesso, che s'ammazzano tra loro persone che non c'entrano.

La proposta piace. Il discorso passa poi all'istruzione di caserma, e nella fantasia mi si suscita una immagine. Mezzogiorno d'estate, nel cortile. La caldura pesa sullo spiazzo deserto, il quartiere sembra morto. Tutto dorme: non si sente che un lontano esercizio di tamburi; si sono ritirati in qualche angolo, e picchiano, senza posa, a contrattempo, stupidamente monotoni. Che armonia di cose: l'afa d'estate, il cortile del quartiere e il rullo uniforme dei tamburi!

Dalle finestre del quartiere, vuote e oscure, pendono pantaloni di tela ad asciugare. Si guarda su con nostalgia, perché le camerate sono fresche.

O camerate piene d'ombra e di tanfo, con le brande di ferro ripiegate, le *plance* e i *bottini* allineati sopra, voi pure potete diventare mèta di umani desideri! Qui ci apparite come un riflesso favoloso della patria, col vostro odore misto di cibo stantìo, di corpi dormienti, di tabacco e di vestiti.

Katzinski ce la descrive, la camerata, con lusso di colori e grande vivacità. Cosa daremmo per ritornarci! Più in là i nostri pensieri non osano spingersi.

Le ore d'istruzione, la mattina presto. « Di quante parti si compone il fucile modello novantotto? » Le ore di ginnastica nel pomeriggio: « Chi sa suonare il piano, un passo avanti. Fianco dest', marc'. Presentarsi alla cucina per pelare le patate ».

Ci abbandoniamo all'onda dei ricordi. Improvvisamente Kropp scoppia a ridere: «Löhne, si cambia».

Era questo il gioco preferito del nostro sottufficiale. Löhne è una stazione capolinea. Perché quelli che andavano in licenza non si sbagliassero, Himmelstoss aveva immaginato di esercitarli al cambiamento di treno, in camerata. Dovevamo imparare che a Löhne si prende la coincidenza, attraversando un sottopassaggio.

Le brande rappresentavano il sottopassaggio; ciascuno di noi si piazzava a sinistra della sua: poi, al comando «Löhne si cambia» bisognava in un lampo passare carponi sotto la branda, dall'altra parte. Questo divertimento durava qualche ora.

Mentre chiacchieriamo, il velivolo tedesco è stato colpito, e come una cometa precipita, in una scìa di fumo. Kropp perde così la sua bottiglia di birra e paga, brontolando.

«Nel suo mestiere di portalettere Himmelstoss è certo un uomo modesto» dico io, dopo che il malumore del compagno si è un po' calmato: «Come mai può diventare, da sottufficiale, un simile aguzzino?».

La domanda rianima Kropp: «Non è soltanto Himmelstoss; sono molti, così. Appena portano i galloni o una sciabola, diventano uomini diversi, si irrigidiscono come se avessero mangiato del cemento armato».

«Potenza dell'uniforme» suggerisco io.

«Sì, a un dipresso» dice Kat, e si mette comodo per fare un gran discorso: «Ma la vera ragione è un'altra. Vedi, se tu tiri su un cane a patate, e poi un giorno gli dai un pezzo di carne, quello slunga il muso ugualmente, perché è nella sua natura. Così, quando dai a un uomo un pezzetto di potere, è la stessa cosa: anche lui slunga il muso. È una faccenda che va da sé, perché l'uomo è prima di tutto un animale e poi magari ci hanno spalmato sopra un po' d'educazione, come il burro su una fetta di pane. La vita militare consiste in questo, che uno ha sempre potere su un altro; e il male è che tutti ne hanno troppo, il potere; il sottufficiale può sfottere il soldato semplice, il tenente il sottufficiale, il capitano il tenente, fino a farlo diventar matto. E tutti lo sanno, e quindi ci fanno il callo. Prendi la cosa più semplice: si torna dalla piazza d'armi, stanchi morti. Viene il comando: "cantare". Naturalmente esce fuori un canto strascicato, è già molto che ciascuno regga ancora il fucile.

« E allora, dietrofront, e la compagnia deve per punizione fare esercizi per un'altra ora. Al ritorno si ordina di nuovo: "cantare", e ti garantisco che questa volta si canta sul serio. Ma che scopo ha tutto questo? Il comandante è riuscito a imporre la sua idea, perché ne ha il potere. Nessuno lo biasimerà: al contrario, si dirà che è energico. Questa, beninteso, non è che una piccolezza; vi sono ben altri modi di torturare la gente. Ora io vi domando: da borghese uno può essere ciò che vuole, ma in quale professione potrebbe permettersi una cosa simile senza che gli rompano il muso? Ciò non è possibile che nella vita militare. E allora, vedete, questo potere dà alla testa; tanto più dà alla testa, quanto meno uno contava da borghese. »

« Ma ti dicono: la disciplina è necessaria » osserva Kropp svogliatamente.

« Motivi » borbotta Kat « se ne trovano sempre. Può darsi anche che debba essere così: ma la disciplina non deve diventare tortura. E poi, spiegalo fin che vuoi a un fabbro o a un bifolco o ad un operaio, a un proletario insomma, che sono qui la maggioranza: egli non capirà altro, se non che lo sfottono e lo mandano in trincea; e una volta qui, egli sa benissimo ciò che è necessario e ciò che non lo è. Ve lo dico io: che il semplice soldato qua fuori tenga duro a questo modo, è un'altra cosa. È un'altra cosa! »

Tutti acconsentiamo, perché sappiamo bene che in trincea la disciplina di caserma cessa, ma per ricominciare a pochi metri dietro il fronte, magari con le maggiori assurdità; saluti, passi di parata, ecc.; perché v'è una legge di ferro: il soldato deve essere sempre occupato.

Ma ecco apparire Tjaden, tutto rosso in faccia, e tanto eccitato che balbetta. Raggiante, riesce a pronunciare: « Himmelstoss sta per arrivare fra noi. Lo mandano al fronte ».

Tjaden ce l'ha particolarmente con Himmelstoss, perché questi lo ha *educato* a modo suo, al deposito d'istruzione. Per sua disgrazia, Tjaden bagna il letto; è un inconveniente che gli capita mentre dorme. Ma Himmelstoss era arciconvinto che fosse soltanto pigrizia e inventò un mezzo degno di lui per guarirlo.

Riuscì a scovare, nella baracca vicina, un tale di nome Kindervater, che soffriva del medesimo disturbo, e lo mise a dormire insieme con Tjaden, uno sopra e l'altro sotto, in quelle lettiere che usano nei baraccamenti, a cuccette sovrapposte, col fondo di rete metallica. Quello che dormiva sotto, naturalmente non poteva dirsi in un letto di rose; ma si alternavano ogni notte, così da godere a vicenda del medesimo divertimento. Era questa l'educazione come l'intendeva Himmelstoss.

L'idea, per volgare che fosse, avrebbe potuto essere ottima, se il presupposto non fosse stato errato: ma poiché la pigrizia non c'entrava – e ciascuno avrebbe potuto convincersi, solo a guardare la faccia anemica di entrambi – la conclusione fu, che ogni notte uno dei due dormiva sulla nuda terra, a rischio di prendersi un raffreddore.

Intanto Haje viene anch'esso a sedersi accanto a noi; mi ammicca con gli occhi e si frega con devozione le mani enormi. Abbiamo vissuto insieme il più bel momento della vostra vita di caserma. Fu la sera precedente la nostra partenza per il fronte. Assegnati a un reggimento di nuova formazione, eravamo stati inviati alla guarnigione per completare l'equipaggiamento, non più al deposito delle reclute, ma in un'altra caserma. L'indomani presto si doveva partire. Ci accingemmo quindi, la sera, a regolare i conti con Himmelstoss, come da parecchie settimane avevamo giurato di fare. Kropp aveva pensato perfino di entrare, a guerra finita, nell'amministrazione postale, unicamente per diventare il superiore di quell'uomo, quando fosse tornato al suo mestiere di portalettere; e già si cullava nell'immaginare come gliel'avrebbe fatta pagare. Era proprio per questo che l'amico non riusciva a domarci: contavamo sempre di beccarlo un giorno o l'altro; alla peggio, a guerra finita.

Intanto però volevamo appioppargli un sacco di legnate. Tanto, che cosa poteva capitarci, dal momento che non ci avrebbe riconosciuto e che si partiva l'indomani all'alba?

Conoscevamo l'osteria dove si recava ogni sera. Di là, per tornare al quartiere doveva percorrere una strada oscura, senza case. Ivi ci nascondemmo, dietro un mucchio di pietre. Avevo portato con me una coperta da letto. Tremavamo dall'ansietà di vedere se sarebbe stato solo. Finalmente udiamo il passo a noi ben noto: lo avevamo sentito tante volte, quando al mattino la porta si spalancava e la vociaccia tuonava: « Sveglia! ».

« Solo? » mormorò Kropp.

38

« Solo! » e con Tjaden girai intorno al mucchio di pietre.

Vedevamo luccicare la placca della sua cintura; Himmelstoss pareva alquanto allegro, e cantava. Ci passò dinanzi senza sospettare di nulla. Allora afferrammo la coperta, e con un balzo senza rumore gliela gettammo per di dietro sulla testa, strappandola poi all'ingiù, cosicché egli venne a trovarsi chiuso in una specie di sacco bianco, senza poter muovere le braccia. Il suo canto si spense.

Subito si fece avanti Haje Westhus e con le braccia allargate ci respinse indietro, per essere lui il primo. Con voluttà si mise in posizione, alzò il braccio che sembrava un'antenna, aprì la mano larga quanto una pala e sul bianco sacco lasciò andare un colpo che avrebbe abbattuto un bue.

Himmelstoss fece una capriola, riprese terra cinque metri più in là e cominciò ad urlare. Ma avevamo preveduto anche questo e avevamo con noi un cuscino. Haje si accoccolò, si pose il cuscino sulle ginocchia, afferrò il sacco lì dov'era la testa e la schiacciò contro il cuscino; subito le grida si attutirono. Haje di tanto in tanto lo lasciava respirare, e allora gli usciva dalla strozza un bel grido chiaro, che poi di nuovo s'affievoliva.

Ora Tjaden sbottonava a Himmelstoss le bretelle, e gli tirava giù i calzoni: intanto teneva un battipanni stretto fra i denti. Compiuta l'operazione, si alzò e cominciò a farlo funzionare. Fu uno spettacolo meraviglioso: Himmelstoss a terra; chino sopra di lui, con la testa di lui fra le ginocchia, Haje, un ghigno diabolico sulla faccia e la bocca aperta per la gioia; poi le palpitanti mutande a righe, le gambe storte di Himmelstoss, che calate nei calzoni, facevano ad ogni colpo le più strane movenze; dietro infine, come un tagliaboschi al lavoro, l'infaticabile Tjaden. Alla fine dovemmo strapparglielo di mano, per avere il nostro turno. Finalmente Haje rimise Himmelstoss sui propri piedi, e volle avere una beneficiata per sé solo. La sua destra distesa, che pareva volesse raggiungere le stelle, si allungò in un formidabile scapaccione; Himmelstoss si abbatté, ma Haje lo rimise a piombo e con la sinistra gliene somministrò un secondo perfettamente centrato. Il disgraziato urlando fuggì a quattro zampe. Il suo sedere di portalettere, nelle mutande di rigatino, biancheggiava sotto la luna.

Noi scomparimmo al galoppo.

Haje si volse a guardarlo e disse iroso, ma sazio e un po' enigmatico: « La vendetta ha buon sapore ».

In fondo, Himmelstoss poteva essere soddisfatto: la sua massima, che ci si deve sempre educare l'un l'altro, aveva portato i suoi frutti. Avevamo approfittato dei suoi stessi metodi. Egli non è mai riuscito a scoprire chi dovesse ringraziare: in ogni caso ci guadagnò una coperta, perché ritornati alcune ore più tardi sul luogo del misfatto, non la trovammo più.

Quella serata fece sì che partimmo relativamente sereni il mattino appresso. Sicché un barbone, vedendoci passare, ci chiamò commosso *gioventù eroica*.

IV

Ci mandano innanzi, a stendere reticolati. All'imbrunire
arrivano gli autocarri, ci arrampichiamo su. È una sera
calda, il crepuscolo è come un velo, nella cui ombra ci si
sente sicuri. Esso ci riavvicina l'uno all'altro, persino
l'avaro Tjaden mi regala una sigaretta e mi aiuta ad
accenderla.

Strepito di motori, traballare fragoroso di carri. Le
strade sono consumate e piene di buche; non si possono
accendere i fanali, sicché ad ogni istante i carri vi incap-
pano, e quasi siamo sbalzati fuori dall'urto. Tutto ciò
non ci inquieta; tanto, il peggio che possa capitarci è la
rottura di un braccio – sempre meglio che un buco nella
pancia; – più d'uno anzi si augura che un simile incidente lo rimandi a casa.

Accanto a noi in lunga fila passano i convogli di
munizioni. Hanno fretta, e di continuo ci oltrepassano.
Scambio di frizzi fra le colonne.

Poco lungi dalla strada si scorge il muro di una casa.
Ad un tratto, aguzzo gli orecchi: sì, non mi inganno,
sento un *qua qua* di oche. Guardo Katzinski, e lui guarda
me: ci siamo capiti. « Kat, sento odor di padella... »

Lui fa cenno col capo: « Sarà fatto, quando torniamo.
Conosco il settore ».

Naturalmente, lui conosce il settore. Non una zampa

41

d'oca gli sfugge, entro un raggio di venti chilometri.

Siamo arrivati nella zona delle artiglierie. Gli affusti sono dissimulati alla vista degli aviatori mediante cespugli; si direbbe una festa campestre militare. Questa sorta di pergolati ha un aspetto pacifico e allegro: peccato che sotto ci siano i cannoni!

L'aria si fa densa di fumo e di nebbia. L'odor della polvere è acre al palato. I colpi scrosciano, fanno traballare il carro, l'eco prolunga ogni detonazione, tutto ondeggia. Insensibilmente i nostri volti cambiano espressione. In realtà non si va in trincea, non si ha altro da fare che stendere reticolati; eppure in ogni volto si scorge che siamo ormai sul fronte, che esso ci ha in suo potere.

Non è ancora paura. Chi come noi è andato innanzi tante volte, ha la pelle dura. Solo le giovani reclute sono inquiete. Kat le ammaestra: « Questo è un trecentocinque: lo sentite dal rombo. Ora viene lo scoppio ».

Ma il tonfo sordo delle detonazioni non si sente, annegato nel fragore generale del fronte. Kat origlia: « Questa notte c'è musica ».

Ascoltiamo tutti: il fronte è inquieto. Kropp dice: « I *Tommies* sparano già ».

I colpi si odono distintamente: sono le batterie inglesi, sulla destra del nostro settore. Cominciano un'ora prima: nel nostro settore cominciano alle dieci precise.

« Che diamine viene loro in mente! » esclama Müller: « hanno gli orologi in anticipo ».

« Musica vi dico, stanotte, ragazzi: la sento nelle costole. » E Kat si stringe nelle spalle.

Accanto a noi partono tre colpi. La vampa di fuoco attraversa diritta la nebbia, e i pezzi brontolano e strepitano. Un brivido ci corre la schiena, ci rallegriamo dentro di noi al pensiero che, domattina, saremo di ritorno alle baracche.

Abbiamo i volti non più pallidi né più accesi, i tratti non più tesi né più rilassati del solito; eppure è un'altra cosa. Nel nostro sangue si è formato una specie di contatto elettrico, come allo scatto d'una molla. Non sono modi di dire, è un fatto: è il fronte, è la coscienza del fronte che sviluppa questo contatto. Al fischio delle prime granate, al primo strappo dell'aria solcata dalle detonazioni, subito nelle nostre vene, nelle mani, negli occhi è come un'attesa sommessa, un origliare, un essere più svegli, una singolare duttilità dei sensi; all'improvviso tutta la persona si trova in piena efficienza.

Spesso ho l'impressione che sia l'aria stessa, scossa e vibrante, che in onde silenziose ci assale, o che dallo stesso fronte emani un fluido elettrico a mobilitare i nostri nervi fino nelle ultime fibre, sconosciute a noi stessi.

Ogni volta è la stessa cosa: quando partiamo siamo dei soldati qualunque, brontoloni o di buon umore, a seconda dei caratteri; ai primi appostamenti d'artiglieria tutto cambia, e ogni nostra parola ha risonanze affatto nuove.

Quando Kat nei baraccamenti dice: « Ci sarà musica » è la sua opinione e basta; ma quando lo dice qui, la sua parola taglia come una baionetta che luccichi nella notte, e recide netto ogni nostro pensiero: essa parla a quel subcosciente che è in noi, vi ridesta un'eco oscura: « musica! ».

Forse è la nostra vita più intima e più segreta che in noi freme e si leva a difesa.

Per me il fronte è un orribile gorgo. Mentre ancora ne

sei lontano, là dove le acque sono ancora tranquille, già lo senti che ti assorbe, che ti attira, con una forza lenta, invincibile, che distrugge senza fatica ogni tua resistenza.

Ma dalla terra e dall'aria fluiscono pure in noi forze di difesa: soprattutto dalla terra. A nessuno la terra è amica quanto al fante. Quando egli vi si aggrappa, lungamente, violentemente; quando col volto e con le membra in lei si affonda nell'angoscia mortale del fuoco, allora essa è il suo unico amico, gli è fratello, gli è madre; nel silenzio di lei egli soffoca il suo terrore e i suoi gridi, nel suo rifugio protettore essa lo accoglie, poi lo lascia andare, perché viva e corra per altri dieci secondi, e poi lo abbraccia di nuovo, e spesso per sempre.

Terra, terra, terra.

Terra, con le tue pieghe, con le tue buche, coi tuoi avvallamenti in cui ci si può gettare, sprofondare. Terra, nello spasimo dell'orrore, fra gli spettri dell'annientamento, nell'urlo mortale delle esplosioni, tu ci hai dato l'enorme risucchio della vita riconquistata! La corrente della vita, quasi distrutta, rifluì per te nelle nostre mani, così che salvati in te ci seppellimmo, e nella muta ansia del momento superato mordemmo in te la nostra gioia!

Di colpo, al primo tuonare di una granata, torniamo con una parte di noi stessi indietro di migliaia d'anni. È un intuito puramente animale quello che in noi si ridesta, che ci guida e ci protegge.

Incosciente, ma assai più rapido, più sicuro, più infallibile che non la coscienza. Non si può spiegare; si va senza pensare a nulla, ed ecco che ad un tratto ci si trova in un avvallamento del terreno, mentre sopra noi volano schegge di granata, ma non ci si ricorda di aver sentito venire il colpo né di aver pensato a coricarci. Se ci si fosse lasciati guidare dal ragionamento, si sarebbe a quest'ora un carname sparpagliato: è stato *l'altro* che oscuramente vigile in noi ci ha buttati a terra e salvati, senza che noi si sappia come. Se questo *altro* non fosse, da un pezzo, fra le Fiandre ed i Vosgi, non vi sarebbero più creature viventi.

Noi partiamo soldati allegri o brontoloni; quando giungiamo alla zona del fuoco siamo divenuti una razza belluina.

Una foresta rada ci accoglie. Oltrepassiamo le cucine da campo e dietro la foresta smontiamo. Gli autocarri tornano indietro; ripasseranno a prenderci prima dell'alba.

Nebbia e fumo d'artiglieria si stendono bassi sui prati, all'altezza dei nostri petti. Sopra splende la luna. Sulla strada passano reparti di truppa. Gli elmetti d'acciaio brillano con pallidi riflessi nella luce lunare. Le teste e i fucili emergono dalla nebbia; teste chine, ondeggiamenti di armi. Più in là la nebbia cessa e le figure si profilano; giubbe, pantaloni, stivali escono dalla nebbia come da uno stagno di latte, si riuniscono in colonna, e la colonna marcia in avanti, le figure si fondono l'una nell'altra a formare un cuneo oscuro, che si spinge innanzi nella notte, stranamente accresciuto dalle teste e dai fucili, man mano che emergono dalla bruma. Una colonna, non più individui distinti.

Da una strada traversale giungono pezzi da campagna e cassoni di munizioni. I cavalli hanno groppe che luccicano sotto la luna, agili movenze, un agitar di teste, uno scintillar d'occhi. Pezzi e cassoni sembrano scivolare lievi sullo sfondo fumoso del paesaggio lunare; i conducenti coi loro elmetti d'acciaio rievocano immagini di cavalieri delle antiche età: spettacolo bello e impressionante.

Ci avviciniamo al parco del genio: qui, alcuni di noi si caricano sulle spalle paletti di ferro, ricurvi ed aguzzi, altri infilano tubi di ferro nei rotoli di filo spinato, e si parte. I carichi sono grevi e faticosi: il terreno diventa più rotto man mano che avanziamo. Dalla testa ci giungono avvisi: « Attenzione, a sinistra grossa buca di granata... » oppure: « Attenti, fosso... »; teniamo gli occhi spalancati, coi piedi e coi bastoni tastiamo davanti a noi il terreno prima di portarvi il peso del nostro corpo... La colonna si arresta; d'un tratto ciascun uomo dà del naso nel filo spinato portato dal compagno che lo precede, e bestemmia.

La strada è ingombra da alcune carrette sfasciate; nuovo ordine: « Spegnete pipe e sigarette... ». Siamo vicini alle trincee.

Intanto si è fatto buio pesto. Giriamo intorno a un boschetto e abbiamo davanti a noi il settore assegnatoci.

Da una estremità dell'orizzonte all'altra vaga un incerto chiarore rossastro. Esso svaria di continuo, attraversato dalle vampe degli spari. Razzi nostri si alzano qua e là, piccoli dischi rossi od argentei che scoppiano e ricadono in una pioggia di stelle azzurre, rosse e verdi. Razzi francesi si allargano in aria a guisa di paracadute e calano lentamente verso terra. Illuminano ogni cosa come fosse giorno: la loro luce giunge sino a noi, sicché vediamo le nostre ombre profilarsi nettamente sul terreno. Volano a lungo, per minuti interi, prima di bruciare completamente. E subito altre se ne alzano da ogni parte e in mezzo a quelli i nostri: verdi, rossi e azzurri.

« Gran festa, stanotte » dice Kat.

Il tuono delle artiglierie sale talvolta fino a fondersi in un solo sordo fragore e poi di nuovo si placa e si spezza in colpi isolati; crocchiano le secche salve delle mitragliatrici. Sopra di noi l'aria è piena di invisibili scoppi, di urli, fischi, sibili. Sono i piccoli calibri, fra cui si distinguono i toni d'organo dei grossi proiettili che passano pesanti nella notte e vanno a scoppiare lontano, alle nostre spalle. Questi hanno un bramire rauco e lontano, come di cervo in calore, e compiono alta la loro traiettoria, fra l'urlo e il sibilo dei calibri minori.

I riflettori cominciano ad esplorare il cielo nero. Vanno e vengono su di esso come regoli giganteschi di luce, più sottili alle estremità. Uno sta fermo ad un tratto e trema solo un poco. Subito un altro si leva accanto ad esso, le loro luci si incrociano; ed ecco in mezzo a loro un piccolo insetto nero che cerca di sfuggire: è l'aviatore: incerto, accecato, e barcolla.

Ficchiamo in terra, a distanze regolari, i paletti di ferro: due uomini tengono il rotolo, gli altri svolgono il filo spinato. È l'orribile filo dai lunghi e fitti spini. Ho perduto l'abitudine di svolgerlo, e mi faccio un largo taglio ad una mano.

In poche ore abbiamo finito. Ma c'è tempo, prima che gli autocarri ritornino. La maggior parte di noi si sdraia a terra e dorme; anch'io cerco di imitarli, ma fa troppo freddo. Si sente la vicinanza del mare, l'aria fredda ci risveglia continuamente.

Infine dormo sodo. Risvegliato all'improvviso, di soprassalto, non ho più idea del luogo ove mi trovo; vedo le stelle, i razzi, e per un momento ho l'impressione di essermi addormentato durante una festa, in un giardino:

non so se sia mattina o sera, mi cullo un istante nei pallori del crepuscolo, come aspettando dolci e segrete parole che devono venire; piango, forse. Mi tocco gli occhi; è strano, sono forse un bambino? La pelle è tenera e umida. Quest'impressione non dura che un secondo, poi riconosco il profilo di Katzinski. Siede tranquillo, il vecchio soldato, e fuma la sua pipa (beninteso, una pipa chiusa, a coperchio). Quando mi vede desto, osserva con calma: « Hai sentito la scossa eh? Ma è stata solo una spoletta, è là nel cespuglio ».

Mi levo a sedere: mi sento singolarmente solo. Ho piacere che Kat sia lì. Egli guarda pensieroso verso le prime linee e mormora: « Bel fuoco d'artifizio: peccato che sia tanto pericoloso ».

Qualche cosa scoppia alle nostre spalle; un paio di reclute balzano in piedi spaventate. Dopo qualche minuto, altro colpo, più vicino. Kat vuota la sua pipa.

Comincia a far caldo. La musica attacca. Ci ritiriamo carponi, quanto più presto ci è possibile. Il prossimo colpo già cade fra noi. Qualche ragazzo grida. All'orizzonte salgono razzi verdi, piovono schegge; si sente il loro schiocco molto tempo dopo che si è spenta la detonazione. Accanto a noi è distesa una recluta spaurita: biondo come la stoppa. Si stringe la faccia fra le mani, l'elmetto gli è scivolato via. Glielo ripesco e voglio cacciarglielo sulla testa. Egli mi guarda, respinge l'elmo e si rannicchia come un bambino sotto il mio braccio, contro il mio petto. Le sue spalle tremano: esili, come quelle del povero Kemmerich.

Lo lascio fare, ma perché l'elmetto gli serva almeno a qualche cosa, gielo metto sul didietro; non per derisione, ma pensatamente, perché è quello, per il momento, il punto più esposto. È vero che lì c'è della ciccia, ma una pallottola nelle natiche è maledettamente dolorosa, e per di più ti fa stare all'ospedale, disteso sulla pancia, per mesi e mesi, e dopo vai zoppo quasi sicuramente.

Lì vicino un colpo scoppia in pieno. Si odono grida frammiste alle detonazioni.

Finalmente il fuoco si calma un po'; ormai passa sopra di noi e picchia sulle trincee di riserva. Ci arrischiamo a guardare. Razzi rossi fiammeggiano nel cielo: certo è imminente un attacco. Qui intanto tutto è tranquillo. Mi rialzo e scuoto la recluta per le spalle: « È passata, bambino! È andata ancora bene... ».

Confuso, si guarda intorno, e io gli faccio animo: « Vedrai che ti abitui ».

Allora vede il suo elmo e se lo rimette in capo: adagio ritorna in sé... ma ad un tratto diventa rosso come una bragia e fa una certa faccia imbarazzata. Con prudenza mette la mano al sedere e mi fissa angustiato. Ho capito subito: diarrea di guerra. Non per questo, a dir vero, gli avevo schiaffato l'elmo proprio lì, ma lo consolo egualmente: « Non ci badare, non è vergogna. Ben altri che te ha riempito i calzoni dopo il primo attacco. Va' dietro il cespuglio, getta via le mutande, e non pensarci più ».

Lui si spiccia a seguire il mio consiglio. L'atmosfera si fa ora più silenziosa, ma il gridare non cessa: « Che c'è, Alberto? » domando.

« Laggiù nelle colonne alcuni colpi sono scoppiati in pieno. »

L'urlo non vuole cessare: non possono essere uomini, quelli che gridano così terribilmente.

Kat dice: « Cavalli feriti ».

Non m'è mai accaduto di udire cavalli *gridare*, e quasi non ci posso credere; quella che geme laggiù è tutta la miseria del mondo, è la povera creatura martirizzata, un dolore selvaggio, atroce, che ci fa impallidire. Detering si rizza: « Assassini! Assassini! Ma ammazzateli perdio! ».

Egli è agricoltore, ha confidenza coi cavalli: la cosa lo tocca da vicino. E come a farlo apposta, il fuoco ora quasi tace, sicché l'urlo delle bestie si leva più chiaro. Non si sa donde possa venire, in questo paesaggio argenteo, ora così tranquillo; è invisibile, spettrale, dappertutto, fra la terra e il cielo, si allarga smisurato, enorme. Detering diviene furibondo e urla: « Ma sparate, uccideteli dunque, sacr...! ».

« Prima devono portar via i feriti » osserva pacato Kat.

Ci alziamo e andiamo a cercare dove siano queste bestie. A vederle sarà più sopportabile. Meyer ha con sé un cannocchiale. Vediamo un gruppo oscuro di portaferiti con barelle, e poi masse nere, più grosse, che si muovono. Sono quelli i cavalli feriti. Ma non tutti: molti galoppano lontano, si abbattono e poi riprendono a correre. Uno ha la pancia squarciata, le interiora pendono fuori. La povera bestia vi s'impiglia con le gambe, stramazza, si rialza. Detering imbraccia il fucile e mira. Kat lo devia, sicché il colpo va in aria.

« Sei matto? » Detering trema e getta a terra il fucile. Ci accoccoliamo per terra e ci turiamo le orecchie. Ma l'orribile lamento, quel gemere, quel pianto, penetra dovunque, e si ode sempre.

Tutti abbiamo imparato a sopportare qualcosa: ma qui il sudore ci imperla la fronte. Si vorrebbe alzarsi e fuggire, non importa dove, solo per non udire più quei gridi. E dire che non sono uomini, ma soltanto poveri cavalli.

Dal gruppo oscuro si staccano alcune barelle. Poi alcuni colpi. Le masse nere dei cavalli esitano, si afflosciano. Finalmente! Ma non è finita ancora. Gli uomini non riescono ad avvicinarsi ai cavalli feriti che, terrorizzati, scorrazzano qua e là tutto, il dolore nelle gole spalancate. Una delle figure nere mette un ginocchio a terra; si ode un colpo: un cavallo si abbatte, ancora uno. L'ultimo punta sulle gambe davanti, e si gira in tondo come una giostra; si gira in cerchio con la groppa a terra; avrà la spina dorsale fracassata. Un soldato accorre e lo abbatte: lento, umile, scivola a terra.

Ci togliamo le mani dalle orecchie. Il gridare è cessato: solo è nell'aria un lungo gemito, che va spegnendosi lentamente. E poi non v'è più nulla, altro che lo squittire dei razzi, la canzone delle granate e le stelle: e ciò sembra persino strano.

Detering se ne va, bestemmiando: «Vorrei un po' sapere che colpa hanno loro». Di lì a poco si riavvicina a noi, e con voce vibrata, quasi solenne, afferma: «Ve lo dico io, l'infamia più grande è che si faccia fare la guerra anche alle bestie».

Torniamo indietro: è tempo di raggiungere gli autocarri. Il cielo comincia a sbiancare: tre ore di mattina. Spira un venticello fresco, l'ora smorta rende grigi i nostri volti.

In fila indiana brancoliamo avanti fra trincee e buche e torniamo nella zona della nebbia. Katzinski è inquieto: cattivo segno.

«Che hai, Kat?» domanda Kropp.

«Vorrei essere già a casa.» A casa, vale a dire alle baracche.

«Ormai manca poco, Kat.»

Ma lui è nervoso. «Non so, non so...»

Eccoci alle trincee d'approccio, e poi ai prati. Spunta

il piccolo bosco: qui conosciamo il terreno a palmo a palmo. Ecco il cimitero del battaglione cacciatori, coi suoi tumuli e le sue croci nere...

Ma in questo istante si ode dietro a noi un sibilo che si gonfia, scroscia, tuona. Ci buttiamo a terra, e cento metri davanti a noi si leva una nuvola di fuoco.

Un minuto dopo una seconda esplosione solleva una porzione del bosco; tre, quattro alberi sono proiettati in aria e volano in schegge. E già fischiano altre granate, con un rumore di caldaia a vapore: fuoco intenso.

« Coprirsi! » grida qualcuno: « Coprirsi! ».

La prateria è piana, la foresta troppo distante e pericolosa; non si vede altra copertura che il cimitero e i tumuli delle tombe. Vi corriamo tastoni, nel buio, e subito ciascuno è come incollato dietro una tomba.

Era tempo. Nell'oscurità si scatena un delirio; tutto ondeggia e infuria. Cose nere, più nere assai della notte, precipitano gigantesche su di noi, passano sopra di noi. Il fuoco delle esplosioni getta sprazzi sul cimitero. Non v'è scampo in nessuna parte; nel lampeggiare delle granate arrischio un'occhiata alla prateria: sembra un mare in burrasca, le vampe dei colpi saltano su come getti di fontana. Attraversare un simile inferno è impossibile.

Il boschetto scompare, calpestato, lacerato, stracciato. Dobbiamo rimanere qui, nel cimitero.

La terra scoppia davanti a noi. Dovunque piovono zolle. Sento uno strappo. Ho la manica lacerata da una scheggia. Stringo il pugno: nessun dolore. Ma ciò non mi rassicura, le ferite non dolgono che più tardi. Passo la mano sul braccio: graffiato, ma sano. Uno schiocco al cranio, da farmi perdere la conoscenza: ho in un lampo il pensiero: non svenire! Affondo un momento in una pozzanghera nera, e ne emergo subito. Una scheggia ha colpito il mio elmetto, ma veniva da così lontano che non l'ha perforato. Mi asciugo il fango sugli occhi. Davanti a me è spalancata una buca, che riconosco confusamente. Le granate non ricascano facilmente nello stesso buco, perciò mi ci posso calare. Pronto, mi allungo, stendendomi piatto sulla terra; ma ecco un altro fischio: mi rannicchio, cerco istintivamente di coprirmi, sento qualcosa alla mia sinistra, mi ci avvinghio, essa cede, io gemo, la terra si apre, la pressione dell'aria tuona nelle mie orecchie, io mi appiatto sotto la cosa che cede, è legno, stoffa, copertura: un riparo, un miserabile riparo contro le schegge che schioccano giù.

Apro gli occhi: le mie dita hanno avvinghiato una manica, un braccio. Un ferito? Gli grido qualcosa; non risponde: un morto. La mia mano afferra qualcos'altro, schegge di legname; allora capisco: siamo coricati in un cimitero...

Ma il fuoco è più forte d'ogni altra cosa: esso annulla le riflessioni: io mi appiatto ancora più in fondo, sotto la bara: essa ha da proteggermi, vi sia pur dentro la morte in persona.

La fossa sta spalancata davanti ai miei occhi, che vi si aggrappano come se fossero mani: in un salto bisogna ch'io sia dentro. Ma ecco qualcosa mi percuote in viso, una mano afferra la mia spalla; è il morto che si risveglia? La mano mi scuote: io volgo la faccia, nel bagliore di un secondo distinguo il viso di Katzinski. Ha la bocca spalancata e urla qualcosa ch'io non arrivo a sentire: continua a scrollarmi, si avvicina; e in un momento di minor rumore, le sue parole mi raggiungono: « Gas! Gas! Gas! Passa la voce! ».

Metto mano alla maschera, a qualche distanza da

me qualcuno è disteso. Non penso più ad altro: « Bisogna dirglielo. Gaas! Gaaas! ».

Io grido, mi trascino vicino a lui, lo picchio coll'astuccio della maschera, ma non sente nulla; ancora, ancora; lui non fa che rannicchiarsi, è una recluta. Guardo disperato Kat, che ha già messo la maschera; allora anch'io sciolgo la mia, l'elmetto ruzzola accanto, me la metto sulla faccia, raggiungo l'uomo, la sua maschera è a portata della mia mano: l'afferro, gliela infilo sulla testa, lascio la presa, e di colpo mi trovo in fondo alla fossa.

Lo schiocco sordo delle bombe a gas si mescola al fragore degli esplosivi. Tra le esplosioni si ode l'allarme della campana, dovunque ripetuto dai gong, dai tamtam metallici. Gas! gas! gas!

Un tonfo accanto a me, un altro, un altro ancora. Io pulisco gli occhiali della mia maschera, appannati dal respiro. È Kat, Kropp, chi altri ancora. Siamo coricati in quattro, vigili, ansiosi, e cerchiamo di respirare più debolmente che ci sia possibile.

Questi primi momenti con la maschera calata, decidono della vita e della morte di un uomo: sarà impenetrabile? Ho presenti le orribili cose viste all'ospedale: gli asfissiati, che soffocando giorno per giorno vomitano pezzo per pezzo i polmoni abbruciati.

- Respiro con cautela, la bocca compressa contro la valvola. Ecco che il vapore mefitico striscia sul terreno e scende in ogni avvallamento. Come uno smisurato mollusco esso si insinua, affonda i tentacoli nella nostra buca. Tocco Kat col gomito; sarebbe meglio arrampicarci fuori e coricarci distesi sul terreno, anziché qui ove il gas si raccoglie più denso. Ma non è possibile. Comincia una seconda gragnuola di fuoco. Non sono più i pezzi che sparano, è il suolo stesso che va sossopra.

Con uno schianto, qualcosa di oscuro precipita in mezzo a noi e ci sfiora interrandosi: un feretro, lanciato in aria da un'esplosione.

Vedo che Kat si muove e mi avvicino a lui carponi. Il feretro ha schiacciato il braccio disteso del quarto uomo che è con noi nella buca. Istintivamente il poveretto cerca di strapparsi coll'altra mano la maschera. Ma Kropp è pronto ad afferrargli il braccio, e glielo ripiega contro le reni mantenendovelo a viva forza.

Intanto Kat e io ci accingiamo a liberare il braccio ferito. Il coperchio della cassa è aperto e rotto, sicché è facile strapparlo. Gettiamo fuori il cadavere, che come un sacco cade a terra: poi cerchiamo di disincagliare la parete inferiore della cassa.

Per fortuna il ferito perde conoscenza, sicché anche Alberto ci può aiutare. Non abbiamo più bisogno di tante cautele e lavoriamo a tutta forza finché la cassa con un gemito non cede alla leva delle nostre palette.

Ormai si è fatto più chiaro. Kat prende un pezzo del coperchio, lo pone sotto il braccio fracassato, e intorno avvolgiamo tutte le bende dei nostri pacchetti di medicazione. Più di così per il momento non si può fare.

Ho la testa che mi ronza e mi rimbomba sotto la maschera, mi pare che debba scoppiare. I polmoni sono sforzati, debbono di continuo respirare la medesima aria calda e corrotta; le arterie delle tempie si gonfiano, pare di soffocare.

Una luce grigiastra filtra giù fino a noi. Il vento soffia sopra il camposanto. Mi sporgo sull'orlo della fossa; nel crepuscolo sporco vedo davanti a me una gamba strappata col suo stivale perfettamente intatto: tutto questo scorgo in un baleno. Ma, a pochi metri di distanza, vedo ora qualcuno alzarsi; pulisco gli occhiali che per l'emo-

55

zione subito mi si appannano di nuovo: quello là non porta più la maschera!

Aspetto qualche secondo, egli non stramazza al suolo, si guarda intorno e fa qualche passo: vuol dire che il vento ha disperso il gas, che l'aria è libera. Allora rantolando strappo anch'io la maschera e cado lungo disteso; l'aria fluisce in me come una corrente d'acqua gelata, gli occhi mi vogliono schizzare fuori dalle orbite, l'onda mi sommerge e per un momento perdo conoscenza.

Le scariche sono cessate; mi volto alla fossa e faccio segno agli altri: si arrampicano su, si strappano le maschere. Prendiamo il ferito, uno di noi gli sostiene il braccio legato alla sua assicella, e frettolosamente, inciampando ad ogni passo, ci avviamo.

Il piccolo cimitero è ridotto un cumulo di rottami. Feretri e salme giacciono qua e là. Poveri morti, li hanno uccisi una seconda volta; ma ciascuno di quei corpi stracciati ha salvato uno di noi.

La cinta è devastata, i binari della *decauville* alzano in aria i loro monconi. Ecco qualcuno lungo disteso. Ci fermiamo; solo Kropp procede innanzi col suo ferito.

Questo qui a terra è una recluta; ha l'anca sporca di sangue; è talmente esaurito, ch'io metto mano alla borraccia, ove tengo del tè con rum; ma Kat mi trattiene la mano e si china sopra di lui: « Dove ti hanno colpito? ».

Egli muove gli occhi, è troppo debole per rispondere; gli tagliamo con precauzione i pantaloni. Egli geme. « Buono, buono, figliuolo, ora andrà meglio... » Se ha un colpo nel ventre, non bisogna dargli da bere; ma non ha rigettato, ciò è buon segno. Gli mettiamo il fianco a nudo: è una poltiglia sanguinolenta, con schegge d'osso.

Colpita l'articolazione. Questo povero figliuolo non camminerà mai più.

Gli passo una mano inumidita sulle tempie, e gli faccio bere un sorso. Gli torna la vita negli occhi. Ora soltanto vediamo che anche il braccio destro gli sanguina.

Kat svolge dei pacchetti di medicazione, li stira più in largo che può, perché coprano tutta la piaga. Non abbiamo nient'altro, perciò cerco di strappare al ferito un pezzo delle sue mutande per servirmene come di benda. Ma non porta mutande. E allora lo guardo meglio: è il biondino di poco fa.

Intanto Kat ha preso su un cadavere altre bende, che avvolgiamo con precauzione sulle ferite. Io dico al ragazzo, che ci guarda fisso: « Stai quieto, ora andiamo a prenderti una barella ».

Allora apre le labbra e mormora: « Restate qui... ».

« Torniamo subito » dice Kat: « Andiamo a prendere una barella, per te... ».

Non si vede se abbia capito o meno; geme come un bambino, e supplica: « Non andate via... ».

Kat si guarda intorno e mormora: « Non sarebbe il caso di prendere una pistola, e farla finita? ».

È dubbio se il ragazzo possa sopportare il trasporto; in ogni caso non durerà che pochi giorni. Ma tutto quello che ha sofferto fin qui, è nulla in paragone di questo tempo che gli rimane di passare, prima che muoia. Ora è intontito, non sente quasi niente; ma fra un'ora sarà un groppo gemebondo di insopportabili sofferenze. I giorni che può ancora vivere non saranno per lui che una delirante tortura. E a chi giova, che questi giorni egli li viva o no?

Io chino la testa: « Sì, Kat » dico « bisognerebbe prendere una pistola... ».

« Da' qua » fa lui, e si alza. È deciso, lo sento: ci guardiamo intorno, ma già non siamo più soli. Davanti a noi si raccoglie un gruppetto, da tutte le fosse e le buche spuntano teste.

Allora andiamo a prendere una barella; ma Kat scuote la testa e mormora: « Poveri figli di mamma, poveri figli innocenti... ».

Le nostre perdite sono minori di quanto si potesse pensare. Cinque morti e otto feriti. Non è stata che una breve raffica di fuoco. Due dei nostri morti giacciono in una tomba scoperchiata, e non abbiamo altra fatica che di ricoprirli.

Torniamo indietro, silenziosi, in fila indiana. I feriti sono trasportati all'ambulanza. Il mattino è torbido e grigio, i portaferiti corrono qua e là con numeri e foglietti, i feriti gemono. Comincia a piovere.

In un'ora di marcia abbiamo raggiunto gli autocarri e ci arrampichiamo su. Ora ci stiamo più comodi che nell'andata.

La pioggia si fa più forte: spieghiamo dei teli da tenda e ce li stendiamo sulla testa, la pioggia vi scroscia sopra e cola in rigagnoli da una parte e dall'altra. I carri guazzano per le buche piene d'acqua e noi, in uno stato di dormiveglia, ci lasciamo dondolare di qua e di là.

Davanti, sul carro, due soldati tengono due lunghi bastoni biforcati e badano ai fili telefonici che pendono attraverso la strada, tanto bassi che porterebbero via la testa, se i due uomini non li infilassero a tempo coi loro bastoni e non li tenessero sollevati sopra di noi. Udiamo il loro grido: « Attenzione! filo ». E quasi dormendo ci pieghiamo sulle ginocchia per poi raddrizzarci nuovamente.

Monotoni traballano i carri, monotoni si alternano i gridi, monotona scroscia la pioggia. Essa scorre sulle nostre teste, e laggiù sulle teste dei morti, e sul corpo della piccola recluta, dalla ferita troppo grande per il suo esile fianco; e sulla tomba del povero Kemmerich e sui nostri cuori.

Scoppia una detonazione, non si sa dove. E subito ci riscuotiamo, gli occhi già sbarrati, le mani pronte a proiettare i nostri corpi fuori dai carri, nei fossati lungo la strada. Ma è un falso allarme; monotono risuona il grido: « Attenzione! filo ». Ci pieghiamo sulle ginocchia e ritorniamo nel dormiveglia.

V

Uccidere un singolo pidocchio, quando se ne hanno addosso centinaia, è un affar serio. Le bestiole sono piuttosto dure e alla lunga diventa noioso quel perpetuo schiacciarle con le unghie.

Perciò Tjaden ha pensato di assicurare, mediante un filo di ferro, il coperchio di una scatola da lucido sopra una candela accesa. Si gettano semplicemente i pidocchi in questa padella di nuovo genere: scoppiano, ed è finita.

Sediamo in cerchio, la camicia sulle ginocchia, il torso nudo al sole, le mani intente al lavoro. Haje ha una varietà particolarmente distinta di pidocchi, che sulla testa portano una croce rossa; e perciò sostiene di averli portati via dall'ospedale di Thourout, e che provengono nientemeno che dalla persona di un colonnello medico. Vorrebbe anche utilizzare il grasso che si va raccogliendo nel coperchio, per ingrassare gli stivali, e ride mugolando per mezz'ora, di questa elegante freddura. Ma non ha successo: siamo troppo preoccupati di un'altra faccenda.

La voce che correva si è verificata; è arrivato Himmelstoss. È qui da ieri, abbiamo già udito la sua voce ben nota. Si dice che in patria abbia cercato di *educare* un po' troppo energicamente alcune giovani reclute, fra le quali, a sua insaputa, era il figlio d'un alto funzionario: e ci si è rotto le corna.

Qui troverà da stupirsi. Tjaden sta meditando da ora tutte le risposte che gli potrà dare. Haje contempla con compunzione le sue parole, e mi fa l'occhiolino. La grande sculacciatura del sottufficiale è stato il punto culminante della sua esistenza; mi ha raccontato che talvolta, di notte, ne sogna.

Kropp e Müller confabulano tra loro. Kropp si è rimediato una scodella di lenticchie, chissà dove, probabilmente alla cucina degli zappatori, e Müller vi sbircia avidamente; ma sa dominarsi e domanda: « Alberto, che faresti se ora, ad un tratto, scoppiasse la pace? ».

« Macché pace! Non esiste pace » mormora Kropp.

« Be', ma se scoppiasse davvero » insiste Müller, « che cosa faresti? »

« Via di volata » risponde Kropp.

« Naturale, ma poi? »

« Prenderei una sbornia » fa Alberto.

« Non dir fesserie. Parlo sul serio. »

« Ma anch'io: che altro vuoi fare? »

Kat si interessa alla questione. Esige da Kropp la sua parte di lenticchie, e ottenutala medita lungamente, e infine conclude: « La sbornia sta bene. Ma poi, via col prossimo treno, e dritti a casa. La pace, pensate un po': la pace... ». Fruga nel suo portafogli di tela cerata e ne estrae una fotografia che mostra intorno con orgoglio: « La mia vecchia ». Poi la ripone con cura e sacramenta: « Porca guerra pidocchiosa! ».

« Tu puoi ben dirlo » lo interrompo: « hai il pupo e la moglie ».

« Già » riconosce lui « e devo pensare a dar loro da mangiare. »

Noi ridiamo: « Oh, il mangiare non ti mancherà, Kat, e alla peggio andrai a requisirlo ».

Ma Müller ha fame e non è ancora soddisfatto, e perciò sveglia Haje Westhus dai suoi sogni di cazzottature. « E tu, Haje, che faresti, se oggi venisse la pace? »

« Ti dovrebbe dare una tribbiata in quel posto » dico io, « per insegnarti a tirar fuori queste storie. Dove diamine vai a cercarle? »

« Vallo a domandare al... » risponde Müller laconico, e si volta nuovamente ad Haje Westhus.

Ma per costui una siffatta domanda è troppo difficile. Sicché scuote il testone bitorzoluto: « Vuoi dire, se non ci fosse più la guerra? ».

« Precisamente. Come sei fino! »

« Allora ci sarebbero ancora delle donne, eh? » e Haje si lecca il muso.

« Già, anche quelle. »

« Corpo d'un diavolo! » grida Haje, e la faccia gli si illumina tutta: « che cosa farei? Mi prenderei un bel pezzo di ragazza, una specie di granatiere, con molta polpa addosso, e via a letto! Pensate, un letto vero, con l'elastico... Ragazzi, per otto giorni non metto più i calzoni ».

Silenzio generale. L'immagine è troppo stupenda. Già ne abbiamo i brividi sulla pelle. Finalmente Müller si domina, e domanda:

« E poi? »

Pausa. Haje dichiara alquanto imbarazzato: « Se fossi sottufficiale, resterei nell'esercito e metterei la firma ».

« Haje, che ti gira? » dico io.

Ma lui, bonario: « Hai mai provato a scavar torba? No? E allora provatici un poco » e così dicendo estrae dagli stivali il cucchiaio, e lo affonda nella scodella di Alberto.

« Peggio che piantare reticolati nella Champagne non può essere » ribatto io.

Ma Haje mastica un poco e poi ghigna: « Però dura di più. E non ti puoi imboscare ».

« Ma ascolta, perdio, a casa si sta meglio, Haje? »

« Secondo » e si immerge in una specie di meditazione silenziosa.

Si può leggergli in viso a che cosa pensa, povero diavolo. Una misera capanna in palude, un lavoro pesante nell'afa della radura, dall'alba al tramonto: poca paga, il vestito sporco da badilante...

« Sotto le armi, in tempo di pace, tu non hai fastidi » ci confida: « ogni giorno il tuo rancio, altrimenti ti dai malato; la tua bella branda, ogni otto giorni biancheria pulita come un signore, fai il tuo servizio, hai la tua bella divisa: e la sera, libera uscita, e vai all'osteria ».

Haje è straordinariamente fiero della sua idea, e ci si appassiona. « E quando hai fatto i tuoi dodici anni, hai la tua brava pensioncina, e ti fanno guardia campestre. E allora avanti, in giro a spasso tutto il santo giorno. » Qui l'amico si gonfia di soddisfazione: « Figùrati un po' come ti trattano. Qui un bicchierino, là un mezzo litro. Capirai, con la guardia campestre tutti vogliono essere in buona ».

« Ma tu non sarai mai sottufficiale, Haje » interrompe pacato Kat.

Haje lo guarda colpito, e tace. Nella sua grossa testa passano ora le chiare serate d'autunno, le domeniche sulla brughiera, le campane del villaggio, i pomeriggi e le notti in compagnia delle serve, le torte di grano saraceno costellate di lardo, e le ore passate a chiacchierare davanti alle grandi tazze di birra.

Soffocare ad un tratto tante belle fantasie gli riesce penoso; perciò brontola arrabbiato: « Quante stupidaggini mi fate dire! ».

Infila la testa nella camicia, e si abbottona la giubba.

« E tu, Tjaden, che cosa faresti? » interroga Kropp.

Ma Tjaden non ha che quel chiodo: « Stare attento a Himmelstoss che non mi scappi ».

Il suo ideale sarebbe probabilmente di averlo lì chiuso in una gabbia, e dargli addosso con un randello, ogni mattina. « Al tuo posto » dice a Kropp « farei il possibile per diventare tenente; e allora lo ridurrei da fargli pisciare sangue! »

« E tu, Detering? » interroga Müller, che sembra nato maestro di scuola con quella sua manìa delle domande.

Detering è parco di discorsi, ma su questo tema risponde. Guarda in aria e dice una parola sola: « Arriverei giusto in tempo per la mietitura ». Si alza e se ne va.

È sempre in pensiero, poveraccio. La moglie deve mandargli avanti la fattoria. Gli hanno requisito due cavalli. Ogni giorno, nei giornali che ci arrivano, cerca soltanto se nel suo angolo di Oldenburgo è piovuto: ché altrimenti i fieni non si possono portare a tetto.

Proprio in questo istante compare Himmelstoss e si avvia diretto verso il nostro gruppo. La faccia di Tjaden si cosparge di chiazze livide, e per dissimulare la sua eccitazione si corica lungo disteso sull'erba e fa finta di dormire. Himmelstoss è alquanto irresoluto, il suo passo rallenta. Tuttavia viene verso di noi. Nessuno fa cenno d'alzarsi; Kropp lo contempla con sincero interesse.

Ora sta dinanzi a noi, e aspetta. E poiché nessuno parla, si decide lui: « Ebbene? ».

Passano alcuni secondi. Visibilmente l'uomo non sa come comportarsi. L'istinto lo porterebbe a farci passare senz'altro un brutto quarto d'ora, tuttavia sembra aver già imparato che il fronte non è la stessa cosa che la caserma. E però fa un nuovo tentativo: non si rivolge cumulativamente a tutti, ma ad uno solo, sperando così di ottenere più facilmente risposta. E poiché Kropp gli sta più vicino, gli fa l'onore di dirgli: « Ebbene, siete qui anche voi? ».

Ma Alberto non gli è amico, e risponde secco: « Da più tempo che Lei, mi pare ».

I rossi mustacchi tremano: « Non mi si conosce più, dunque? ».

« Certo » risponde Tjaden, socchiudendo gli occhi.

Himmelstoss si rivolge a lui: « E questo è Tjaden, nevvero? ».

Tjaden alza la testa: « E tu sai, che cosa sei? ».

Himmelstoss è sconcertato: « Tu? Da quando in qua ci si dà del tu? Non abbiamo mai dormito insieme lungo le strade, ch'io sappia ».

Egli non sa come uscire dalla situazione in cui si è ficcato. Certo non si aspettava una così aperta ostilità; ma per il momento si tiene ancora in guardia: qualcuno deve avergli rifischiato la stupidaggine delle fucilate alle spalle.

La frase sul dormire lungo le strade ha tuttavia il potere di rendere caustica l'ira di Tjaden, il quale risponde pronto: « No, là ci hai dormito tu solo ».

Himmelstoss comincia a bollire, ma Tjaden lo previene, perché ha una parola nel gozzo e deve cacciarla fuori:

« Lo vuoi sapere che cosa sei? Una porca carogna sei! È un pezzo che te lo volevo dire! ».

Anche Himmelstoss ormai è seccato. « Che ti piglia, cane rognoso, sudicio cavatore di torba! Alzatevi e mettetevi sull'attenti quando vi parla un superiore! »

Tjaden ha un gesto grande: « Riposo, Himmelstoss. Potete ritirarvi ».

Himmelstoss è un regolamento di disciplina in furore. L'Imperatore in persona non potrebbe essere più gravemente offeso di lui. Urla: « Tjaden, vi do l'ordine di alzarvi! ».

« E che altro ancora? » domanda Tjaden, serafico.

« Volete obbedire al mio comando o no? »

Tjaden risponde disinvolto e perentorio, citando, senza saperlo, un motto immortale. E in pari tempo dà aria al proprio didietro.

Himmelstoss se ne va di corsa gridando: « Verrete davanti al tribunale di guerra! ». E lo vediamo scomparire dalla parte della fureria.

Haje e Tjaden danno in una omerica risata, da contadini. Haje ride a tal segno che si disarticola la mascella, cosicché ad un tratto rimane a bocca aperta e bisogna che Alberto gliela rimetta a posto con un pugno sotto il mento.

Kat invece è preoccupato: « Se fa rapporto, le cose si guastano ».

« Credi che lo faccia? » domanda Tjaden.

« Senza dubbio » dico io. « E il meno che ti possano affibbiare sono cinque giorni di rigore » dichiara Kat.

Ma Tjaden non si scompone per così poco: « Benone, cinque giorni di rigore, sono cinque giorni di riposo ».

« E se ti mandano in fortezza? » interroga quel pedante di Müller.

« In tal caso la guerra per me è finita, almeno finché resto là. »

Gli va bene tutto, a quel Tjaden. Per lui non ci sono pensieri. Ora si squaglia, con Haje e con Leer, perché non lo trovino al primo scoppiare della tempesta.

Ma Müller non ha ancora finito, e riprende con Kropp: « Dunque, Alberto, se davvero ora ritornassi a casa, che cosa faresti? ».

Kropp ormai è sazio di lenticchie e perciò più arrendevole: « Quanti si sarebbe ancora della nostra classe? ».

Facciamo il conto: di venti che eravamo, sette sono morti, quattro feriti, uno al manicomio. In tutto resteremmo una dozzina.

« Tre sono diventati tenenti » dice Müller. « Credi tu che si lascerebbero ancora strapazzare da Kantorek? »

No, non lo crediamo; e neanche noi lo sopporteremmo.

« Mi parli degli elementi drammatici nel *Guglielmo Tell*! » ricorda Kropp, e mugghia contento.

« Quali scopi si prefissero i poeti di Gottinga? » incalza Müller, a un tratto severo.

« Quanti figli ebbe Carlo il Temerario? » replico io freddamente.

« Lei, Bäumer, non concluderà mai nulla nella vita » guaisce Müller.

Kropp vuole sapere « la data della battaglia di Zama » ma io ribatto: « A Lei manca ogni serietà morale, signor Kropp. Sieda: le do un tre ».

« Quali erano secondo Licurgo i principali doveri del cittadino? » mormora Müller, aggiustandosi sul naso un paio di lenti immaginarie.

« Quanti abitanti fa Melbourne? » replico pronto io. « Come si può vivere senza sapere di queste cose? »

« Che cosa s'intende per coesione? » ricomincia lui.

Di tutta codesta roba molto non ricordiamo. Vero è che non ci è servita a nulla. Nessuno invece ci ha insegnato a scuola come si accenda una sigaretta sotto la pioggia e il vento, come si faccia prendere fuoco a un fascio di legna bagnata; oppure anche come convenga cacciare ad uno la baionetta nella pancia, perché se si pianta fra le costole, vi rimane conficcata.

« Eppure » dice Müller pensieroso « bisognerà pure tornare sui banchi di scuola. »

Quanto a me ritengo la cosa impossibile. « Tutt'al più ci faranno fare un esame speciale. »

« Anche per quello ti dovrai preparare. Eppoi, se lo passi, a che ti giova? Essere studente d'università non è una cosa molto brillante. Se non hai soldi in tasca, non ti resta che sgobbare. »

« Sì, ma un po' meglio si sta. Ad ogni modo è positivo che quelle che ci hanno imbeccato a scuola, son tutte scempiaggini. »

Kropp riassume così il nostro stato d'animo: « Come si fa a prender sul serio quella roba, dopo che si è stati qui fuori? ».

« Ma una carriera la dovrai pur scegliere » obbietta Müller, come se fosse Kantorek in persona.

Alberto si pulisce le unghie col coltello. Ci stupisce vederlo così raffinato, ma è soltanto meditabondo. Infatti un momento dopo getta via il coltello e dichiara:

« Ecco come stanno le cose. Kat e Detering e Haje torneranno al mestiere perché lo avevano già prima. Così anche Himmelstoss. Ma noi no: noi dovremo impararne uno dopo aver fatto questo qui » e indica il fronte.

« Bisognerebbe poter vivere di rendita, e andare a stare tutto solo in un bosco » dico io, ma subito mi vergogno di tanta smodata ambizione.

« Chi sa come andrà, quando torniamo a casa? » si chiede Müller preoccupato.

Kropp alza le spalle: « Non so: prima bisogna tornare, poi vedremo ». In realtà nessuno di noi ha un'idea.

« Io non ho voglia di far nulla » dichiara Kropp, stanco. « Che serve? Un giorno o l'altro crepi, e allora? Già intanto non credo che torneremo. »

« Quando ci penso, Alberto » dico io, dopo un po', sdraiandomi sulla schiena « vorrei, quando sento parlare di pace, che la pace ci fosse davvero, vorrei fare qualche cosa di straordinario, tanto il solo pensiero mi dà alla testa. Qualche cosa, capisci, per cui valga la pena di esser stati qui tanto tempo nel fango. Ma non so che cosa immaginare. Quello che mi appare nell'ordine delle cose possibili – professione, studii, stipendio, eccetera – mi dà la nausea: tutta roba che c'era già prima, ne ho schifo. Non trovo nulla, Alberto. » E improvvisamente tutto ciò mi sembra così vuoto e desolante.

Anche Kropp ci pensa: « Sarà un affare serio per noi tutti. Che se ne diano pensiero qualche volta, laggiù in paese? Due anni di sparatoria e di bombe a mano, non puoi spogliartene come ti togli una camicia... ».

Siamo d'accordo che è così per tutti: per tutti quelli, in ogni parte del mondo, che siano nelle nostre condizioni, un po' più, un po' meno: è il destino comune della nostra generazione.

Alberto trova la formula: « È la guerra che ci ha resi inetti a tutto ».

Ha ragione: non siamo più giovani, non aspiriamo più a prendere il mondo d'assalto. Siamo dei profughi, fuggiamo noi stessi, la nostra vita. Avevamo diciott'anni, e cominciavamo ad amare il mondo, l'esistenza: ci hanno costretti a spararle contro. La prima granata ci ha colpiti al cuore; esclusi ormai dall'attività, dal lavoro, dal progresso, non crediamo più a nulla. Crediamo alla guerra.

La fureria si anima: Himmelstoss l'ha messa in allarme. Alla testa della colonna trotterella il grasso furiere. Strano che tutti i furieri che si rispettino debbano essere grassi. Dietro a lui, assetato di vendetta, Himmelstoss, con gli stivali luccicanti al sole.

Ci alziamo. Il furiere sbuffa: «Dov'è Tjaden?».

Naturalmente nessuno lo sa. Himmelstoss ci squadra con occhio cattivo: «Lo sapete senza fallo, ma non lo volete dire. Fuori dunque».

Il furiere guarda intorno con occhio indagatore, ma Tjaden non è in vista. Allora tenta un'altra via. «Entro dieci minuti Tjaden dovrà presentarsi in fureria.» E parte, con Himmelstoss alle calcagna.

«La prossima volta che ci manderanno a stendere reticolati, temo che un rotolo di filo spinato cadrà sulle gambe di Himmelstoss» osserva Kropp.

«Dovrà farci divertire ancora, e non poco» ride Müller.

È questa per il momento la nostra ambizione. Farla dire al portalettere.

Vado nella baracca ad avvertire Tjaden perché scompaia. Poi cambiamo posto e andiamo a coricarci nuovamente, per una partita a carte. Questo sì, lo abbiamo imparato: giocare a carte, bestemmiare e fare la guerra. Non è molto, a vent'anni, o forse è troppo.

Dopo mezz'ora, Himmelstoss ci raggiunge di nuovo. Nessuno gli bada. Si informa di Tjaden, ci stringiamo nelle spalle. « Ma avevate pure l'ordine di cercarlo » insiste lui.

« Come *avevate?* » domanda Kropp.

« Sì, voialtri qui... »

« Vorrei pregarla di non darci del tu » pronuncia Kropp, con la maestà di un colonnello.

Himmelstoss cade dalle nuvole: « Ma chi si sogna di darvi del tu? ».

« Lei! »

« Io? »

« Signorsì. »

La risposta lo fa riflettere. Egli guarda Kropp con la coda dell'occhio, diffidente; non capisce dove l'altro vada a parare. Comunque, su questo argomento non si arrischia e formula cortesemente: « Non lo avete trovato? ».

Kat si sdraia sull'erba e dice: « C'è stato già, Lei, da queste parti? ».

« Ciò non vi riguarda » ribatte Himmelstoss: « esigo risposta. »

« Pronti » replica Kropp, e si alza. « Guardi un po' laggiù, dove si vedono quelle nuvolette. Sono gli shrapnels. Ieri eravamo là: cinque morti, otto feriti: e in fondo non era che uno scherzo. Quando fra non molto ci ritorneremo insieme, vedrà che i fanti, prima di morire, si presenteranno a Lei sull'attenti e battendo i tacchi domanderanno rispettosamente il permesso d'andarsene. Proprio di gente come Lei qui si sentiva il bisogno. »

E tranquillo torna a sedere, mentre Himmelstoss si eclissa.

« Tre giorni di semplice » osserva filosoficamente Kat.

« La prossima volta tocca a me » dico io ad Alberto.

Ma è la fine. La sera all'appello, inchiesta. Il nostro tenente Bertinck siede in fureria, e uno dopo l'altro ci fa chiamare. Anch'io devo comparire come testimonio, e spiego perché Tjaden ha commesso un rifiuto d'obbedienza. La storia dei piscia-in-letto fa effetto. Si chiama Himmelstoss, ed io ripeto le mie dichiarazioni.

« È esatto tutto ciò? » domanda il tenente a Himmelstoss.

Quello si divincola, ma deve finalmente ammettere, quando Kropp depone nel medesimo senso. E allora Bertinck domanda: « Perché nessuno si è messo a rapporto allora? ».

Noi zitti: deve ben sapere anche lui, a che serve un reclamo per simili bazzecole, in caserma. C'è, in realtà, modo di reclamare in caserma? In fondo ne conviene anche lui, tanto che smonta subito Himmelstoss, facendogli energicamente comprendere che il fronte non è la caserma. Poi è la volta di Tjaden, che si busca una predica coi fiocchi e tre giorni di prigione semplice. A Kropp, strizzando l'occhio, infligge un giorno di semplice, e gli dice con rammarico: « Non posso fare altrimenti ».

È un bravo ragazzo, il nostro tenente.

La prigione semplice è piacevole, perché si sconta in un ex-pollaio. I due possono ricevervi le visite degli amici: sappiamo come si fa a penetrarvi. La prigione di rigore invece è in cantina. Un tempo ci legavano anche ai tronchi d'albero, ma ora è proibito. Di quando in quando, si ricordano già di trattarci come uomini.

Un'ora dopo che Tjaden e Kropp sono rinchiusi nella loro gabbia, andiamo a trovarli. Tjaden ci accoglie con un chicchirichì, e fino a notte si gioca a carte. Naturalmente vince Tjaden: quell'animale!

Quando finalmente ce ne andiamo, Kat mi fa: « Che diresti di un'oca arrosto? ».

« Buono » dico io. E ci infiliamo su un autocarro portamunizioni. Il viaggio ci costa due sigarette. Kat ha individuato perfettamente la località: la stalla appartiene a un Comando di reggimento. Io decido di prelevare l'oca, e mi faccio impartire le istruzioni necessarie. La stalla è dietro il muro, chiusa soltanto con un cavicchio di legno. Kat mi tende le mani, io vi appoggio sopra i piedi e scavalco il muro. Intanto, Kat farà da palo.

Rimango immobile qualche minuto per abituare gli occhi all'oscurità. Poi riconosco la stalla, mi ci avvicino in punta di piedi, tolgo il cavicchio e apro la porta.

Distinguo due macchie bianche: due oche. È un guaio: se si acchiappa l'una, l'altra grida. E allora animo: tutte e due insieme. Se faccio presto, la cosa va.

Con un salto ne acchiappo una subito, l'altra un momento appresso. Batto furiosamente le due teste contro la parete, per stordirle, ma si vede che non ho l'energia necessaria, perché le bestiacce si ribellano, e con le zampe e con le ali vanno battendo l'aria all'intorno. Io lotto come un disperato, ma accidenti! Che forza hanno questi animali! Mi danno certi strapponi da farmi barcollare.

Nell'oscurità quei due cosi sono orribili, mi pare di avere due ali alle braccia, ho quasi paura d'essere trasportato per aria, come se tenessi due palloni frenati. Ed ecco, ahimè, comincia la musica: una è riuscita a respirare un poco e grida da svegliare un reggimento. Prima ch'io me ne renda conto, qualcuno entra: sento un colpo, ruzzolo a terra e odo un ringhiare furioso. È un cane: io volto la faccia, e lui già mi si avventa al collo. Allora faccio il morto, e cerco soprattutto di stringere bene il mento contro il colletto.

È un danese. Dopo un'eternità ritira la testa e si allunga al mio fianco, ma se appenta tento di muovermi ringhia. E io rifletto: la sola cosa da fare è veder di metter mano alla mia piccola rivoltella. Bisogna che me la svigni ad ogni costo, prima che venga gente. Centimetro per centimetro, muovo il braccio. Ho la sensazione che ciò duri delle ore: ogni mio piccolo movimento provoca un ringhio minaccioso: allora alt, e poi nuovo tentativo. Quando finalmente arrivo a stringere la rivoltella, la mano comincia a tremare. La premo contro il suolo e ora so quel che ho da fare: estrarre l'arma, sparare prima che la bestia mi possa addentare, e poi, gambe.

Respiro profondo e mi calmo. Poi trattenendo il fiato, punto, sparo, il danese salta via con un guaito, io guadagno l'uscio della stalla, e inciampo in una delle oche fuggitive. Afferrarla, gettarla di slancio oltre il muro e arrampicarmi su io stesso, è l'affare di un istante. Non sono ancora in cima, che il danese ritorna in vita e mi salta alle calcagna. Mi lascio cader giù: a dieci passi da me sta Kat, con l'oca in braccio. Appena mi vede, via di corsa tutt'e due.

Finalmente possiamo tirare il fiato. L'oca è morta. Kat l'ha finita in un attimo. Bisogna arrostirla subito, che nessuno se ne accorga. Io tiro fuori una casseruola e della legna che ho portato dalla baracca, e, un momento più tardi, ci infiliamo in un ridottino abbandonato, che conosciamo propizio a simili operazioni. L'unica fine-struola viene ben mascherata. C'è una specie di focolare pronto, una piastra di ferro su due mattoni. Accendiamo il fuoco.

Kat pela l'oca e la prepara a dovere. Mettiamo da parte con cura le penne, per farcene poi ciascuno un guancialetto con la scritta suggestiva: « Dolce dormire sotto il fuoco tamburreggiante! ».

L'artiglieria del fronte avvolge del suo rombo il nostro rifugio. La luce della fiamma saltella sui nostri volti, strane ombre danzano sulle pareti. Di quando in quando una sorda detonazione, e il ridottino trema. Bombe d'a-viatori; una volta udiamo grida soffocate: una baracca deve essere stata colpita in pieno.

Sussurro di aeroplani, ticchettìo di mitragliatrici: ma dal ridottino non esce alcuna luce a tradire la nostra presenza.

Così ce ne stiamo l'uno di fronte all'altro, Kat e io, due soldati in panni logori, intenti ad arrostire un'oca nella notte alta. Non parliamo molto; eppure abbiamo l'uno per l'altro riguardi più delicati che una coppia d'innamorati.

Siamo due uomini, due povere scintille di vita, e fuori è notte e regna la morte: noi sediamo al margine del suo dominio, minacciati ed occulti: ma il grasso cola dalle nostre dita, e siamo vicini coi nostri cuori, e l'ora è come il luogo: luci e ombre delle nostre sensa-zioni oscillano qua e là con la fiamma del nostro focherello. Che cosa sa egli di me, che cosa so io di lui? Vi fu un tempo che neppure un pensiero avevamo comune, e ora siamo seduti davanti all'oca e sentiamo le nostre vite così intimamente vicine che non vorrem-mo neppure parlare.

Arrostire un'oca è cosa lunga, anche se è giovane e grassa: perciò ci diamo il cambio. Uno di noi a turno la fa rosolare, mentre l'altro dorme. A poco a poco si diffonde un odore delizioso.

I rumori di fuori ci fasciano come un sogno: e tuttavia il ricordo non svanisce interamente.

Nel dormiveglia vedo Kat alzare e abbassare il cucchiaio, e lo amo, lui, le sue spalle, la sua figura angolosa e china; ma al tempo stesso vedo dietro di lui una foresta, e le stelle, e una voce buona mormora parole che mi danno pace: pace a me, al povero soldato che coi suoi scarponi e con la sua cintura e col suo tascapane cammina sotto il vasto cielo, lungo la via che gli si stende dinanzi: pace al povero soldato che presto dimentica, e solo di rado ormai è triste, ma sempre cammina sotto il grande cielo notturno.

Un piccolo soldato ed una voce buona: e se gli deste una carezza, forse non vi capirebbe più: ha gli scarponi ai piedi e il cuore pieno di terra; e marcia così, e ha tutto dimenticato fuorché il marciare. Non sono forse fiori all'orizzonte, e una campagna così quieta e serena, che gli vien voglia di piangere? Non sorgono là immagini di cose ch'egli non ha perdute, perché non le ha possedute mai: di cose che lo turbano, ma che per lui sono passate via: non sono là i suoi vent'anni?

Che è questo umidore in faccia, e dove sono? Davanti a me è Kat, gigantesca ombra china che mi protegge come la casa paterna. Egli parla piano, sorride e torna al suo fuoco, poi dice: « È pronto ».

« Sì, Kat. »

Mi riscuoto. In mezzo al locale splende l'arrosto dorato. Tiriamo fuori le nostre forchette a molla e i coltelli da tasca, e ci prendiamo ciascuno una coscia del volatile.

L'accompagniamo con fette di pagnotta intrise nel sugo. Mangiamo adagio, assaporando.

« Ti piace, Kat? »

« Buono. E a te? »

« Anche a me, Kat. »

Ci sentiamo fratelli e a vicenda ci tendiamo i bocconi più succulenti. Finito il pasto, io accendo una sigaretta, Kat un sigaro. Una buona parte dell'oca è avanzata.

« Che ti pare, Kat, dovremmo portarne una porzione a Kropp e a Tjaden. »

« Giusto » dice lui. Tagliamo una porzione che avvolgiamo in un giornale. Il resto, a dire il vero, lo si vorrebbe riportare alla nostra baracca: ma Kat ride e dice solo: « Tjaden ».

Vedo anch'io che dobbiamo portare tutto a quei due. Così ce n'andiamo al pollaio, a svegliare i due prigionieri. Ma prima riponiamo con cura le penne, per noi.

Kropp e Tjaden ci prendono per una fata morgana. Poi le loro mascelle si mettono a macinare. Tjaden addenta un'ala enorme, che tiene a due mani come se fosse un flauto, e mastica. Poi beve il grasso dalla casseruola e schiocca le labbra:

« Ragazzi, questa non ve la dimentico. »

Ora torniamo alla nostra baracca. Sopra di noi il cielo, ancora pieno di stelle, comincia a sbiancare, ed io cammino nel crepuscolo, povero soldato dai grossi stivali e dalla pancia piena; ma accanto a me, curvo e angoloso, cammina Kat, il mio compagno.

I contorni della baracca si staccano in nero sull'alba grigia, con la promessa d'un lungo, benefico sonno.

VI

Si riparla di offensiva. Torniamo in linea due giorni prima del solito. Cammin facendo, oltrepassiamo un edificio scolastico distrutto; lungo il suo fianco s'accatasta una doppia muraglia di casse da morto, nuove, chiare, appena piallate. Odorano ancora di resina, di pino, di bosco. Sono per lo meno un centinaio.

« Si è provveduto bene per l'offensiva » dice stupìto Müller.

« Quelle sono per noi » brontola Detering. Ma Kat lo investe: « Non dir fesserie ».

« Ringrazia Dio se puoi ancora ottenere una cassa » ghigna Tjaden. « Alla tua faccia di pipa sarà molto se passeranno un telo da tenda! »

Anche gli altri scoccano di queste sinistre freddure, ma che altro possiamo fare? È un fatto che quelle casse sono per noi. In queste cose l'organizzazione è perfetta.

Il fronte è tutto in subbuglio. La prima notte cerchiamo di orizzontarci, e poiché i tiri sono radi possiamo sentire il rullare dei convogli dietro le linee nemiche, ininterrotto fino all'alba. Kat dice che non se ne vanno, ma continuano a portare truppe, munizioni, pezzi d'artiglieria.

L'artiglieria inglese è rafforzata: ce ne accorgiamo

subito. A destra della fattoria sono piazzate, oltre le solite, almeno quattro batterie da 205, e dietro il tronco del pioppo sono installate nuove bombarde. Inoltre hanno messo in linea anche una quantità di quelle bestiole francesi, i lanciaspezzoni.

Siamo molto depressi. Due ore dopo che siamo in trincea, la nostra artiglieria ci spara addosso. È la terza volta in quattro settimane. Se dipendesse da errori di puntamento, non ci sarebbe niente da dire, ma il guaio è che i pezzi sono fuori uso: il tiro diventa così impreciso, che i colpi cadono fin nel nostro reparto: questa notte, ci rimettiamo due feriti.

La prima linea è una specie di gabbia in cui si soffre l'attesa nervosa di ciò che sta per avvenire. Viviamo sotto la traiettoria incrociata delle granate, nella tensione dell'ignoto. Sopra di noi pende il caso. Quando un colpo arriva tutto quel che posso fare è di rannicchiarmi; dove vada a battere non posso sapere, né influirvi. È appunto questo che ci rende indifferenti.

Alcuni mesi fa mi trovavo in un ricovero a fare una partita: dopo qualche tempo mi alzai e andai a trovare alcuni amici in un altro ricovero. Quando ritornai non trovai più nulla del primo, che era stato annientato da un grosso calibro. Tornai allora al secondo e giunsi in tempo per aiutare a dissotterrarlo, perché, nel frattempo, era franato.

Per puro caso posso esser colpito, per puro caso rimanere in vita. In un ricovero a prova di bomba posso essere schiacciato come un topo e su terreno scoperto posso resistere incolume a dieci ore di fuoco tamburreggiante. Ciascuno di noi rimane in vita soltanto in grazia di mille casi; perciò il soldato crede e fida nel caso.

Dobbiamo stare attenti al nostro pane. I topi si sono enormemente moltiplicati in questi ultimi tempi, dacché le trincee non sono più così ben tenute. Detering pretende esser questo il segno più sicuro d'aria pesante.

Particolarmente ripugnanti sono qui i topi, per via della loro grossezza. È la razza che si chiama dei topi di cimitero. Hanno orribili musi, glabri e cattivi, e le loro lunghe code prive di peli danno un senso di nausea. Hanno l'aria d'essere molto affamati. A quasi tutti noi hanno smozzicato il pane. Kropp ha bene avviluppato il suo nel telo da tenda e se lo tiene sotto la testa, ma non può dormire perché gli trottano continuamente sul viso per arrivare al pane. Detering invece ha voluto fare il furbo: aveva attaccato al soffitto un filo di ferro, e a questo legato il pane. Di notte accende la lampadina tascabile e vede il suo filo di ferro che dondola in qua e in là. Un topaccio stava a cavallo sulla pagnotta.

Infine decidiamo di farla finita: tagliamo via con cura i pezzi di pane che le bestiacce hanno addentato; buttar via le pagnotte non si può, sotto pena di rimanere domani senza mangiare.

Raccogliamo per terra, in mezzo, i pezzetti così tagliati. Ciascuno prende la sua vanghetta e si mette in posizione di combattimento. Detering, Kropp e Tjaden tengono pronte le lampadine tascabili.

Dopo qualche minuto sentiamo rosicchiare e mordere. Il fruscìo si accresce, ormai udiamo lo scalpiccìo di molte zampette. Allora le lampade scattano e tutti insieme diamo addosso al mucchio nero, che schizza in tutte le direzioni. Il successo è buono: gettiamo i topi fatti a pezzi fuori della trincea e ci appostiamo nuovamente.

Il colpo ci riesce due o tre volte ancora, poi le bestiacce si sono accorte di qualche cosa o hanno fiutato il sangue: non compaiono più. Tuttavia ciò che avanza del pane, il giorno appresso, è sparito. Nel reparto vicino i topi hanno assalito, morsicato e in gran parte divorato un cane e due grossi gatti!

All'indomani ci distribuiscono formaggio d'Olanda, quasi un quarto a testa. In un certo senso è buona cosa, perché il formaggio piace a tutti, ma in un altro senso è brutto segno, perché quelle grosse palle rosse hanno sempre annunziato le giornate più terribili. Il nostro presentimento si accresce quando vediamo distribuire anche la grappa. Naturalmente si beve, ma non siamo propriamente allegri.

Per tutta la giornata non abbiamo altra distrazione che quella di tirare sui topi e gironzolare qua e là. Viene aumentata la dotazione di cartucce e di bombe a mano. Quanto alle baionette, le ispezioniamo personalmente: ve ne sono che hanno il dorso fatto a sega. Quando quelli di là trovano un simile gingillo a qualcuno dei nostri, lo sgozzano senza misericordia. Nel settore vicino hanno ritrovato dei nostri ai quali con le stesse seghe avevano tagliato il naso e cavati gli occhi, riempiendo poi bocche e nasi di segatura, per soffocarli.

Alcune reclute sono ancora fornite di sciabole-baionette di questo tipo. Le facciamo sparire e ne procuriamo loro delle altre.

La sciabola-baionetta, del resto, ha perduto molto della sua importanza. Per gli attacchi è venuto ora di moda avanzare soltanto con bombe a mano e vanghette. La vanghetta da trincea, affilata agli orli, è assai più leggera e di migliore uso; serve non soltanto a colpire sotto il mento, ma a menare gran fendenti, con efficacia assai maggiore: quando si vibra il colpo fra la spalla ed il collo, si spacca talvolta il nemico fino al petto. Invece la baionetta resta sovente conficcata nel corpo dell'avversario, sicché bisogna puntargli i piedi sulla pancia per liberarla, e nel frattempo ti arriva qualche colpo. Inoltre qualche volta si spezza.

A notte si dà l'allarme dei gas. Aspettiamo l'attacco e ci corichiamo a terra con le maschere preparate, pronti ad applicarle alla prima ombra che si veda. Ma si fa giorno senza che accada nulla. Solo quell'eterno rotolare lontano che logora i nervi: convogli su convogli, autocarri su autocarri; che diavolo stanno concentrando? La nostra artiglieria li bersaglia di continuo, ma non cessano mai, non cessano mai.

I nostri visi sono stanchi, e ci diamo una guardata l'uno all'altro. «Sarà come sulla Somme; sette giorni e sette notti è durato il fuoco tambureggiante» dice Kat nero nero. Dacché siamo qui ha perduto il suo buon umore; cattivo segno anche questo, perché Kat è un vecchio lupo di trincea e ha un fiuto straordinario. L'unico che se la goda con le doppie razioni e col rum è Tjaden: arriva persino a sostenere che ce n'andremo tranquillamente a riposo e che non accadrà nulla.

Per qualche tempo i fatti sembrano dargli ragione. Passa un giorno dopo l'altro: di notte sto nella buca degli osservatori, in vedetta. Razzi e racchette salgono e ricadono sopra la mia testa. Vigile, coi nervi tesi, col cuore che mi batte, l'occhio mi torna di continuo alla placca luminosa dell'orologio; ma pare che le sfere non vogliano andare avanti. Il sonno appesantisce le mie palpebre e mi sforzo di muovere continuamente le dita dei piedi nelle scarpe per rimaner desto. Non accade nulla finché vengono a darmi il cambio: nient'altro che quell'eterno rullare laggiù. A poco a poco ci tranquillizziamo, e facciamo interminabili partite a carte. Chissà che la sorte non ci sia propizia.

Tutto il gorno il cielo è pieno di palloni frenati.

Dicono che di là abbiano portato in linea anche i *tanks* e i piccoli velivoli per fanteria. Ma questo ci interessa meno di quello che si racconta dei nuovi lanciafiamme.

A notte alta ci risvegliamo. La terra trema. Un fuoco intenso ci bersaglia: ci rimpiattiamo negli angoli: distinguiamo colpi di tutti i calibri. Ognuno dà mano alle cose che gli occorrono, e continuamente si assicura di averle presso di sé. Il ricovero si scuote tutto, la notte è un solo ruggito, un solo lampo. Ci guardiamo l'un l'altro, nel baleno delle esplosioni, e con pallide facce e labbra serrate scuotiamo la testa.

Sentiamo tutti come i colpi dei grossi calibri rovinano pezzo per pezzo l'armatura della trincea, ne buttano all'aria la scarpata, ne stracciano il rivestimento di cemento. Già sentiamo il colpo più sordo e più feroce, simile alla zampata di una belva in furore, quand'esso arriva in trincea. Verso mattina, alcune reclute hanno già la faccia verde e vomitano. Non hanno ancora l'esperienza.

Adagio adagio una luce livida e grigia scende nelle gallerie, e fa apparire più pallido il lampo delle detonazioni. È il mattino: ed ecco che al fuoco delle artiglierie si mescola il miagolìo delle bombarde. È la cosa più pazza, più impressionante che si possa pensare. Dove s'abbatte un colpo di bombarda, fa un cimitero.

I cambi delle vedette escono dal ricovero, gli smontanti vi rientrano barcollando, sporchi di fango, trementi. Uno si accoccola in un canto e mangia silenzioso; un altro, un richiamato dei complementi, singhiozza: due volte lo spostamento d'aria delle esplosioni lo ha fatto

83

volar fuori del parapetto, senza produrgli altra conseguenza che uno *choc* nervoso.

Le reclute lo guardano: un simile male è contagioso. Dobbiamo stare in guardia, le labbra di alcuni già cominciano a tremare. È un bene che sia ormai giorno: forse l'attacco verrà nella mattinata. Il fuoco non rallenta e già s'estende alle nostre spalle. Fin dove giunge la vista, sprizzano fontane di fango e di ferro. I colpi coprono una zona larghissima. L'attacco non viene, ma le detonazioni continuano: a poco a poco diventiamo sordi. Quasi nessuno più parla: non ci si può quasi più intendere.

La nostra trincea è pressoché distrutta. In alcuni punti non arriva all'altezza di mezzo metro, ed è tutta buche e montagne di terra. Proprio davanti a noi scoppia una granata e si fa nero. Sepolti sotto la frana, dobbiamo lavorare a dissotterrarci. Dopo un'ora l'entrata della galleria è di nuovo libera e noi siamo un po' più calmi, perché abbiamo avuto da lavorare.

Il nostro comandante di compagnia si fa strada carponi fino a noi e ci annuncia che due ricoveri sono spariti. Le reclute, nel vederlo, si tranquillizzano; dice che questa sera si tenterà di portarci da mangiare.

L'annuncio suona consolante: al mangiare veramente nessuno, salvo Tjaden, ci aveva pensato: ma insomma è qualcosa che da fuori si avvicina a noi: se si manda a prendere il rancio, pensano le reclute, vuol dire che non la va poi così male. Noi ci guardiamo bene dal distruggere la loro illusione, pur sapendo che il cibo è importante quanto le munizioni, e che solo perciò viene fatto ogni sforzo per procurarcelo.

Ma il tentativo non riesce. Parte una seconda corvée e anch'essa deve far dietrofront. Finalmente ci va fra gli altri anche Kat, e lui pure ritorna senza avere concluso niente. Non si passa; neppure la coda di un cane scamperebbe a traverso un simile inferno.

Ci stringiamo la cintola e mastichiamo a lungo ogni boccone: ma non basta. Abbiamo una fame maledetta. Mi resta un pezzo di pane; mangio la mollica, e ripongo la crosta nel tascapane, morsicchiandovi di quando in quando.

La notte è insopportabile: dormire non si può: ce ne stiamo accoccolati, guardando fissi dinanzi a noi e sonnecchiando ogni tanto. Tjaden lamenta che si siano sprecati quei pezzi di pane rosicchiati dai topi: dovevamo serbarli, ora ciascuno di noi li mangerebbe. Anche l'acqua, manca, ma sinora non abbiamo troppa sete.

Verso il mattino, mentre è ancora scuro, ecco un'improvvisa commozione. Uno stormo di topi si precipita dall'ingresso e si slancia su per le pareti del ridotto. Le lampadine tascabili illuminano la scena. Tutti gridano e bestemmiano e picchiano. È l'ira e la disperazione di tutte queste ore che si scarica e si sfoga. Le facce sono stravolte, le braccia si agitano, le bestie guaiscono; e ci calmiamo a fatica; ancora un po' e ci saremmo assaliti l'un l'altro.

Questo sfogo ci ha esauriti. Ci sediamo, e l'attesa riprende. È uno dei pochi ricoveri che ancora resistano.

Un sottufficiale arriva strisciando: ha con sé una pagnotta: tre uomini stanotte sono riusciti a passare e a portarci un po' di vitto. Raccontano che il fuoco si estende con eguale intensità fino agli appostamenti di artiglieria. È un mistero, come quelli di là riescano ad avere tanti pezzi.

E di nuovo bisogna aspettare, e aspettare... Una delle

reclute ha un attacco. Da un pezzo mi ero accorto che senza posa digrignava i denti e serrava i pugni, e lo tenevo d'occhio. Li conosciamo abbastanza, questi occhi disperati che sembrano schizzare dall'orbita! Solo in apparenza in queste ultime ore si era fatto più quieto: si era abbattuto su se stesso, come un albero marcio. Ed eccolo che si alza, e senza aver l'aria di nulla striscia attraverso il ridotto e si avvicina all'uscita. Io mi volto e gli domando: « Dove vai? ».

« Torno subito » dice lui, e vuol passare oltre.

« Ma aspetta, che il fuoco si calmerà. » Mi ascolta un momento, e l'occhio gli si rischiara. Ma poi riprende quella sinistra espressione di cane idrofobo, e mi spinge da un lato.

« Un momento, amico » grido allora. Kat presta attenzione e, proprio quando l'altro mi respinge, l'afferra, e lo teniamo fermo. Allora quello comincia a urlare: « Lasciatemi, lasciatemi, voglio uscire di qui! ». Non vuol ascoltare ragione, mena colpi all'impazzata, ha la bava alla bocca e mormora parole rotte, senza senso. È un attacco di fobia di trincea, gli pare di soffocare e non sente che un impulso: uscire. Se lo lasciassimo fare, correrebbe allo scoperto senza ripararsi, chi sa dove. Non è il primo che finisca così. E siccome è furioso ed ha gli occhi stravolti, non c'è che fare, bisogna picchiarlo di santa ragione perché ritorni in sé. Ce ne sbrighiamo rapidamente e senza misericordia, e otteniamo l'effetto di farlo star quieto di nuovo per il momento. La scena ha fatto impallidire gli altri, speriamo che serva loro di lezione. Questo fuoco tambureggiante è troppo per questi poveri ragazzi: sono piombati direttamente dal deposito in questo inferno, che farebbe imbiancare i capelli anche ad un anziano.

L'aria mefitica, dopo questo incidente, ci irrita ancor più i nervi. Sediamo come in una tomba e non aspettiamo altro che di rimanervi sepolti.

A un tratto un urlo, un lampo terribile; il ridotto freme in ogni fibra sotto lo schianto di un proiettile, fortunatamente di piccolo calibro, perché le piastre di cemento hanno resistito. Uno scricchiolìo orrendo, come di metallo; le pareti oscillano, armi, elmetti, terra, fango e polvere volano dovunque; un atroce puzzo di zolfo ci soffoca. Se invece che in questo solido ridotto ci fossimo trovati in uno di quei cosini leggeri che fabbricano ora, sarebbe finita per noi.

Anche così però, l'effetto è brutto assai. La recluta di poc'anzi si agita di nuovo, due altri si uniscono a lui. Uno riesce a liberarsi e fugge. Abbiamo un bel da fare a trattenere gli altri due. Io mi precipito dietro al fuggitivo e penso se non sia il caso di tirargli una fucilata alle gambe; ma in quel punto odo un sibilo, mi getto a terra, e quando mi rialzo la parete della trincea è sporca di schegge scottanti, brani di carne e pezzi di uniforme: non mi resta che strisciare indietro nel ridotto. Ma la prima recluta pare davvero impazzita; appena lo si lascia libero, dà colpi d'ariete contro i muri. A notte cercheremo di portarlo indietro. Per ora non possiamo far altro che legarlo, ma in modo da poterlo sciogliere subito in caso d'attacco.

Kat propone una partita: che altro dobbiamo fare? forse il tempo passerà più presto. Ma non è possibile, abbiamo le orecchie tese ad ogni detonazione più vicina e non poniamo mente alle carte che escono, sicché siamo costretti a piantar lì. Sediamo come al centro di una caldaia atrocemente rimbombante contro la quale da ogni parte si vibrino colpi di martello.

Un'altra notte. La tensione ci ha intontiti. È una tensione mortale, come un coltello male affilato che ci graffi di continuo il filo della schiena. Le gambe non reggono più, le mani tremano, il corpo è come una epidermide sottile tesa sopra un delirio penosamente represso, sopra un urlo interminabile che or ora proromperà senza ritegno. Non abbiamo più né carne né muscoli, non osiamo più nemmeno guardarci in viso per paura di alcunché di imprevedibile. Così non ci resta che stringere ferocemente le labbra; passerà – ha da passare – forse la scamperemo.

Ad un tratto, gli scoppi vicino cessano completamente. Il fuoco continua, ma si è spostato indietro, sicché la nostra trincea è libera. Noi afferriamo le granate a mano, le gettiamo davanti al nostro ricovero e balziamo fuori. Il fuoco tambureggiante è cessato, dietro di noi invece si intensifica quello di sbarramento. Siamo all'attacco.

Nessuno crederebbe che in questo deserto sconvolto possano esistere ancora degli uomini: eppure lungo tutta la linea delle trincee spuntano elmetti d'acciaio, e a cinquanta metri da noi già si è piazzata una mitragliatrice che comincia ad abbaiare.

I reticolati sono a pezzi, tuttavia possono ancora trattenere alquanto gli assalitori. Li vediamo avanzare: la nostra artiglieria spara, scoppiettano le mitragliatrici, crepitano i fucili. Quelli là si fanno avanti, penosamente. Haje e Kropp cominciano a lavorare con le bombe a mano. Le scagliano più rapidamente che possono; noi le tendiamo loro per il manico, già pronte. Haje sa lanciarle a sessanta metri, Kropp a cinquanta; ne abbiamo fatto l'esperimento, e la cosa è importante. Gli altri, avanzando, non possono far gran cosa prima di arrivare ai trenta metri.

Riconosciamo le facce stravolte e gli elmetti; sono francesi. Raggiungono gli avanzi dei nostri reticolati, e già hanno perdite visibili. Una fila intera viene falciata dalla mitragliatrice postata al nostro fianco; ma poi questa inceppa, sicché gli altri s'avvicinano.

Vedo uno di loro abbattersi su un cavallo di Frisia, col volto all'insù. Il corpo s'insacca, le mani restano aggrappate, come se volesse pregare. Poi il corpo si stacca del tutto, e le mani sole coi moncherini delle braccia penzolano dal reticolato.

Nell'istante in cui ci ritiriamo, davanti a noi tre facce si levano da terra. Sotto un elmetto scorgo una barbetta a pizzo e due occhi che mi fissano intensamente. Alzo il braccio, ma mi è impossibile di gettare la granata contro quegli occhi strani: per un attimo tutta la battaglia turbina in cerchio intorno a me ed a quel paio d'occhi, che soli stanno immobili. Finalmente il volto si drizza, una mano, un movimento, e la mia granata vola e colpisce.

Corriamo indietro, trasciniamo cavalli di Frisia nelle trincee e lasciamo cadere dietro a noi delle bombe a mano, che scoppiando ci coprono la ritirata. Dalla posizione retrostante le mitragliatrici sparano per proteggerci.

Siamo diventati belve pericolose: non combattiamo più, ci difendiamo dall'annientamento. Non scagliamo le bombe contro altri uomini; che cosa ne sappiamo noi in questo momento! Ma di là ci incalza la morte, con quegli elmi e con quelle mani: e dopo tre giorni è la prima volta che la vediamo in viso, che ci possiamo difendere contro di essa; deliriamo di rabbia, non siamo più legati impotenti al patibolo, possiamo distruggere, uccidere a nostra volta, per salvarci, per salvarci e per vendicarci.

Aggrappati ad ogni sinuosità del terreno, a riparo dietro ogni palo di reticolato, gettiamo nelle gambe degli assalitori bombe su bombe prima di ripiegare. Lo schianto delle granate a mano ci dà forza alle braccia, alle gambe; corriamo curvi come gatti, travolti da quest'onda che ci porta e ci fa crudeli, ci fa briganti, assassini, demoni magari, da quest'onda che moltiplica le nostre energie nell'angoscia e nella rabbia e nella sete di vita, e ci fa cercare e conquistare la salvezza.

Dobbiamo abbandonare le trincee più avanzate. Ma sono ancora trincee? Distrutte, annientate, non sono che rottami di trincee, buche, qualche pezzo di camminamento, qualche nido da mitragliatrice, nulla più. Ma le perdite degli altri si accumulano. Non hanno calcolato su tanta resistenza.

Mezzogiorno. Il sole scotta, il sudore ci abbrucia le palpebre, lo asciughiamo con la manica, spesso vi si mescola sangue. Spunta la prima trincea un po' meglio conservata: è occupata e preparata per il contrattacco, e ci accoglie. La nostra artiglieria interviene energicamente e arresta l'avanzata. Le linee dietro a noi si fermano; non possono avanzare. L'attacco viene sbocconcellato dalla nostra artiglieria. Noi stiamo in agguato. Il fuoco si sposta di cento metri in avanti e subito balziamo fuori di nuovo. Accanto a me, ad un caporale viene asportata la testa, di netto. Egli fa ancora alcuni passi avanti, mentre il sangue gli zampilla dal collo come una fontana.

Non si arriva proprio al corpo a corpo, perché gli altri sono costretti a retrocedere. Raggiungiamo le nostre vecchie trincee sconquassate e le oltrepassiamo.

Oh quel ritornare all'attacco! Si è giunti al riparo nelle posizioni di riserva, si vorrebbe penetrarvi carponi, sparire; ed invece bisogna fare dietrofront, ritornare indietro, nell'orrore! Se in questo momento non fossimo degli automi, rimarremmo sdraiati, esauriti, privi di volontà. Ma siamo trascinati in avanti, esseri senza volontà, eppure pazzamente selvaggi e furibondi, bramosi di uccidere poiché quelli di là sono ora i nostri nemici mortali, e i loro fucili, le loro granate, sono dirette contro di noi, e se non li sterminiamo, essi stermineranno noi.

La bruna terra, la terra rotta, scheggiata e scura coi suoi riflessi grassi sotto il sole, è come lo sfondo di questo incessante, sordo automatismo, di cui il nostro ansimare misura il ritmo quasi meccanico; le labbra sono aride, la testa più confusa che dopo una notte di orgia, e brancoliamo così in avanti, sempre in avanti, mentre nelle nostre anime logorate e ferite anch'esse, si imprime penosamente il quadro indelebile della terra bruna e grassa sotto il sole, dei soldati rantolanti e morenti, che giacciono lì come se fosse una cosa naturale, e ci afferrano per le gambe e gridano, mentre noi li oltrepassiamo correndo.

Un giovane francese rimane indietro, viene raggiunto, alza le mani, in una stringe ancora una rivoltella – non si sa se voglia sparare od arrendersi – un colpo di vanghetta gli spacca la faccia. Un secondo, veduto ciò, tenta di fuggire, ma una baionetta gli guizza nella schiena. Salta alto, le braccia aperte, la bocca spalancata nell'urlo e corre via, con la baionetta infissa fra le spalle. Un terzo getta via il fucile, si rannicchia a terra, le mani sugli occhi. Questo lo lasciamo indietro, con qualche altro prigioniero, per portar via i feriti.

A un tratto l'inseguimento ci porta alle posizioni nemiche. Inseguiamo così dappresso gli avversari, che ci riesce di giungere quasi contemporaneamente nelle loro trincee, risparmiando così molte perdite. Una mitragliatrice spara, ma una bomba a mano la fa tacere, tuttavia quei pochi colpi sono bastati a ferire cinque dei nostri nel ventre. A uno dei mitraglieri superstiti Kat col calcio del fucile riduce il volto in poltiglia. Pugnaliamo gli altri senza dar loro tempo di metter mano alle bombe. Poi, assetati, beviamo l'acqua dei raffreddatori.

Dappertutto scattano pinze, si gettano assi sopra gli sbarramenti, e per gli stretti varchi penetriamo nelle trincee. Haje caccia la sua vanghetta nel collo a un gigantesco francese e scaglia la prima bomba a mano: ci ripariamo qualche secondo dietro un parapetto, e l'elemento di trincea che abbiamo dinanzi è libero. Alla prossima volta sibila una seconda bomba e ci fa strada pulita. Avanzando di corsa ne facciamo volare a manate entro i ricoveri, la terra trema, è uno schianto, un gemito, vapore e fumo, si sdrucciola su brandelli viscidi di carne umana, su corpi sfasciati; io cado in un ventre aperto, sopra il quale sta un berretto d'ufficiale, ancora nuovo e pulito.

Il combattimento si arresta; il contatto col nemico è rotto. Non potendo noi resistere a lungo in questa posizione, ci richiamano indietro, sotto la protezione della nostra artiglieria. Appena lo sappiamo ci precipitiamo di volata nei ricoveri più vicini, per prendere quanto più possiamo di viveri in conserva; specialmente le scatole di carne, di burro, e poi via.

Il ritorno va liscio. Per il momento non sono da temere contrattacchi. Più di un'ora ce ne stiamo coricati, ansimando, prima che qualcuno possa parlare. Siamo tanto esauriti che, nonostante la fame terribile, non pensiamo alla carne in conserva. Solo a grado a grado torniamo ad essere press'a poco degli uomini.

Il *corned-beef* del nemico è celebre su tutto il fronte. Talvolta costituisce esso solo il motivo determinante per qualche colpo di mano da parte nostra, perché in generale il nostro nutrimento è cattivo, e abbiamo sempre fame.

Abbiamo prelevato complessivamente cinque scatole: quella gente si nutre che è una meraviglia, in confronto di noi poveri morti di fame, con la nostra marmellata di rape; la carne vi abbonda; basta allungare la mano per prenderla. Haje ha buscato anche un bastoncino di bianco pane francese e se l'è infilato nella cintola, come una vanghetta. Veramente è un po' insanguinato da una parte, ma non importa, si può tagliare via.

È una fortuna che si trovi da mangiare bene: avremo ancora bisogno delle nostre forze. Una buona mangiata è preziosa quanto un ricovero sicuro; siamo avidi di cibo sostanzioso perché può salvarci la vita.

Tjaden ha fatto anche bottino di due borracce piene di cognac. Le facciamo circolare.

È l'ora della benedizione. Scende la notte, fumano le nebbie dai camminamenti. Le buche sembrano riempirsi di spettri e di misteri. Il bianco vapore serpeggia pavidamente, prima che osi sormontare i parapetti. Poi, lunghe strisce si stendono di trincea in trincea, di buca in buca.

Fa fresco. Io son di sentinella e sbarro gli occhi nell'oscurità. Mi sento fiacco, come sempre dopo un'azione, e perciò mi riesce duro restare solo coi miei pensieri. In realtà, pensieri non sono, ma piuttosto ricordi, che m'assalgono nella mia debolezza e mi muovono l'anima in guisa strana.

I razzi brillano alti, ed io vedo una chiara notte d'estate: mi trovo nel chiostro del Duomo e guardo i cespi di rose fiorenti in mezzo al piccolo cimitero, ove sono sepolti i vecchi canonici. Intorno sorgono i gruppi di pietra delle stazioni del Rosario. Non c'è anima viva; un gran silenzio cinge il rettangolo fiorito, il sole riscalda le grosse pietre grigie, sicché la mia mano posandovisi, ne carezza il calore. Sopra il tetto d'ardesia la verde torre della cattedrale si slancia nel pallido e molle azzurro della sera. Tra le colonnette del chiostro ancora illuminate, si indovina la fresca oscurità che soltanto le chiese sanno dare, e io me ne sto lì immobile, e penso che a vent'anni saprò le cose mirabili e inquietanti che vengono dalle donne.

Il quadro è così stranamente vicino che mi par di toccarlo, prima che il lampo del prossimo razzo lo faccia sparire.

Stringo il mio fucile e ne rettifico la posizione. La canna è umida; la serro nella mano e ne asciugo l'umidità con le dita.

Fra i prati, dietro la nostra città, si alzava presso un ruscello una fila di alti pioppi. Erano visibili da lontano, e la chiamavano l'allea dei pioppi, quantunque si allineassero tutti da una parte sola. Già da ragazzi avevamo una predilezione per quei vecchi alberi, che ci attraevano con un loro fascino inesplicabile; per giornate intere, sdraiati alla loro ombra, ne ascoltavamo il sussurro. Seduti sulla riva abbandonavamo i piedi all'onda chiara e rapida del ruscello. Il puro odore dell'acqua e la melodia del vento nelle fronde dominavano la nostra fantasia; li amavamo molto davvero, i vecchi pioppi, e l'immagine di quei giorni lontani mi fa battere il cuore, prima di scomparire.

Strano che tutti i ricordi che tornano abbiano due qualità. Sono pieni di silenzio; è questa anzi la loro virtù più forte, e rimangono tali anche se la realtà fu diversa. Sono visioni mute che mi parlano con lo sguardo e coi gesti, ed è il loro silenzio che mi commuove nel profondo, che mi obbliga a toccare la manica del cappotto od il fucile per non lasciarmi andare in questo abbandono, in questo dissolvimento in cui il mio corpo vorrebbe dilatarsi e dileguarsi verso le misteriose forze che si celano dietro le cose.

Le immagini sono silenziose, proprio perché il silenzio qui è inconcepibile. Non vi è silenzio al fronte, e il dominio del fronte giunge così lontano che non ci avviene mai di uscirne. Anche nei depositi arretrati e nei quartieri di riposo il ronzìo, il sordo brontolìo del fuoco lontano persistono nelle nostre orecchie. Non ci si porta mai così indietro che si arrivi a non sentirlo più. In questi giorni poi è stato insopportabile.

E il silenzio fa sì che le immagini del passato non suscitino desideri ma tristezza, una enorme sconsolata malinconia. Quelle cose care furono, ma non torneranno mai più. Sono passate, sono un mondo diverso, perduto per sempre. Finché eravamo in caserma destavano in noi una selvaggia e ribelle bramosia, perché erano ancora congiunte a noi, ci appartenevano e noi appartenevamo ad esse, quantunque ne fossimo separati.

La loro immagine sorgeva allora con le canzoni, che cantavamo marciando alle esercitazioni, verso la radura, presso il margine delle foreste profilantisi nere sul rosso dell'aurora; erano, allora, un ricordo veemente in noi, e da noi stessi evocato.

Ma qui in trincea quel mondo si è perduto. Il ricordo non sorge più; noi siamo morti, ed esso ci appare lontano all'orizzonte come un fantasma, come un enigmatico riflesso, che ci tormenta e che temiamo e che amiamo senza speranza. Forte senza dubbio, come la nostra bramosia ma irrealizzabile, e noi lo sappiamo. Un'aspirazione vana, come sarebbe quella di diventar generale.

E se anche ce lo restituissero, questo paesaggio della nostra gioventù, non sapremmo più bene che farne. Le delicate e misteriose energie, che da esso si trasfondevano in noi, non possono rinascere. Noi vi potremmo bensì vivere, circolare, ricordarci in esso, ed amarlo e commuoverci alla sua vista; ma sarebbe la stessa cosa di quando guardiamo la fotografia d'un compagno morto: sono i suoi tratti, è il suo volto, e i giorni che abbiamo passati insieme riacquistano nella memoria una vita fittizia: ma non è lui.

Non saremo mai più legati al nostro dolce paese, come fummo un tempo. Non era già la conoscenza della sua bellezza né del suo carattere quella che ci attirava, ma un senso di comunanza, questa fraternità nostra con le cose e con gli eventi della nostra vita, che ci separava dal resto e ci rendeva un poco incomprensibile anche il mondo dei nostri genitori: perché, non so come, eravamo sempre e teneramente abbandonati, perduti in quell'amore, e la più piccola cosa ci conduceva sempre sul sentiero dell'infinito. Era, forse, il privilegio della nostra giovinezza? Noi non vedevamo limiti, il mondo intorno a noi non aveva fine, e nel sangue palpitava l'attesa, che ci faceva una cosa sola con lo scorrere dei nostri giorni.

Oggi nella patria della nostra giovinezza noi si camminerebbe come viaggiatori di passaggio: gli eventi ci hanno consumati; siamo divenuti accorti come mercanti, brutali come macellai. Non siamo più spensierati, ma atrocemente indifferenti. Sapremmo forse vivere, nella dolce terra: ma quale vita? Abbandonati come fanciulli, disillusi come vecchi, siamo rozzi, tristi, superficiali. Io penso che siamo perduti.

Le mani mi si raffreddano, la pelle rabbrividisce: e sì che la notte è tiepida. Ma è fredda la nebbia, questa nebbia sinistra che striscia sui morti dinanzi a noi e sugge loro l'ultimo segreto soffio di vita. Domani saranno lividi e verdi e il loro sangue ristagnerà nero.

E i razzi continuano a solcare la notte e a piovere luce implacabile sul paesaggio pietrificato, pieno di crateri e freddo come un mondo lunare. Il sangue a fior di pelle porta paura e inquietudine nelle mie idee, che si indeboliscono e si confondono, anelando a un po' di calore, a un po' di vita. I miei sensi non resistono senza un po' di consolazione, senza un po' di illusione, si smarriscono dinanzi alla nuda immagine della disperazione.

Un rumore di marmitte suscita in me la brusca voglia di qualcosa di caldo da mangiare; mi farà bene e mi tranquillizzerà. A stento mi costringo ad aspettare che vengano a rilevarmi.

Finalmente torno nel ridotto, e trovo una tazza d'orzo. È cotto col grasso ed ha buon sapore: lo mangio adagio adagio: ma rimango silenzioso, quantunque gli altri siano di buon umore, ora che il fuoco ci dà un po' di tregua.

Passano i giorni, e ogni ora è al tempo stesso inconcepibile e naturalissima. Gli attacchi si alternano coi contrattacchi e sul terreno devastato, fra le trincee, si ammucchiano i morti. Dei feriti, per lo più siamo in grado di raccogliere quelli che non son caduti troppo lontano; ma gli altri giacciono a lungo abbandonati, e li sentiamo morire.

Ve n'è uno, che cerchiamo invano per due giorni. Probabilmente è caduto sul ventre e non si può voltare; non si spiega altrimenti come non sia possibile rintracciarlo: solo quando si grida così con la bocca rasente terra, riesce difficilissimo stabilire la direzione.

Avrà preso un brutto colpo, una di quelle ferite rognose, che non sono gravi abbastanza da consentire alla vita di spegnersi lentamente in uno stato di semicoscienza, né d'altra parte abbastanza leggere per far sopportare il dolore con la speranza di guarigione. Kat pensa che deve trattarsi di una frattura del bacino o di una pallottola nella spina dorsale: il torace non deve essere colpito, altrimenti il ferito non avrebbe tanta forza per gridare: e se fosse colpita qualche altra parte, si dovrebbe vederlo muoversi.

A poco a poco la voce si fa più rauca. Essa ha un suono così infelice, che potrebbe venire da qualsiasi parte. Nella prima notte, tre volte i nostri sono usciti. Ma quando credono d'aver trovato la direzione, e si avvanzano carponi a quella volta, ecco che la voce sembra ad un tratto provenire da tutt'altro punto. Fino all'alba cerchiamo invano; durante la giornata si esplora sistematicamente il terreno coi cannocchiali, ma senza risultato. Il secondo giorno la voce si fa più fievole: la gola e le labbra devono essersi inaridite.

Il nostro comandante di compagnia ha promesso a chi lo troverà un anticipo di licenza e tre giorni in più come premio. È uno stimolo potente, ma anche senza di quello faremmo tutto ciò che sta in noi, perché quel gridare continuo è spaventevole.

Kat e Kropp escono persino durante il giorno. Alberto ci rimette il lobo d'un orecchio, per una fucilata. Tutto inutile, il ferito non si trova. Eppure si capisce che cosa grida. Da principio non ha fatto che chiamare aiuto, ma durante la seconda notte deve aver avuto la febbre, parlava con la moglie e coi figli, spesso si distingueva il nome di Elisa. Oggi non fa che piangere. Verso sera la voce si spegne in un singhiozzo: ma continua a gemere tutta la notte. Lo udiamo bene ancora, perché siamo sotto vento. La mattina, quando crediamo che sia ormai in pace, ci giunge ancora un rantolo soffocato.

Le giornate sono calde, e i morti giacciono insepolti. Non possiamo raccoglierli tutti, non sapremmo che cosa farne. Ci pensano le granate a sotterrarli. Alcuni hanno la pancia gonfia come palloni: gorgogliano, ruttano e si muovono: è il gas di cui sono pieni.

Il cielo è azzurro, senza nubi. La sera è afosa, e la caldura sale su dalla terra. Quando il vento soffia dalla nostra parte, porta l'odore del sangue, greve, dolciastro, nauseabondo: questo miasma di morte delle trincee che pare misto di cloroformio e di putredine e ci è causa di malessere e di vomiti.

Le notti sono ora più calme, e comincia la caccia agli anelli di rame delle granate ed ai serici paracadute dei razzi francesi.

Perché questi anelli siano poi tanto ricercati nessuno sa bene. I raccoglitori sostengono semplicemente che sono preziosi: e vi son certuni che ne caricano in tale quantità da camminare curvi sotto il loro peso, quando vanno a riposo.

Haje almeno ci indica un motivo: vuole mandarli alla fidanzata, come surrogato delle giarrettiere. Quest'idea ha naturalmente per effetto di scatenare nei bravi frisoni una ilarità irrefrenabile: si picchiano sulle ginocchia. Dio, com'è buffo quell'Haje, è proprio matricolato. Tjaden specialmente non sa contenersi: ha preso nelle mani il più largo degli anelli e ad ogni istante vi ficca dentro la gamba per mostrare quanto spazio ci avanza ancora: « Haje, ragazzo mio, ma che gambe deve avere, che gambe! » e il suo pensiero sale anche più su: « E che sedere! un deretano... da elefante! ».

Quell'immagine non gli vuol uscire dalla testa: « Con che gusto ci schiaccerei le pulci sopra, perdiana! ».

Haje è raggiante che le doti fisiche della sua ragazza incontrino tanta approvazione e replica soddisfatto e modesto: « Quel ch'è da dire è da dire: è in gamba! ».

I paracadute di seta trovano utilizzazioni più pratiche. Tre o quattro formano una camicetta, a seconda delle misure. Kropp e io li adoperiamo come fazzoletti da naso: gli altri li mandano a casa. Se le donne potessero vedere con quanto pericolo vengono spesso raccolte quelle pezzuole, ne avrebbero un bello spavento.

Kat sorprende Tjaden mentre, a colpi di martello, cerca, in perfetta serenità, di staccare l'anello di una granata inesplosa. A chiunque altro la granata sarebbe scoppiata fra le mani, ma Tjaden è sempre fortunato.

Per una mattinata intera due farfalle volteggiano dinanzi alla nostra trincea. Hanno ali gialle, punteggiate di rosso. Che cosa mai può averle sviate fin qui, ove a perdita d'occhio non si trova né una pianta né un fiore? Si riposano tranquillamente sui denti di un teschio.

E uguale serenità dimostrano gli uccelli, che da un pezzo hanno fatta l'abitudine alla guerra. Ogni mattina, fra l'una e l'altra trincea, si levano a volo le allodole:

l'anno scorso anzi ne vedemmo alcune covare e poi tirar su i loro piccini.

I topi ci lasciano tranquilli: sono andati più innanzi e sappiamo bene perché. Ingrassano: se appena ne vediamo uno, gli spariamo addosso. Ogni notte nuovamente sentiamo il rullare dei carri, dietro le linee nemiche. Ma di giorno non arrivano che i soliti tiri, così che possiamo riparare alquanto le trincee. Non mancano nemmeno le distrazioni: vi provvedono gli aviatori. Ogni giorno parecchi combattimenti aerei hanno il loro pubblico appassionato.

Gli apparecchi da caccia ci vanno a genio, ma quelli da ricognizione li odiamo come la peste, perché ci tirano addosso il fuoco delle artiglierie. Appena sono apparsi, è una musica di granate e di shrapnels. Uno scherzo di questo genere ci costa in un sol giorno undici uomini, di cui cinque di sanità. Due di essi vengono stritolati in modo, che, dice Tjaden, si potrebbero raccogliere col cucchiaio e seppellirli in una casseruola. A un altro viene strappata tutta la parte inferiore del busto, con le gambe. Giace morto nella trincea, sul petto, il volto giallo come un limone; fra i peli della barba rosseggia ancora la sigaretta accesa. Brilla, finché gli si spegne fra le labbra.

Depositiamo provvisoriamente i morti in una gran fossa: vi giacciono già tre strati sovrapposti.

All'improvviso il fuoco riprende a tambureggiare, e ci ripiomba nella fissità dell'attesa inerte.

Attacco, contrattacco, urto, resistenza: semplici parole, ma quale realtà racchiudono in sé! Questa volta perdiamo molta gente, reclute per lo più. Al nostro reparto giungono nuovi complementi, dai reggimenti di nuova formazione: quasi tutti giovinetti delle ultime classi.

Non sono quasi formati. Appena hanno potuto fare un po' d'istruzione, prima d'essere mandati in linea. Sanno che cosa sia una bomba a mano, ma appena hanno un'idea di che cosa significhi coprirsi, e soprattutto non hanno occhio. Un avvallamento sfugge alla loro attenzione, se non è alto almeno mezzo metro.

Quantunque si abbia tanto bisogno di rinforzi, questi poveri figlioli ci portano più lavoro che aiuto. Non sanno disimpegnarsi, in questo terreno così battuto, e cadono come le mosche.

La guerra di posizione odierna richiede cognizione ed esperienze speciali; bisogna conoscere il terreno, aver fatto l'orecchio ai calibri, ai loro suoni ed effetti diversi; bisogna saper prevedere dove vanno a scoppiare, fin dove arrivano le schegge, e come ci si protegge.

Questi giovinetti naturalmente non sanno quasi nulla di tutto ciò, e vengono falciati, perché neppure distinguono uno shrapnel da una granata; ascoltano con ansia l'ululo dei grossi calibri innocui, che scoppiano lontano dietro le nostre spalle, e non sentono il sibilo leggero delle piccole bestie malefiche che esplodono in mezzo a noi. Come pecore si stringono in un mucchio invece di spargersi intorno, e perfino i feriti vengono sterminati dagli aviatori, come lepri.

Oh le pallide facce color di rapa, le tristi mani abbrancate, il miserabile coraggio di questi poveri cani, che nonostante tutto vanno avanti e attaccano; di questi bravi, poveri cani, così intimiditi che neppure osano urlare la loro sofferenza, e col petto e con la pancia squarciati, con le braccia e le gambe fracassate non sanno che gemere piano, chiamando la mamma, e tacciono subito se qualcuno li guarda in viso!

I loro volti smorti e aguzzi, con poca peluria, hanno l'atroce assenza d'espressione dei bambini morti.

È un'angoscia che prende alla gola, vederli balzar fuori e correre e cadere. Si vorrebbe picchiarli, tanto sono stupidi, e insieme prenderli in braccio e portarli via di qua, dove non hanno che fare. Portano come noi la giubba grigia e pantaloni e stivali, ma per la maggior parte l'uniforme è troppo larga e balla loro sulle membra. Hanno spalle troppo strette, troppo esili i corpi, non v'erano taglie adatte per fanciulli di questa specie.

Per un anziano che cade, cadono da cinque a dieci reclute.

Un attacco improvviso, col gas, ne falciò parecchi. Non riuscivano a comprendere ciò che li aspettasse; ma abbiamo trovato un ridottino pieno di morti con la faccia azzurrastra e le labbra nere. In una buca si sono tolte le maschere troppo presto, ignorando che a fior di terra il gas si mantiene più a lungo. Quando hanno visto gli altri, sopra, togliersi la maschera, se la sono strappata anche loro, e hanno ingoiato ancora abbastanza gas per bruciarsi i polmoni. Il loro stato è senza speranza, soffocheranno fino alla morte fra sbocchi di sangue e attacchi di asfissia...

In un elemento di trincea mi trovo all'improvviso di fronte ad Himmelstoss. Ci accoccoliamo nel medesimo ricovero. Siamo lì tutt'insieme, ansanti, a terra, e attendiamo la ripresa dell'attacco.

Pur nell'emozione del momento, mentre balzo fuori mi attraversa il cervello un pensiero: non vedo più Himmelstoss. Subito salto indietro nel ridottino e chi ci trovo? lui, accovacciato in un angolo, che fa il ferito per un piccolo colpo di striscio. Ha un accesso di pazza paura, nuovo com'è. Ma io non ci vedo più, al pensiero che quelle povere reclute siano fuori al fuoco, e lui qui.

« Fuori! » gli urlo.

Ma lui non si muove: le labbra, i baffi gli tremano.

« Fuori! » ripeto.

Lui tira indietro le gambe, si appiattisce contro la parete e digrigna i denti come un cane.

Lo afferro per il braccio e faccio l'atto di strapparlo fuori. Quello guaisce; allora non mi tengo più, lo agguanto per il collo, lo scuoto come un sacco, che la testa gli balla qua e là, e gli grido sul muso: « Carogna, vuoi uscire sì o no? Cane d'un aguzzino, ti vorresti imboscare ora? ». Ha la faccia vitrea: io gli scaravento la testa contro la parete: « carogna », e un calcio nelle costole; « porco », e lo caccio fuori, testa in avanti.

A questo punto siamo raggiunti da un'ondata fresca dei nostri. C'è un tenente alla testa, che ci vede e grida: « Avanti, avanti, serrar sotto, serrar sotto! ». E ciò che le mie percosse non hanno saputo fare, lo ottiene quel comando. Himmelstoss sente il superiore, si risveglia, si guarda intorno e si intruppa con gli altri.

Lo seguo e lo vedo balzare avanti. È ridiventato il brillante Himmelstoss della caserma, anzi ha raggiunto il tenente e lo ha sorpassato...

Fuoco tamburreggiante, fuoco d'interdizione, cortina di fuoco, bombarde, gas, tanks, mitragliatrici, bombe a mano: son parole, parole, ma abbracciano tutto l'orrore del mondo.

Abbiamo i volti incrostati di fango, le teste vuote, siamo stanchi morti: quando viene l'attacco, certuni bisogna risvegliarli a suon di pugni perché camminino: gli occhi sono infiammati, le mani graffiate, i ginocchi sanguinanti, i gomiti contusi.

Passano settimane, mesi, anni? No, appena giorni. Accanto a noi vediamo scorrere il tempo sui volti scolo-

riti dei morenti; noi inghiottiamo cibo, corriamo, spariamo, uccidiamo, giacciamo come morti qua e là per terra,
siamo deboli e intontiti; e ci sosteniamo soltanto per
questo, che altri, più di noi estenuati, più abbrutiti, più
confusi, ci guardano con gli occhi sbarrati, e ci considerano come semidei capaci di sfuggire, qualche volta, alla
morte.

Nelle poche ore di riposo ci sforziamo d'erudirli.
« Vedi là quel barilotto? È un colpo di bombarda in arrivo. Niente paura, ci passa sopra. Ma se cadesse a questo
modo, allora scappa! C'è tempo di ripararsi. »

Educhiamo il loro udito a distinguere il sibilo traditu-
re dei piccoli proiettili, che si sentono appena; bisogna
che li percepiscano in mezzo al fragore, come il sussurro
d'una zanzara; diciamo loro che sono più pericolosi dei
grandi che si odono un pezzo prima. Mostriamo loro
come ci si ripara dagli aviatori, come si fa il morto quando ci vien sopra l'attacco nemico, come si preparano le
bombe a mano per farle esplodere al momento giusto;
insegniamo loro a gettarsi nel fosso in un lampo, quando
arrivano le granate a tempo; mostriamo come con un
tascapane pieno di bombe a mano si spazzi una trincea;
spieghiamo la differenza fra la durata di accensione delle
bombe nemiche e quella delle nostre; li facciamo attenti
al suono particolare dei proiettili a gas; insomma mostriamo loro tutti i trucchi che possono salvare la pellac-
cia.

Ascoltano, sono docili e poi, quando la musica ricomincia, nell'ansietà del momento tornano a sbagliare.

Portano via Haje Westhus con la schiena fracassata: a
ogni respiro si vede il polmone pulsare fuori dalla ferita:

105

non posso che stringergli la mano: « È finita, Paolo » egli mormora e si morde il braccio dal dolore.

Vediamo vivere uomini a cui manca il cranio; vediamo correre soldati a cui un colpo ha falciato via i due piedi e che inciampicano, sui moncherini scheggiati, fino alla prossima buca; un caporale percorre due chilometri sulle mani, trascinandosi dietro i ginocchi fracassati; un altro va al posto di medicazione premendo le mani contro le budella che traboccano; vediamo uomini senza bocca, senza mandibola, senza volto; troviamo uno che da due ore tiene stretta coi denti l'arteria del braccio per non dissanguarsi; il sole si leva, viene la notte, fischiano le granate, la vita se ne va a goccia a goccia.

Ma quel pezzetto di terra sconvolta sul quale stiamo viene mantenuto contro le prevalenti forze nemiche: poche centinaia di metri soltanto si dovettero cedere. E per ogni metro c'è un morto.

Ci danno il cambio. Sotto di noi fugge la strada, muti e cupi siamo accatastati negli autocarri, e quando risuona il grido: « Attenzione! filo... » ci pieghiamo sulle ginocchia. Era l'estate quando venimmo in linea, gli alberi erano ancora verdi; ora hanno già l'aspetto autunnale e la notte è grigia e umida. I carri si arrestano, noi ci lasciamo scivolare a terra, turba confusa, avanzo di molti reparti. A fianco delle vetture, nell'ombra, stanno uomini che chiamano i numeri dei reggimenti e delle compagnie. Ad ogni numero si stacca un gruppetto, uno scarso, misero gruppetto di soldati sporchi e pallidi; terribilmente piccoli i gruppi, terribilmente pochi gli anziani! Ed ecco che qualcuno chiama il numero della nostra compagnia; è il comandante, ne riconosciamo la voce: dunque l'ha scampata, ma ha il braccio al collo. Ci avviciniamo a lui; riconosco Kat e Alberto, ci riuniamo, appoggiandoci l'uno all'altro, e ci guardiamo in viso.

E una seconda, e una terza volta udiamo chiamare il nostro numero. Può gridare un pezzo, negli ospedali e nelle fosse non l'odono.

Ancora: « Seconda compagnia, qui! ».

E poi a voce più bassa: « Più nessuno della seconda compagnia? ».

Tace e poi con voce un po' rauca: « Tutti qui? Contatevi! ».

Grigio è il mattino; era ancora estate quando andavamo avanti, ed eravamo centocinquanta uomini. Ora fa freddo, è autunno, cadono già le foglie e le voci suonano stanche: « Uno, due, tre, quattro... »; arrivate a trentadue si fermano. Lungo silenzio, finché la voce interroga: « Nessun altro? ». Aspetta, e poi piano: « A squadre... », ma s'interrompe, e appena può terminare: « Seconda compagnia » e poi fiaccamente: « Seconda compagnia, passo di strada, avanti ».

Un minuscolo manipolo sfila nel freddo mattino.

Trentadue uomini.

VII

Ci riportano più indietro del solito, ad un deposito di reclute, per riorganizzarci a fondo. La nostra compagnia ha bisogno di oltre cento uomini di complemento.

Pel momento bighelloniamo di qua e di là, quando non siamo di servizio. Due giorni dopo il nostro arrivo, Himmelstoss ci raggiunge. Da che è stato al fronte, ha perduto tutta la sua prosopopea. Ci propone di vivere da buoni amici. Per parte mia non ho difficoltà, perché l'ho visto aiutare a portar via Haje Westhus, che aveva la schiena fracassata. Del resto parla molto sensatamente, sicché non abbiamo obiezioni a che ci inviti alla cantina. Solo Tjaden si mantiene diffidente e riservato.

Ma egli pure si lascia conquistare, quando Himmelstoss annuncia di essere comandato a sostituire il sottufficiale di cucina, partito in licenza: ed a riprova tira fuori senz'altro un chilo di zucchero per noi, e due etti di burro, speciali per Tjaden. Di più ci fa comandare per i prossimi tre giorni in cucina a pelare rape e patate: e per quei tre giorni ci serve un vitto speciale, da mensa ufficiali.

Così pel momento abbiamo quanto forma la felicità del soldato: mangiare buono, e riposo. Una miseria, a ripensarci: solo un paio d'anni fa ci saremmo disprezzati.

Ora invece siamo quasi contenti. Tutto è questione di abitudine, anche la trincea.

Questa forza dell'abitudine è anche quella che ci fa, in apparenza, dimenticare così presto. L'altro ieri eravamo ancora sotto il fuoco, oggi facciamo delle buffonate e gironzoliamo nei dintorni in cerca d'avventure, domani saremo nuovamente in trincea. In realtà non dimentichiamo nulla. Finché siamo in guerra, le giornate del fronte, a mano a mano che passano, precipitano, ad una ad una come pietre, nel fondo della nostra coscienza, troppo grevi perché pel momento ci possa riflettere sopra. Se lo facessimo, esse ci ucciderebbero; infatti ho sempre osservato che l'orrore si può sopportare finché si cerca semplicemente di scansarlo: ma esso uccide, quando ci si ripensa.

A quella stessa guisa per cui andando avanti diventiamo belve, poiché solo in tal modo sentiamo di poterci salvare, così tornati a riposo ci trasformiamo in burloni superficiali, in dormiglioni impenitenti. Non possiamo fare altrimenti, si direbbe che vi siamo costretti. Vogliamo vivere ad ogni costo, e perciò non possiamo ingombrarci di sentimenti, che, decorativi in tempo di pace, sarebbero qui assolutamente fuor di luogo. Kemmerich è morto, Haje Westhus muore, il corpo di Hans Kramer, colpito in pieno da una granata, darà un bel da fare il giorno del giudizio, quando si tratterà di riappiccicarlo insieme, pezzettino per pezzettino; Martens non ha più gambe, Meyer è morto, Marx è morto, Beyer è morto, Hämmerling è morto, centoventi dei nostri sono sparsi chi sa dove, negli ospedali, fra i feriti; è un affaraccio, ma, insomma, che cosa ci possiamo fare? noi intanto viviamo. Se fosse in nostro potere di salvarli, allora si vedrebbe di che siamo capaci; non ci cureremmo della nostra pelle; si marcerebbe: perché quando vogliamo, abbiamo un fegataccio, e poco conosciamo la paura (il terrore sì, ma quello è altra cosa, quello è fisico). Ma i nostri compagni sono morti, non possiamo aiutarli; sono in pace, e noi, chissà che cosa ci attende ancora: perciò vogliamo distenderci e dormire e mangiare fino a riempirci la pancia, e bere e fumare, se no le ore sono troppo deserte. La vita è breve.

L'orrore del fronte sparisce quando gli voltiamo le spalle: ne parliamo con freddure volgari e rabbiose: anche quando uno muore, usiamo un'espressione triviale; e così di tutto. È un modo come un altro di non impazzire. Finché prendiamo la vita a questo modo, possiamo resistere.

Ma dimenticare no. Quello che i giornali di guerra stampano, intorno al morale altissimo, al sano umorismo delle truppe che organizzano balletti non appena tornano dal fuoco, sono tutte stupidaggini. Non si fa questo per umorismo, ma perché altrimenti si sarebbe perduti. Del resto anche questo giuoco non potrà durare a lungo, il buon umore si fa di mese in mese più amaro.

E poi so bene: tutto ciò che si affonda in noi, come un mucchio di pietrame, finché dura la guerra, si ridesterà un giorno a guerra finita, e allora comincerà la resa dei conti, per la vita e per la morte.

I giorni, le settimane, gli anni trascorsi in trincea ritorneranno, e i nostri compagni morti sorgeranno e marceranno al nostro fianco; avremo la testa chiara e uno scopo preciso; e così marceremo, coi nostri morti accanto a noi e con gli amici del fronte dietro le nostre spalle: contro chi, contro chi?

Qui nei dintorni c'era tempo fa un teatro del fronte: su un assito stanno ancora appiccicati manifesti variopinti. Kropp e io li guardiamo con tanto d'occhi. Non sappiamo renderci conto che vi siano ancora al mondo simili creature. Ecco lì dipinta una ragazza, in un chiaro costume d'estate, con una lucida cintura rossa intorno alla vita. Si appoggia con una mano ad una balaustra, nell'altra tiene un cappello di paglia. Porta calze bianche e bianche scarpette, fragili scarpine a fibbia, col tacco alto. Dietro lei splende un mare azzurro, con poche creste di spuma, e un golfo luminoso si inarca da un lato. È una fanciulla meravigliosa con un nasino sottile, labbra rosse e gambe lunghette; incredibilmente pulita e azzimata; certo fa almeno due bagni al giorno e non ha mai del nero nelle unghie, tutt'al più qualche granello di rena. Accanto a lei sta un uomo in calzoni bianchi, giacca azzurra e berretto da canottiere: ma ci interessa assai meno.

Questa fanciulla dell'assito è un miracolo per noi. Abbiamo interamente dimenticato che qualcosa di simile esista al mondo, e anche adesso stentiamo a credere ai nostri occhi. In ogni caso, sono anni che nulla abbiamo visto di così stupendo, di neppure lontanamente paragonabile a questa visione di gaiezza, di bellezza, di felicità. La pace è questa, deve essere così, pensiamo con emozione.

« Da' un occhio a quegli scarpini, non resisterebbero a un chilometro di marcia » dico io, e subito m'accorgo d'essere idiota, perché è da stupido pensare ad una marcia davanti a un tal quadro.

« Quanti anni avrà? » domanda Kropp.

Io calcolo: « Tutt'al più ventidue, Alberto ».

« Allora sarebbe maggiore di noi: non ne ha più di diciassette, ti dico! »

Ne abbiamo la pelle d'oca: « Che roba, Alberto! ti pare?... ».

Lui fa cenno di sì: « Anch'io a casa, ho un paio di pantaloni bianchi... ».

« I pantaloni, va bene » dico io: « ma una ragazza così... »

Ci squadriamo l'un l'altro: c'è poco da rallegrarsi; non abbiamo indosso che una logora, rappezzata, sudicia divisa. Impossibile tentar confronti.

Intanto cominciamo a grattar via dall'assito il giovanotto coi pantaloni bianchi, prudentemente, per non guastare la ragazza. È un primo risultato. Poi Kropp propone: « Ci si potrebbe far spidocchiare ».

Non sono interamente d'accordo, perché il vestiario ne soffre, mentre i pidocchi dopo due ore li hai di nuovo.

Però, dopo una contemplazione dell'adorabile creatura, mi dichiaro pronto: anzi vado più in là: « Si potrebbe anche vedere se ci riesce di rimediare una camicia di bucato... ».

Alberto, chi sa perché, pensa che delle buone pezze da piedi farebbero anche meglio.

« Vada per le pezze da piedi. Andiamo un po' in ricognizione. »

Ma in quella arrivano bighellonando Leer e Tjaden; vedono il manifesto, e in un attimo la conversazione scivola nel grassoccio. A scuola Leer è stato il primo ad avere una ragazza, e ci narrava particolari piccanti. Ora si entusiasma a modo suo davanti alla figura, e Tjaden gli fa coro, energicamente. Non si può dire che ne proviamo disgusto. Chi non fa un po' il porco non è vero soldato.

Ma pel momento la cosa non ci va propriamente a genio; quindi piantiamo gli amici, e ci avviamo verso la baracca di spidocchiamento con una sensazione, come se si andasse ad una sartoria di lusso.

Vicino alle case in cui siamo accantonati scorre un canale: di là da esso s'allarga qualche stagno circondato da pioppi; e là ci sono anche donne.

Le case dalla nostra parte del canale sono state sgombrate dalla popolazione civile. Di là invece si vede ancora apparire qualche abitante.

Una sera, mentre nuotiamo nel canale, ecco tre donne lungo la riva; camminano lentamente e non voltano via gli occhi, sebbene noi non portiamo mutandine.

Leer grida loro qualcosa: esse ridono e si fermano a guardarci. Gettiamo loro, nel nostro francese stentato, le poche parole che ci vengono in mente, alla rinfusa, in fretta, per fare che non vadano via. Non sono precisamente termini molto scelti: ma dove si andrebbero a pescare?

Una delle ragazze è sottile e bruna: quando ride le brillano i denti: ha rapide movenze, la sottana le si agita sciolta intorno alle gambe. Quantunque l'acqua sia fredda, siamo eccitatissimi e affaccendati ad interessare le pulzelle perché rimangano. Tentiamo motti di spirito, ed esse ci rispondono, senza che riusciamo ad afferrare bene il senso delle loro parole: ma ridiamo e facciamo segni. Tjaden ha un'idea luminosa, corre in casa, e ritorna tenendo alta in mano una pagnotta.

Il successo è grande. Esse ci fanno segno d'assenso, e ci invitan di là. Ma questo appunto non possiamo, è proibito metter piede sull'altra sponda; su tutti i ponti stanno le sentinelle. Niente da fare senza permesso. Cerchiamo di far loro capire che vengano esse di qua, e alla loro volta scuotono il capo e indicano i ponti. Neanch'esse possono passare.

Si voltano, e risalgono lentamente il canale, sempre lungo la riva. Noi le accompagniamo a nuoto. Dopo qualche centinaio di metri piegano a destra e ci indicano una casa appartata, occhieggiante tra alberi e cespugli. Leer domanda se è là che abitano. Esse ridono: sì, è quella la loro casa.

Allora gridiamo che verremo a trovarle quando le sentinelle non ci potranno scorgere: di notte; questa notte.

Esse alzano le mani, uniscono le palme di piatto, e vi appoggiano contro il volto, chiudendo gli occhi: hanno capito. La bruna sottile accenna passi di danza. Una bionda cinguetta: « Pane... buono ».

Assicuriamo con calore che lo porteremo con noi e altre belle cose ancora. Cerchiamo di farci capire roteando gli occhi, movendo le mani. Leer quasi affoga, per far loro capire che porterà « un pezzo di salsiccia ». Se fosse necessario prometteremmo loro tutto un deposito di viveri. Allora esse partono, voltandosi indietro spesso. Noi saliamo sulla nostra riva, e badiamo che entrino davvero in quella casa; perché può darsi che ci prendano in giro. Poi, convinti, ritorniamo indietro a nuoto.

Poiché senza permesso nessuno può passare sul ponte, attraverseremo semplicemente il canale a nuoto, questa notte. Siamo in preda ad un'agitazione che non ci dà tregua. Non possiamo star fermi, andiamo alla cantina, ove c'è della birra e una specie di ponce. Beviamo il ponce e ci raccontiamo a vicenda inverosimili avventure d'amore. Ognuno crede volentieri alle frottole dell'amico ed aspetta con impazienza che questi finisca, per rincarare la dose. Le nostre mani sono irrequiete, accendiamo innumerevoli sigarette, finché Kropp dice: « Veramente si potrebbe portar loro anche qualche sigaretta ». Allora le riponiamo nei berretti e le conserviamo per loro.

Il cielo diventa verde come una mela acerba. Siamo quattro ma non possiamo andare che in tre, perché tre sono le ragazze: dobbiamo quindi liberarci di Tjaden. Gli paghiamo birra e ponce finché barcolla. Quando si è fatto buio torniamo agli accantonamenti, tenendo Tjaden in mezzo. Siamo assetati d'avventure; la bruna sottile è per me; abbiamo già fatte le parti e deciso.

Tjaden cade sul suo pagliericcio e russa. Ad un tratto si sveglia e ci guarda con un ghigno così furbesco, che per un momento temiamo di essere stati mistificati, e che tutto quel ponce sia stato speso invano... Ma poi ricade supino e riprende a russare.

Allora ciascuno di noi tre prepara una bella pagnotta intera, e l'avvolge in un giornale. Vi uniamo le sigarette, e tre buone porzioni di salsiccia che ci hanno distribuito stasera. È un regalo più che rispettabile. Per il momento riponiamo il tutto negli stivali, che necessariamente dobbiamo portare con noi, per non tagliarci i piedi coi fili ed i cocci dell'altra riva. Quanto agli abiti, poiché ci dobbiamo buttare a nuoto, ci sarebbero d'impaccio. La strada non è lunga e la notte è buia. Partiamo tenendo le scarpe in mano. Scivoliamo rapidi nell'acqua, e nuotiamo supini, tenendo alti sopra le nostre teste gli stivali con la roba. Giunti alla riva opposta vi ci arrampichiamo cautamente, tiriamo fuori gli involti dagli stivali; infiliamo questi, stringiamo quelli sotto l'ascella, e nudi, bagnati, ci avviamo di corsa: troviamo subito la casa, che spicca nell'ombra fra i cespugli: Leer inciampa in una

115

radice e si graffia i gomiti. « Non fa nulla » dice allegramente.

Le finestre sono protette da imposte. Giriamo intorno alla casa e tentiamo di guardare dalle fessure. Finalmente diventiamo impazienti. Kropp esita: « E se ci fosse un maggiore con loro? ».

« Allora tagliamo la corda » ghigna Leer; « il numero del nostro reggimento potrà leggerlo qui » e si dà una sculacciata.

La porta di casa è aperta. Le nostre scarpe fanno abbastanza rumore. Si socchiude un uscio, filtra un po' di luce, una donna spaventata dà un grido. Noi facciamo: « Pst, pst, *camarade, bon ami* » e teniamo alti i nostri pacchi, scongiurando. Ecco che spuntano anche le altre due donne, l'uscio si apre tutto e la luce ci investe; ci riconoscono, e tutte e tre ridono senza freno vedendoci in quel costume. Ridono al punto che devono piegarsi e curvarsi, nella cornice luminosa della porta.

Con quanta eleganza di muovono!

« *Un moment.* » Spariscono un istante, e ci gettano qualche indumento che ci mettiamo addosso alla meglio. Poi siamo ammessi ad entrare. Nella camera arde una piccola lampada, fa caldo e v'è nell'aria un leggero profumo. Apriamo i nostri pacchi e offriamo i viveri. I loro occhi scintillano, si vede che hanno fame.

A questo punto ci guardiamo in faccia, un po' imbarazzati. Leer fa il gesto di mangiare, e ciò sembra rianimarle; vanno a prendere piatti e posate e si gettano sulla roba. Prima di mangiare levano in alto, ammirando, ogni fettina di salsiccia, e noi assistiamo al festino, fieri di noi stessi.

Intanto parlano a getto continuo nella loro lingua che noi non comprendiamo bene pur rendendoci conto che ci dicono buone parole. Forse ai loro occhi sembriamo anche molto giovani: la bruna sottile mi va accarezzando i capelli e dice ciò che dicono le donne francesi: « *La guerre – grand malheur – pauvres garçons...* ».

Io le trattengo il braccio e le bacio il palmo della mano. Le dita sottili stringono il mio volto: sopra di me sono quegli occhi eccitanti, la pelle dolcemente bruna, le labbra rosse; la bocca pronuncia parole che non comprendo. Nemmeno gli occhi comprendo bene: dicono più che non ci aspettassimo, quando venimmo qui.

Vi sono altre camere accanto. Vedo Leer che con la sua bionda diventa manesco e loquace: lui è pratico di queste cose più di me. Io invece mi sento perduto in qualcosa di lontano, di lieve, di impetuoso e a quella corrente mi affido. I miei desideri sono un misto singolare di bramosìa e d'abbandono. Ho la vertigine, e nulla v'è qui a cui mi possa trattenere. Abbiamo lasciato le scarpe alla porta, ci hanno dato delle pantofole, e non c'è più niente che mi richiami alla sicurezza e sfrontatezza del soldato: né fucile, né cintura, né uniforme, né berretto. Mi lascio cadere nell'incerto, accada poi quello che vuole; perché, nonostante tutto ho un po' di paura.

La bruna sottile, quando riflette, muove le sopracciglia; ma quando parla le tiene ferme; talvolta il suono delle sue labbra non arriva a formar parole, e queste rimangono soffocate o passano incompiute sopra di me, formando un arco, come di cometa. Che ne so io? Le parole di questa lingua straniera che quasi non capisco mi cullano in un dormiveglia, la camera svanisce in una specie di bruno chiarore, solo la figura della donna davanti a me, è viva e luminosa.

Quante espressioni prende un volto, quando, affatto

ignoto un'ora prima, a un tratto si soffonde di una tenerezza che non viene propriamente da esso, sibbene dalla notte, dal mondo, dal sangue che in esso sembrano concentrare i loro raggi. Gli oggetti nello spazio ne sono tocchi e trasformati, diventano strani, ed ho come una venerazione delle mia pelle chiara, quando il lume della lampada vi si posa e la fresca mano bruna la carezza.

Come tutto ciò è diverso da quello che avviene nei postriboli per le truppe, dove ci permettono di andare e dove gli uomini attendono in lunga fila il loro turno! Non vorrei pensare a quei luoghi: ma involontariamente mi attraversano la mente, ed io tremo, che di certe immagini non si riesca a liberarci mai più.

Poi sento le labbra della sottile bruna e vi premo le mie, chiudo gli occhi; vorrei con ciò spegnere ogni cosa, la guerra e l'orrore, e la volgarità, per risvegliarmi giovane e felice. Penso alla fanciulla del manifesto, per un istante mi pare che tutta la mia vita dipenda dal conquistar lei. E tanto più profondamente mi avvolgo nelle braccia che mi stringono, nella speranza del prodigio.

. . . . . .

Un poco più tardi, ci si ritrova tutte e tre. Leer è fiero e disinvolto. Ci congediamo cordialmente e riprendiamo i nostri stivali. L'aria della notte rinfresca i nostri corpi accaldati. Alti stanno i pioppi nella notte, e mormorano. La luna splende nel cielo e sull'acqua del canale. Non corriamo più: camminiamo a gran passi l'uno accanto all'altro. Leer dice: « Ecco una pagnotta bene spesa ». Io non so decidermi a parlare, non sono neppure allegro.

A un tratto udiamo dei passi e ci rimpiattiamo dietro un cespuglio. I passi si avvicinano, ci oltrepassano: vediamo un soldato nudo come noi, con le sole scarpe, con un pacco sotto il braccio, che galoppa avanti a grandi salti. È Tjaden, a tutto vapore: ecco che è già sparito. Noi ridiamo: domani bestemmierà. Ritorniamo inosservati ai nostri paglericci.

Mi chiamano in fureria. Il comandante di compagnia mi dà la licenza e il foglio di via e mi augura buon viaggio. Guardo quanto mi hanno concesso. Diciassette giorni: quattordici di licenza e tre di viaggio. Sono pochini, e io domando se non mi possono accordare cinque giorni di viaggio. Allora Bertinck mi indica il foglio ed io vedo che non dovrò tornare subito al fronte, ma che, spirata la licenza, dovrò presentarmi ad un corso, al campo d'istruzione in brughiera.

I compagni mi invidiano. Kat mi dà buoni consigli circa il modo di imboscarmi se mi riesce. « Se hai sale in zucca, resti là. » In fondo, avrei preferito andare in licenza fra otto giorni: per otto giorni siamo ancora qui, e qui si sta bene.

Come è giusto, devo pagar da bere, e alziamo tutti un po' il gomito. Io sono malinconico: starò assente sei settimane; naturalmente è una bella fortuna, ma come sarà quando torno? Li troverò ancora tutti? Haje e Kemmerich se ne sono già andati: a chi tocca ora?

Beviamo, ed io li guardo in viso, uno dopo l'altro. Alberto siede accanto a me e fuma, è allegro, siamo sempre stati insieme; di fronte se ne stanno Kat con le spalle spioventi, il suo largo pollice e la sua voce tranquilla, Müller coi denti in fuori, che sembra abbaiare quando ride, Tjaden coi suoi occhi da topo, Leer che si è lasciato crescer la barba ed ha l'aria di aver quarant'anni.

Sopra le nostre teste si allarga una densa nuvola di fumo. Che sarebbe il soldato, senza tabacco? La cantina è un rifugio, la birra non è soltanto una bevanda, è un segno che si può senza pericolo stendere e stirare le membra. Non ce ne priviamo infatti, teniamo le gambe lunghe distese davanti a noi e sputiamo filosoficamente dove vien viene, il che ci dà un certo stile. Come pare strano tutto ciò ad uno che parte domani!

A notte ripassiamo ancora una volta il canale. Ho quasi paura di dire alla mia sottile bruna che vado via e che, quando ritornerò, il mio reparto non sarà più qui certamente; sicché non ci rivedremo. Ma essa fa solo cenno con la testa e non sembra molto commossa. Sul momento non riesco a comprendere la sua freddezza, ma poi mi rendo conto. Leer ha ragione: se fossi partito per il fronte, avrebbe detto ancora *pauvre garçon*; ma un soldato che va in licenza non ispira tenerezze speciali, non è molto interessante. Al diavolo lei e il suo cinguettìo e chiacchierìo. Si crede a un miracolo, e poi si tratta soltanto di pagnotte.

Il mattino appresso, dopo essermi spidocchiato, marcio verso la ferrovia da campo, accompagnato da Kat e da Alberto. Alla fermata ci dicono che c'è da aspettare circa due ore. I due amici devono ritornare indietro, per il servizio. Ci salutiamo: «In gamba, Kat! In bocca al lupo, Alberto!».

Si allontanano, facendomi cenno un paio di volte ancora con la mano. Le loro figure impiccioliscono. Ogni loro passo, ogni loro movimento mi è noto, li riconoscerei già da lontano. Ecco, sono spariti. Mi siedo sullo zaino, e aspetto. Ad un tratto mi prende una delirante impazienza di andarmene via, d'esser partito.

Lunghe attese in molte stazioni; distribuzioni di minestra; interminabili soste su panche di legno. A poco a poco, il paesaggio diviene suggestivo e triste: comincio a riconoscerlo. Scorre davanti ai finestrini velati dalla bruma serale, coi suoi villaggi ove gli alti tetti di paglia sembrano schiacciare come berrettoni le basse facciate delle casette rustiche, sbiancate di calce: coi campi di grano, che scintillano come madreperla sotto la luce obliqua del tramonto: coi suoi orti e i suoi fienili, e coi suoi vecchi tigli.

I nomi delle stazioni risvegliano immagini che fanno tremare il mio cuore: il treno corre e sbuffa, io sono attaccato al finestrino, e mi aggrappo all'intelaiatura di legno. Quei nomi inquadrano la mia giovinezza.

Praterie piane, campi, cascinali: una pariglia passa, solitaria sullo sfondo del cielo, lungo la strada parallela all'orizzonte. Un passaggio a livello, contadini che aspettano, ragazze che saluto con cenni, bambini che giocano lungo la linea, strade che traversano le campagne, strade lisce, senza artiglieria!

È sera, e se il treno non sbuffasse vorrei gridare. Grande si dispiega la pianura e nel tenue azzurro comincia a delinearsi all'orizzonte il profilo delle montagne. Riconosco la linea caratteristica del Dolbenberg, quella sua cresta dentata che si interrompe di colpo laddove cessa la foresta. Là dietro è la mia città.

Ora la luce dorata si effonde sul mondo, il treno fischia facendo una curva, poi un'altra: ed ecco inverosimili, sfumati, oscuri, spuntare laggiù i pioppi; lontani, allineati in lunga fila, fatti d'ombra, di luce e di passione. La campagna sembra volgersi a cerchio intorno ad essi, lentamente: il treno gira loro intorno, gli intervalli diminuiscono fino a farteli apparire un sol blocco: per un istante ne vedo uno solo; poi, a poco a poco, si staccano di nuovo l'uno dall'altro, e appaiono ancora soli sull'orizzonte, un pezzo prima che le case della città ce li nascondano.

Un viadotto. Io sto al finestrino, non me ne posso staccare. Gli altri preparano i loro bagagli per scendere. Io vado balbettando, quasi inconsciamente, il nome delle strade che sorpassiamo...

Giù passano biciclette, cani, uomini; ecco una strada grigia, con un oscuro sottopassaggio; ma mi commuove come la vista di mia madre.

Il treno si ferma: ecco la stazione, rumori, grida, cartelli indicatori. Metto lo zaino in spalla, lo aggancio, imbraccio il fucile, e scendo.

All'uscita mi guardo intorno: non conosco nessuna delle persone che vi si accalcano. Una crocerossina mi offre qualcosa da bere. Volto via la faccia perché mi guarda con un sorriso troppo fatuo, troppo compreso della propria importanza: come se dicesse: « Vedete? Do il caffè a un soldato! ».

Ma fuori della stazione il fiume scorre accanto alla strada, spumeggia bianco fuori dalle chiuse al Ponte dei Mulini. La vecchia e quadrata torre di guardia sorge lì presso, e ha davanti il grande tiglio verdeggiante e, dietro, il crepuscolo della sera.

Un tempo ci sedevamo qui, chissà da quanto: da questo ponte si respirava l'odore fresco e un po' putrido dell'acqua ingorgata: ci si chinava sopra la corrente tranquilla a monte della chiusa, là dove alghe e ramaglie pendono ai piloni; oppure, a valle, nelle giornate calde ci si rinfrescava con la vista delle spume sprizzanti qua e là, mentre si chiacchierava di scuola e di maestri.

Passo il ponte, guardo a destra e a sinistra: l'acqua è ancora piena di alghe, ancora precipita in chiara cascata dalla chiusa: nella torre si vedono le stiratrici come allora, con le braccia nude davanti ai bianchi panni, e dalle finestre aperte si spande il calore dei ferri da stiro. Trottano i cani per la via stretta, sulle soglie sta gente che mi guarda incuriosita, mentre passo, sporco, sotto lo zaino greve.

Ecco la pasticceria dove si prendeva il gelato e ci si esercitava a fumare. In questa strada che percorro, ogni casa, ogni bottega mi è nota: il negozio di coloniali, la drogheria, il prestino. Ed ora sto dinanzi alla porta scura dal saliscendi logorato, e la mano diventa pesante. Apro: la frescura dall'interno mi soffia stranamente in volto, mi annebbia gli occhi.

La scala scricchiola sotto i miei stivali. Lassù sbatte un uscio, qualcuno si sporge dalla ringhiera. L'uscio che si è aperto è quello della cucina; stanno facendo le frittelle di patate, la casa è piena di quell'odore: naturale, è sabato. Chi guarda giù dev'esser mia sorella. Per un momento ho una specie di vergogna e chino la testa, poi mi tolgo l'elmo e guardo in su. Sì, è la mia sorella maggiore.

« Paolo! » grida « Paolo! »

Faccio cenno di sì col capo, lo zaino sbatte contro la ringhiera, il fucile è così pesante.

Lei apre una porta e chiama: « Mamma, mamma, è Paolo! ».

Io non posso più fare un passo. Mamma, mamma, è Paolo!

Mi appoggio alla parete, stringendo l'elmo, il fucile: li stringo con tutta la mia forza, ma non posso più fare un passo, la scala mi si confonde alla vista; mi do il calcio del fucile sui piedi e stringo rabbiosamente i denti, ma non posso far nulla dopo quella sola parola che mia sorella ha gridato, nulla posso; mi torturo, tentando di

123

ridere, di parlare, ma non mi riesce di dir nulla, e così me ne sto sulla scala, infelice, impotente, in uno spasimo terribile; e non voglio, ma grosse lagrime mi corrono e corrono giù per la faccia.

Mia sorella ritorna e domanda: « Ma che hai? ».

Allora mi riscuoto e inciampando giungo sul pianerottolo, appoggio il fucile in un angolo, lo zaino contro la parete, e sopra ci metto l'elmo. Via anche la cintura con tutto quello che c'è attaccato. Poi dico furiosamente: « Ma dammi dunque un fazzoletto! ». Lei ne tira fuori uno dall'armadio, ed io mi asciugo il viso. Sopra di me è appesa alla parete la piccola vetrina con la collezione di farfalle che feci un tempo.

Adesso odo la voce di mia madre. Viene dalla camera da letto.

« È a letto? » domando a mia sorella.

« È malata » risponde.

Entro, le do la mano e dico, più quietamente che posso: « Eccomi qua, mamma ».

Essa giace supina, silenziosa nella semioscurità. Poi domanda ansiosa, e sento che il suo sguardo mi palpa: « Sei ferito? ».

« No, mamma, sono in licenza. »

È molto pallida, la mamma: esito a far lume.

« Che stupida, sto qui distesa a piangere » dice « invece d'esser contenta. »

« Sei malata, mamma? » domando.

« Oggi mi alzerò un poco » dice e si volta verso mia sorella, che ad ogni istante deve fare un salto in cucina perché il mangiare non abbruci: « Apri il vasetto dei mirtilli in conserva; ti piacciono, è vero? » mi domanda.

« Sì, mamma, è un pezzo che non ne mangio. »

« Pareva lo sapessimo, che venivi » ride mia sorella: « proprio il tuo piatto preferito, le frittelle di patate, e adesso anche i mirtilli... ».

« Già, è sabato » rispondo.

« Siediti qui vicino » mi dice mia madre.

Essa mi guarda. Ha le mani pallide, deboli, sottili in confronto delle mie. Non diciamo che poche parole, ed io le sono grato che non mi domandi nulla. Che cosa dovrei dirle? Tutto il possibile è avvenuto, sono uscito incolume e siedo accanto a lei. E dappresso, in cucina, sta mia sorella, che canta preparando la cena.

« Caro figlio mio » dice piano mia madre.

Non siamo mai stati molto teneri in famiglia; non usa tra la povera gente, che deve lavorare molto e ha tanti fastidi. La gente semplice non capisce che ci si debba di continuo confermare ciò che già si sa. Quando la mamma mi dice « caro figlio mio » è come se un'altra dicesse chissà che cosa. Io so bene che il vasetto dei mirtilli è da mesi il solo che esista in casa, e che l'ha conservato apposta per me, come i biscotti un po' stantii che ora mi offre. Li avrà ricevuti in regalo, chissà in quale occasione, e subito riposti per me...

Seduto accanto al suo letto, vedo fuori dalla finestra, nel giardino dell'osteria in faccia, scintillare in bruno e oro i castani. Respiro lentamente, profondamente e ripeto dentro di me: « Sei a casa, sei a casa ». Ma un certo impaccio non mi abbandona, non mi ritrovo ancora. Ecco mia madre, ecco mia sorella, ecco le mie farfalle, ecco il mio pianoforte di mogano; ma io, io non sono ancora qui. Tra me e queste cose c'è un distacco, c'è un velo.

E quindi esco, vado a prendere il mio zaino, e ne tiro fuori quello che ho portato con me. Un formaggio d'Olanda, tutto intero, che Kat mi ha procurato, due pagnotte, quasi mezzo chilo di burro, due salsicce, mezzo chilo di strutto, un sacchetto di riso.

« Tutto questo vi servirà, senza dubbio... » Fanno cenno di sì. « Qui la va male, eh? » mi informo.

« Sì, non c'è molta roba. Ma voi, laggiù, ne avete abbastanza? »

Io sorrido e mostro quel che ho portato. « Non abbiamo sempre altrettanto, ma ce la passiamo discretamente. »

Erna porta fuori i viveri. Allora ad un tratto la mamma mi afferra le mani e domanda con voce strozzata: « È terribile, vero, laggiù, Paolo? ».

Mamma, che cosa dovrei risponderti? non capirai, non potrai mai capire: non devi capire mai. Se è terribile, domandi tu, mamma. Io scuoto la testa e rispondo: « No, mamma, non tanto. Siamo molti insieme, si sopporta meglio... ».

« Sì, ma Enrico Bredemeyer che è stato qui poco fa, raccontava che adesso è terribile laggiù, per i gas e per tutto il resto... »

È mia madre che parla così: dice « i gas e tutto il resto ». Non sa di che cosa parla; ha soltanto paura per me. Dovrei forse raccontarle che abbiamo trovato un giorno tre trincee di nemici, irrigiditi nelle loro attitudini, come colpiti dal fulmine? Sui parapetti, nei ricoveri, gli uomini erano rimasti così come si trovavano, ritti o giacenti, coi volti bluastri, morti.

« Oh Dio, mamma, se stai a badare a tutto quello che si dice! Bredemeyer parla così perché ha la lingua in bocca. Vedi bene, sono sano e salvo, e ingrassato... »

Nella tremante ansia di mia madre ritrovo la mia calma. Ormai posso andare e venire e parlare e rispondere, senza paura di dovermi appoggiare alla parete, sentendo a un tratto tutte le cose fatte molli come la gomma e le mie vene aride come l'esca.

La mamma vuole alzarsi, ed io mi ritiro in cucina con mia sorella: « Che cos'ha? » le domando. Ella stringe le spalle: « È a letto da due mesi, ma ci ha proibito di scriverlo a te. L'hanno visitata in parecchi medici. Uno ha detto che potrebbe trattarsi di cancro ».

Vado al Comando di presidio a presentarmi. Cammino adagio per la strada. Qualcuno qua e là mi saluta, ma non mi trattengo a lungo, non ho voglia di parlare. Mentre ritorno dalla caserma, una voce forte mi chiama. Mi volto, distratto, e mi trovo a naso a naso con un maggiore, che mi investe: « Non sapete salutare? ».

« Scusi, signor maggiore » rispondo confuso « non l'ho visto. »

Allora alza ancor più la voce: « Non potete esprimervi in modo più conveniente? ».

Avrei voglia di picchiarlo, ma mi domino, perché altrimenti addio licenza. Mi irrigidisco sull'attenti e rispondo: « Non ho visto il signor maggiore ».

« Fate attenzione dunque! » brontola, e poi: « Come vi chiamate? ». Gli dico il mio nome, ma la sua faccia grassa ed accesa non si vuole calmare. « Reparto? » Glielo dico in piena regola, ma non ne ha ancora abbastanza: « Dove siete accantonato? ». Ora comincio ad averne piene le tasche io, e gli rispondo: « Fra Langemark e Bixschoote ».

« Come? » domanda un po' sbalordito.

Gli spiego che sono giunto da un'ora in licenza, e spero con ciò di smontarlo. Macché! Diventa ancora più furibondo: « Vi farebbe comodo, eh, di portar qui le vostre usanze del fronte? Niente affatto, mio caro. Qui da noi, grazie a Dio, c'è ancora disciplina! », e comanda: « Venti passi indietro, marc'! ».

C'è in me un'ira sorda, che vorrebbe divampare, ma non posso nulla contro di lui; se vuole, mi fa arrestare senz'altro. Quindi faccio i miei passi indietro, torno ad avanzare, e a sei metri da lui eseguisco un impeccabile saluto d'ordinanza e non abbasso la mano se non dopo che mi ha oltrepassato di altri sei metri.

Allora mi richiama, e si compiace di avvertirmi con bonarietà che per questa volta mi perdona.

Ringrazio, fermo sull'attenti.

« Andate pure » comanda. Altro passo indietro, schiocco di talloni, e via.

Questo incidente mi ha avvelenato la serata. Mi affretto a ritornare a casa e per prima cosa getto in un angolo l'uniforme, come del resto già avevo intenzione. Tiro fuori dall'armadio l'abito borghese e lo indosso.

Che effetto curioso: il vestito mi è corto e stretto, si vede che sotto le armi sono cresciuto. Colletto e cravatta mi danno fastidio, occorre che mia sorella mi faccia il nodo. E come è leggero questo vestito, mi pare d'essere in camicia e mutande.

Se mi guardo nello specchio, è ancora più strano; dalla lastra mi fissa un ragazzo, un licenziando, un po' cresciuto, un po' abbronzato.

La mamma è felice ch'io vesta in borghese: le pare di conoscermi meglio così. Invece mio padre sarebbe più lieto se restassi in uniforme, per portarmi in giro dalle sue conoscenze. Ma io mi ricuso.

È bello star quietamente seduti in qualche luogo, per esempio nel giardino dell'osteria dirimpetto, sotto i castani, vicino al gioco delle bocce. Le foglie cadono sul tavolo e a terra, poche, le prime. Ho davanti a me una tazza di birra, sotto le armi si impara a bere. La tazza è vuotata a metà; me ne rimangono ancora alcune buone, fresche sorsate: posso, se voglio, ordinarne una seconda, una terza. Niente appelli, niente fuoco tambureggiante. I figli dell'oste ruzzano sulla pista delle bocce, il cane mi posa la testa sulle ginocchia. E il cielo è azzurro; tra le frasche dei castani si slancia dritto il verde campanile di Santa Margherita.

Tutto ciò fa bene, e mi piace. Ma con la gente non so cavarmela. La sola persona che non interroghi è la mamma. Già col babbo è un'altra cosa. Vorrebbe ch'io gli raccontassi qualche cosa di laggiù, ha delle curiosità ch'io trovo commoventi e stupide ad un tempo; già con lui mi sento meno bene affiatato. Il suo gusto sarebbe di sentir parlare del fronte, di continuo. Io mi rendo ben conto che non sa, come certe cose non si possano raccontare, e sarei d'altronde tanto lieto di fargli questo piacere. Ma sento che c'è un pericolo per me, perché, se traducessi quelle cose in parole, temo diventerebbero enormi, gigantesche, e che non le saprei più dominare. Che sarebbe di noi, se avessimo chiara dinanzi agli occhi la visione di ciò che avviene laggiù! Perciò mi limito a raccontargli barzellette. Mi domanda se ho mai preso parte ad un corpo-a-corpo. Rispondo di no e mi alzo per andarmene.

Neanche questo però mi salva. Dopo esser trasalito un paio di volte per strada, perché il cigolìo del tram sulle rotaie mi ricorda le granate in arrivo, ecco che qualcuno mi batte sulla spalla. È il mio professore di tedesco, che mi assale con le domande di rito: « Ebbé, come va laggiù? Terribile, terribile, vero? Ah, sì, è una cosa atroce, ma resistere bisogna. E alla fin fine laggiù il vitto almeno è buono, a quanto mi si dice: infatti Lei ha buona cera, Paolo, aspetto florido. Bravo, bravo! Qui beninteso si sta peggio, come è giusto, si capisce: il meglio sempre per i nostri soldati! ».

Mi trascina al suo tavolo di birreria, dove i suoi amici mi fanno un'accoglienza grandiosa. Un direttore di azienda mi stringe la mano: « Dunque, Lei viene dal fronte? Bravo! Come è lo spirito delle truppe? Eccellente, nevvero?, eccellente ».

Io spiego che tutti si verrebbe a casa volentieri. Lui ride rumorosamente: « Lo credo bene! Ma prima dovete dare una buona strigliata ai Francesi! Lei fuma? Qua, si accenda questo sigaro. Cameriere, una birra per il nostro giovane guerriero ».

Purtroppo ho accettato il sigaro, e perciò mi tocca rimanere. Tutto si profondono in benevolenza, non c'è che dire: eppure sono seccatissimo, e aspiro il fumo a grandi boccate per finire presto. Per far qualcosa, mando giù d'un fiato tutta la birra, e loro subito me ne ordinano una seconda: sanno ciò che si deve agli eroi del fronte. Discutono circa i paesi che ci dobbiamo annettere. Il direttore d'azienda, con la sua ferrea catena d'orologio, è quello che pretende di più: tutto il Belgio, i bacini carboniferi della Francia, vaste regioni della Russia; e dà motivazioni precise circa la necessità di possedere tutto questo; ed è inflessibile, finché gli altri non consentono con lui. Poi comincia a spiegare dove si debba spezzare in Francia il fronte avversario, e di quando in quando si rivolge a me: « Dovreste farla un po' finita con quella vostra eterna guerra di posizione. Date una buona scoppola a quelle canaglie, e avremo la pace ».

Gli rispondo che a nostro avviso non è possibile aprire una breccia nel fronte nemico. Quelli di là hanno troppe riserve. Inoltre la guerra è alquanto diversa da ciò che qui si immagina. Ma lui ribatte con sussiego, e mi dimostra che io non ne capisco nulla.

« Naturale, così pare al singolo individuo » dice « ma non bisogna perdere di vista l'insieme. E l'insieme voi non lo potete giudicare: voi non vedete che il vostro piccolo settore. Arrischiate ogni giorno la vita, ciò è altamente onorevole – ciascuno di voi dovrebbe avere la croce di ferro – ma l'importante è che il fronte nemico sia spezzato in Fiandra e poi respinto indietro tutto, procedendo da nord a sud. »

E qui soffia, e si asciuga la barba. « Respinto indietro come un tappeto che si arrotola, dall'alto in basso. E poi puntare su Parigi. »

Vorrei un po' sapere come se lo figura, tutto questo! E tracanno la mia terza tazza di birra. Subito me ne fa portare un'altra, ma io prendo commiato. Egli mi forza a intascare alcuni sigari, e mi congeda con un'amichevole manata sulla spalla. « In bocca al lupo. E speriamo di aver presto da voi qualche bella notizia. »

Non così mi ero immaginata la licenza. Un anno fa era tutt'altra cosa. Probabilmente sono cambiato io nel frattempo; tra allora e adesso c'è un abisso. Allora non conoscevo ancora la vera guerra, eravamo stati sempre in settori tranquilli.

Oggi mi accorgo che a mia insaputa mi sono logorato e maturato. Non mi trovo più bene qui; è un mondo estraneo. Gli uni mi interrogano, gli altri no, ma in faccia a questi si vede che se ne fanno un merito; anzi qualcuno dice con aria saputa, che non si deve parlare. Chissà che benemerenza pensano di acquistarsi.

Le ore migliori sono quelle che passo da solo; almeno

nessuno mi disturba. Perché tutti parlano sempre del medesimo argomento, se la va bene o se la va male, e uno la pensa in un modo e l'altro in un altro, ma poi tutti tornano presto alle cose della loro vita quotidiana. Anch'io senza dubbio vivevo così in passato, ma oggi non mi ci ritrovo più.

Tutti parlano troppo. Hanno preoccupazioni, scopi, desideri, che mi è impossibile di concepire a modo loro. Qualche volta siedo tra loro, nel piccolo giardino dell'osteria, e mi sforzo di far loro comprendere che in fondo tutto è lì: starsene seduti così, tranquillamente. Essi trovano ben naturale ch'io pensi ciò, ne convengono, lo sentono fors'anche, ma a parole, soltanto a parole, ecco lo sentono, ma sempre a metà; la loro preoccupazione va ad altre cose, nessuno lo sente con tutta la sua vita: io stesso poi non so esprimere bene quello che ho in mente.

Quando li vedo nelle loro stanze, nei loro uffici, nelle loro professioni, mi sento irresistibilmente attratto, vorrei esser anch'io uno di loro, dimenticare la guerra: ma nel contempo qualcosa mi respinge indietro, il loro mondo mi sembra così angusto, mi pare impossibile che possa riempire una vita: mi sembra che si dovrebbe buttar sossopra ogni cosa. Come mai tutto ciò può esistere, mentre laggiù le schegge sibilano sui camminamenti e i razzi solcano il cielo, e i feriti sono portati via sui teli da tenda e i compagni si rannicchiano nelle trincee! Gli uomini qui sono diversi, io non li posso capire, li invidio e insieme li disprezzo. Involontariamente il pensiero corre a Kat e ad Alberto e a Müller e a Tjaden; che cosa faranno ora? Forse sono nella cantina o nuotano nel canale: ma presto dovranno tornare in linea.

Nella mia camera, dietro il tavolo, c'è un sofà di cuoio scuro: mi siedo. Alle pareti sono fissate con puntine molte immagini che ho ritagliato un tempo da riviste illustrate, e cartoline e disegni che mi sono piaciuti. Nell'angolo una piccola stufa di ferro. E di fronte, lo scaffale dei miei libri.

Qui ho vissuto, prima d'andar soldato. Quei libri me li sono comperati ad uno ad uno, col denaro che guadagnavo dando ripetizioni. Molti d'occasione, per esempio i classici; ogni volume mi costava un marco e venti, legato in tela azzurra. Comperavo gli autori completi, perché ero coscienzioso e non mi fidavo delle « opere scelte » in cui l'editore dice di aver raccolto il meglio. Perciò acquistavo sempre le *opera omnia*. Le leggevo anche con onesto zelo, ma per la maggior parte non mi dicevano gran che. Tanto più pregiavo altri libri, i moderni, che naturalmente erano più cari. Alcuni di questi sono d'origine non del tutto onesta, perché li ho presi a prestito e non li ho più restituiti, tanto mi costava staccarmene. Un comparto dello scaffale è pieno dei miei libri di scuola. Non sono molto ben conservati, anzi molto sgualciti; certe pagine sono strappate, si sa bene per quale uso. Sotto, sono ammucchiati quaderni, carte, lettere, disegni, abbozzi.

Voglio cercare di rivivere la vita d'allora. Essa è ancora presente in questa stanza, lo sento subito, le pareti l'hanno conservata. Le mie mani riposano sui bracciali del sofà: ora mi accomodo bene, tiro su anche le gambe, e me ne sto dolcemente rannicchiato tra le braccia del vecchio divano. Dalla finestrella aperta vedo la scena familiare della strada, col campanile dominante nel fondo. Sul tavolo sono alcuni fiori. Portapenne, matite, una conchiglia che fa da fermacarte, il calamaio: nulla qui è mutato.

E così sarà, se sarò fortunato, quando, a guerra finita, ritornerò per non più ripartire. Starò qui come adesso, e guarderò la mia camera, aspettando.

Sono inquieto: ma non vorrei esserlo, perché non è giusto. Voglio invece risentire dentro di me quella silenziosa attrazione, quel fascino potente e misterioso che provavo sempre quando mi avvicinavo ai miei libri. Voglio che la ventata di desideri, che si levava dalle loro copertine, mi investa come allora, e sciolga questo pesante, plumbeo, morto peso che porto dentro di me, non so dove, per restituirmi l'impazienza dell'avvenire, l'alata gioia del mondo del pensiero... e mi ridoni il perduto slancio della mia giovinezza.

Siedo, ed aspetto.

Mi viene in mente che devo andare a trovare la madre di Kemmerich; potrei anche visitare Mittelstaedt, che deve essere in quartiere. Guardo fuori dalla finestra; dietro la strada soleggiata emerge sfumata e leggera una collina, sale e s'allarga l'immagine di una chiara giornata d'autunno, in cui io con Kat e Alberto, seduti intorno ad un fuoco, mangiamo patate arrostite nella bragia.

Ma a questo non voglio pensare; via, cancello la visione. È la mia cameretta che deve parlare, che deve accogliermi e sostenermi. Voglio sentire che il mio posto è qui; e ascoltare questa voce, perché tornando al fronte io possa dire a me stesso: la guerra si sommerge, sparisce sotto l'ondata del ritorno; la guerra passa, non ci consuma, non ha altra potenza che esteriore.

Muti si allineano i libri, l'uno accanto all'altro. Li riconosco, ricordo l'ordine in cui li ho disposti. Con lo sguardo li vado supplicando: Parlatemi – prendetemi con voi – prendimi con te, vita di un tempo – vita spensierata, bella – riprendimi... E aspetto, aspetto. Sfilano le immagini, ma nessuna fa presa: non sono che ombre, reminiscenze...

Nulla, nulla. La mia inquietudine cresce. Un terribile senso si desta in me, quello di essere un estraneo qui dentro. Non so ritrovare il passato, sono escluso da questa vita: ho un bel pregare e sforzarmi, ma nulla si muove; indifferente e malinconico siedo qui come un condannato, e il passato si volta via. E in pari tempo ho timore di evocarlo troppo, perché non so che cosa potrebbe accadere. Sono un soldato, a questa cosa certa mi devo tenere.

Mi alzo e, stanco, guardo fuori dalla finestra. Poi prendo in mano uno dei libri, e lo sfoglio per mettermi a leggere: ma subito lo ripongo e ne prendo un altro. Vi sono dei brani segnati in margine. Cerco, sfoglio, prendo sempre nuovi libri; ormai ne ho un mucchio accanto a me. Altri ne vado cercando, sempre più affannosamente, e carte, quaderni, lettere. E davanti a tutto ciò me ne sto muto, come davanti a un tribunale, scoraggiato. Parole, parole, parole, che non mi raggiungono più.

Lentamente ricolloco i libri nello scaffale.

È finita.

In silenzio esco dalla camera.

Ma non mi arrendo ancora. Non oso entrare più nella mia camera; ma mi consolo pensando che poche giornate non sono poi tutta la vita. Un giorno, più tardi, avrò davanti a me gli anni per riprendermi. Per ora vado a trovare Mittelstaedt in quartiere; sediamo nella sua camera, in un'atmosfera che non amo, ma alla quale sono abituato.

Mittelstaedt ha pronta una novità che mi elettrizza subito. Mi racconta che Kantorek è stato richiamato come soldato della territoriale. « Figurati un po' » mi racconta, estraendo un paio di buoni sigari: « esco dall'ospedale e subito m'imbatto in lui. Lui mi stende la zampa e gracida: "Oh guarda chi si vede, Mittelstaedt, come va?". Io lo guardo con tanto d'occhi e gli rispondo: "Soldato Kantorek, servizio è servizio e scherzo è scherzo, lo dovreste sapere meglio di ogni altro. Mettetevi sull'attenti quando parlate ad un superiore". Avresti dovuto vedere la sua faccia! Un incrocio fra il cetriolo sott'aceto e il baco da seta. Esitando, ha cercato ancora di avviare un tono amichevole, ma io gli ho dato un cicchetto coi fiocchi; allora ha messo in batteria il suo calibro più forte, e mi ha mormorato in confidenza: "Vuole che le faciliti gli esami supplementari?". Voleva ricordarmi il suo potere, capisci. Allora io non ci ho visto più, e a mia volta gli ho rinfrescato la memoria: "Soldato Kantorek" gli ho detto "due anni fa voi con le vostre prediche ci avete portati a presentarci al Comando di presidio; fra gli altri c'era anche il povero Giuseppe Behm, che non voleva, ed è caduto tre mesi prima della chiamata della sua classe. Senza di voi, sarebbe rimasto in vita almeno quei pochi mesi. E ora andate pure: avremo occasione di rivederci". Non mi fu difficile farmi assegnare alla sua compagnia: e per prima cosa l'ho portato con me al magazzino, e ho curato con amore il suo equipaggiamento. Ora lo vedrai ».

Scendiamo nel cortile. La compagnia è in riga. Mittelstaedt ordina il riposo e passa l'ispezione. Ed ecco che mi appare il mio Kantorek, e mi mordo le labbra per non scoppiare a ridere. Porta una specie di tunica color turchino slavato. Il dorso e le maniche mostrano enormi rattoppi scuri; quella tunica deve aver servito a un gigante. In compenso i pantaloni neri, stinti dall'uso, sono piuttosto corti, non gli arrivano che a mezzo polpaccio. Spaziosissimi sono invece gli scarponi, assai antichi, duri come il ferro, con le punte voltate in su: di quegli scarponi vecchio modello che si allacciano ancora sui lati. L'equilibrio è ristabilito dal berretto d'ordinanza, minuscolo, unto e bisunto, miserabile. L'impressione d'insieme è pietosa.

Mittelstaedt si ferma davanti a lui: « Soldato Kantorek, questo si chiama pulire i bottoni? Non imparerete dunque mai? Non andiamo bene, Kantorek, non andiamo bene!... ».

Nel mio interno urlo di piacere. Esattamente così Kantorek a scuola biasimava Mittelstaedt, con la stessa intonazione: « Non andiamo bene, Mittelstaedt, non andiamo bene! ».

Mittelstaedt continua a disapprovare: « Guardate un po' Boettcher, quello sì è un modello, potete imparare da lui ».

Non oso credere ai miei occhi: c'è anche Boettcher, il nostro bidello! Ed è un modello! Kantorek mi fulmina con uno sguardo come se volesse incenerirmi. Ma io mi limito a sorridergli innocentemente sul muso, come se non lo riconoscessi affatto.

Che faccia di stupido con quel pignattino in testa e quell'uniforme! E dire che davanti a un essere simile si tremava di paura, quando troneggiava in cattedra e sembrava volerci infilzare con la punta della matita, nel chiederci i verbi irregolari francesi, che poi in Franciá non ci hanno reso nessun servizio. Non sono passati due anni... ed ecco qua, rotto l'incanto, il milite territoriale Kantorek, con le ginocchia storte e due braccia ad ansa, coi bottoni sporchi e un portamento ridicolo, un soldato impossibile. Non riesco a metter d'accordo questo figuro

137

col personaggio in cattedra, dallo sguardo severo, e vorrei un po' sapere che cosa risponderei, se questo disgraziato tornasse un giorno a interrogare me, un vecchio soldato: « Bäumer, mi dica l'imperfetto del verbo *aller* ».

Intanto Mittelstaedt fa fare esercizio di ordine sparso: e con benevolenza destina Kantorek a comandare la sua squadra.

Non senza motivo, beninteso. In questo esercizio il caposquadra deve star sempre venti passi davanti alla sua squadra; se dunque si comanda: dietrofront, gli uomini non hanno che da far dietrofront, e invece il caposquadra, che si trova di colpo venti passi indietro, deve precipitarsi avanti, di corsa, per riacquistare i suoi venti passi di vantaggio. Sono dunque quaranta passi di corsa; ma appena quegli è giunto, si ripete l'ordine, e sono altri quaranta passi da percorrere di volata in senso inverso. In questo modo, mentre la squadra non fa altro che dietrofront e pochi passi, la guida schizza continuamente di qua e di là come un saltapicchio. Il tutto è preso da una delle vecchie e provate ricette del sergente Himmelstoss.

Kantorek non può pretendere altro da Mittelstaedt al quale una volta ha rovinato una promozione: e Mittelstaedt sarebbe ben sciocco, se non sfruttasse questa bella occasione prima di ritornare al fronte. Forse la morte è meno dolorosa, quando la vita di caserma vi ha offerto, una volta tanto, una soddisfazione di questo genere.

Intanto Kantorek continua a balzare innanzi e indietro come un cinghiale aizzato. Dopo alquanto tempo Mittelstaedt fa cessare questo esercizio e cominciare l'altro, importantissimo, dell'avanzare strisciando. Sui ginocchi e sui gomiti, impugnando il fucile secondo il regolamento, Kantorek porta avanti sulla sabbia il suo corpo apollineo; e passandoci vicino soffia e sbuffa; ma il suo ansimare è per noi musica d'angeli.

Mittelstaedt lo rincuora, prodigando al soldato Kantorek le citazioni del professore Kantorek: « Soldato Kantorek, abbiamo la fortuna di vivere in un'età grande: dobbiamo fare appello a tutta la nostra energia e superare di buon animo anche qualche amarezza ».

Kantorek sputa un pezzetto di legno sporco che gli è penetrato fra i denti, e suda; Mittelstaedt, chino sopra di lui, rincara con insistenza: « E non dimenticare mai, per qualche piccolezza, il grande evento storico, soldato Kantorek ».

Mi stupisce che Kantorek non esploda: tanto più ora che comincia la lezione di ginnastica, in cui Mittelstaedt lo copia stupendamente, tenendolo per il fondo dei calzoni, mentre l'altro si tira su a forza di braccia alla sbarra fissa, perché possa raggiungere la sbarra col mento, e intanto lo inonda di saggi discorsi, proprio al modo che Kantorek usava un tempo con lui.

Dopo di che si comandano i servizi di corvée: « Kantorek e Boettcher alla spesa pane! Prendete la carretta a mano ».

Due minuti dopo vediamo la coppia passare con la carretta. Kantorek, furibondo, tiene la testa china, mentre il bidello è fiero di avere un servizio così leggero.

Il panificio è all'altro estremo della città, sicché i due devono attraversare questa per intero, così all'andata come al ritorno.

« È già qualche giorno che fanno questo servizio » ghigna Mittelstaedt. « C'è già gente che si apposta per vederli passare. »

« Meraviglioso » dico io. « Ma non ha ancora reclama-
to? »

« Ha tentato. Il nostro comandante ha riso di gusto,
quando ha sentito la storia. Non può digerire i maestri di
scuola; per di più, faccio la corte a sua figlia. »

« Ma Kantorek cercherà di vendicarsi agli esami. »

« Me ne infischio » osserva Mittelstaedt senza scom-
porsi. « Del resto, il suo reclamo non ha avuto seguito,
anche perché ho potuto dimostrare che gli do sempre i
servizi più leggeri. »

« E non potresti una volta dargli una lezione in grande
stile? »

« È troppo cretino » risponde Mittelstaedt, superbo e
magnanimo.

Che cosa è la licenza? Un momento di sosta, che
rende poi tutto più penoso. Già ora vi si mescola l'amaro
della partenza. Mia madre mi guarda in silenzio – conta i
giorni, lo so – ogni mattina è più triste. Un altro giorno
di meno. Ha nascosto il mio zaino, perché non le ricordi...

Le ore passano presto, quando si va fantasticando.
Cerco di riprendermi, e accompagno mia sorella, che si
reca al mattatoio per comprare qualche chilo d'ossi. È
questo un gran privilegio e la gente fa la coda fin dalla
mattina per approfittarne: alcuni svengono.

Non siamo fortunati: dopo aver aspettato, dandoci il
cambio, per tre ore consecutive, la coda si scioglie. Gli
ossi sono esauriti.

È una buona cosa ch'io riceva il mio rancio. Ne porto
qualche cosa alla mamma e così rinforziamo un poco i
pasti di famiglia.

Le giornate si fanno sempre più grevi, gli occhi di mia

madre sempre più tristi. Ancora quattro giorni. Devo andare a trovare la madre di Kemmerich.

Non è possibile descrivere la scena. Questa donna convulsa, singhiozzante, che mi scuote e mi grida in faccia: « Ma perché tu sei vivo, se lui è morto? », che m'inonda delle sue lagrime esclamando: « Ma perché siete nati, ragazzi come voi?... » e si abbandona su una sedia e piange: « L'hai visto? L'hai visto ancora? Come è morto? ».

Io le racconto che è stato colpito al cuore, ed è morto subito. Mi guarda negli occhi, diffidente: « Tu dici una bugia: lo so. Ho sentito quanto ha dovuto soffrire. Ho udito la sua voce, ho provato, di notte, la sua angoscia... di' la verità, voglio saperla, devo saperla... ».

« No » insisto io « ero accanto a lui. È morto subito. »

Allora mi prega, piano: « Dimmelo, lo devi. So che vuoi confortarmi, ma non vedi che mi tormenti, peggio che se mi dicessi la verità? Non posso sopportare l'incertezza, dimmi come è stato, anche se è stato orribile. Sarà sempre meglio di quello che vado fantasticando nella mia mente ».

Non glielo dirò mai, neanche se mi taglia a pezzetti. Ho tanta pietà di lei, povera donna, ma mi sembra anche un po' stupida. Dovrebbe pur rassegnarsi, tanto Kemmerich resta morto, che lei sappia o non sappia come. Quando si sono visti tanti morti, non si riesce più a comprendere un così gran dolore per un morto solo. E perciò replico, un po' spazientito: « È morto subito; non si è nemmeno accorto. Il suo volto era calmissimo. »

Tace, e poi domanda, adagio: « Lo puoi giurare? ».

« Sì. »

« Per tutto quello che hai di più sacro? »

Oh Dio, che cosa c'è ancora di sacro per me? Cambiano così spesso queste cose nella vita!

« Sì, è morto subito. »

« Acconsenti a non tornare più indietro, se quello che dici non è la verità? »

« Acconsento a non tornare più indietro, se non è vero che è morto subito. »

Sarei disposto a prendere ben altro ancora sopra di me. Ma questa volta pare che mi creda. Sospira e piange a lungo. Devo raccontarle come è andata, e le invento una storia, alla quale per poco non finisco col credere anch'io.

Quando me ne vado, mi bacia, poveretta, e mi regala un ritratto del suo figliuolo: è in uniforme da recluta, appoggiato a un tavolino rotondo, che ha per gambe rami di betulla al naturale. Dietro è dipinto uno sfondo di foresta, sul tavolino, una tazza di birra.

È l'ultima sera che passo a casa. Siamo tutti taciturni. Io vado a letto presto, abbraccio i cuscini, me li stringo contro il corpo, me ci affondo con la testa... chissà se mai potrò riposare ancora in un letto di piuma! Mia madre torna in camera mia, più tardi. Mi crede addormentato, ed io fingo di esserlo. Parlarsi, vegliare insieme è troppo penoso.

Siede al mio capezzale, quasi fino al mattino, benché soffra e debba talvolta piegarsi su se stessa per il dolore. Infine non ne posso più e fingo di destarmi.

« Vai a dormire, mamma, che prendi freddo. »

« Potrò dormire » dice lei « a mio agio più tardi. »

Io mi drizzo a sedere sul letto: « Non vado mica subito al fronte, mamma. Sai che devo prima far quattro settimane nei baraccamenti. Di là posso venir ancora a trovarti, una domenica ».

Essa tace, poi domanda piano: « Hai molta paura? ».

« No, mamma. »

« Volevo anche dirti: sta' in guardia dalle donne, laggiù in Francia. Sono cattive. »

Ah mamma mamma! Per te sarò sempre un bambino... perché non posso metterti in grembo la testa, e piangere? Perché debbo essere sempre il più forte e il più calmo, mentre vorrei anch'io una volta piangere e farmi consolare? Davvero sono poco più che un bambino, i miei calzoni corti stanno ancora appesi nell'armadio, così poco tempo è trascorso: ma perché tutto ciò è passato per sempre?

Con tutta la calma di cui sono capace, rispondo:

« Dove siamo noi, mamma, non ci sono donne. »

« E sii ben prudente, Paolo, laggiù al fronte. »

Ah mamma mamma! Perché non posso prenderti nelle mie braccia, e morire insieme? Poveri disperati che siamo!

« Sì, mamma, sarò prudente. »

« Tutti i giorni pregherò per te, Paolo. »

Ah mamma mamma! Alziamoci, e andiamo via insieme, indietro negli anni, fino a che tutta questa miseria non gravi più sopra di noi, indietro, tu ed io soli, mamma!

« Se tu potessi ottenere un posto un po' meno pericoloso... »

« Sì, mamma; forse mi mettono in cucina, può darsi. »

« Accetta, se te l'offrono, lascia che gli altri dicano... »

« Non me ne preoccupo, mamma... »

Ella sospira. Il suo volto è un chiarore pallido nell'oscurità.

« Ora bisogna andare a dormire, mamma. »

Non risponde. Io mi alzo e le metto la mia coperta sulle spalle, perché non abbia freddo. Si appoggia al mio braccio, i suoi dolori la riprendono: così la porto di là e per un po' di tempo ancora mi trattengo con lei.

« Devi guarire, mamma, per quando ritorno. »

« Sì, sì, figliolo. »

« Non mandatemi roba di qui, mamma. Là noi abbiamo abbastanza da mangiare, voi invece qui ne avete bisogno. »

Che povera cosa è, stesa così nel suo letto, colei che mi ama sopra ogni bene! Mentre voglio allontanarmi, mi mormora ancora in fretta: « Ti ho procurato due paia di mutande. È buona lana, ti terrà caldo. Non scordarti di portarle con te ».

Ah mamma, io so quanto ti sono costate quelle due paia di mutande, di corse e di affanni e di umiliazioni! Ah mamma mamma, come è possibile ch'io ti debba lasciare? Chi ha un diritto sopra la mia persona, più di te? Eccomi qui seduto, e tu stai lì distesa, e quante cose dobbiamo dirci che non ci diremo mai...

« Buona notte, mamma. »

« Buona notte, piccolo mio. »

La camera è oscura. Il respiro di mia madre si alza e si abbassa, intramezzato dal tic-tac dell'orologio. Fuori dalla finestra passa il vento; i castagni stormiscono.

Sul pianerottolo inciampo nel mio zaino, che giace lì pronto, perché domattina devo partire prestissimo.

Io mordo i cuscini, e stringo coi pugni le sbarre del letto. Non avrei mai dovuto venire qui. Laggiù ero indifferente, spesso senza speranza: non potrò esser tale mai più. Ero un soldato, ed ora non sono più che un essere dolorante: per me, per mia madre, per tutta questa desolazione senza fine.

Non avrei mai dovuto venire in licenza.

VIII

Conosco bene le baracche del Campo d'istruzione in brughiera. Qui Himmelstoss ha fatto l'educazione di Tjaden. Ma non c'è quasi più nessuno di mia conoscenza: tutto è cambiato, come sempre. Solo alcuni degli uomini che sono qui ho visto in passato, di sfuggita.

Faccio il mio servizio macchinalmente. Passo la sera nella Casa del soldato, dove trovo riviste che non leggo e un pianoforte, sul quale amo talvolta suonare. Due ragazze, di cui una giovane, sono addette al servizio.

Il campo è cinto di alte barriere di filo spinato; quando si rientra tardi dalla Casa del soldato ci vuole un permesso scritto; naturalmente chi se la intende col capoposto passa anche senza.

Le esercitazioni di compagnia si svolgono ogni giorno in brughiera, fra cespugli di ginepro e boschi di betulle. È una vita sopportabile, quando non si chieda di più; si avanza di corsa, ci si getta a terra, e il fiato muove gli steli e i fiori. La rena chiara, vista così rasente terra, è nitida come quella d'un laboratorio, tutta formata di minutissimi ciottolini. Viene una strana tentazione di affondarvi la mano.

Ma la cosa più bella sono i boschi, con la loro cornice di betulle. Queste cambiano di colore continuamente: ora i tronchi brillano candidi e fra l'uno e l'altro tremola come una seta impalpabile il fogliame verde chiaro; il momento appresso tutto diventa d'un azzurro opalino, che sfiora i margini argentati e s'affonda nel bosco e cancella il verde: ma poi, se una nuvola passa sopra il sole, ecco l'azzurro si oscura a tratti fino a parer nero, e l'ombra vola come un fantasma lungo i tronchi smorti, sopra la piana e fino all'orizzonte, mentre già le betulle risorgono come bandiere festose dalle bianche aste, tra il fiammeggiare rosso-oro delle fronde d'autunno!

Io mi perdo spesso in questo gioco di tenere luci e di ombre diafane, al punto di non udire quasi i comandi; quando si è soli, si comincia ad osservare la natura e ad amarla; e qui ho poche relazioni, né desidero averne oltre lo stretto necessario. Ci si conosce troppo poco, per poter fare più che quattro chiacchiere o, a sera, qualche partita a carte.

Accanto ai nostri baraccamenti v'è il grande campo dei prigionieri russi. Sebbene pareti di filo spinato lo separino dal nostro, pure vien fatto ai prigionieri di passare di qua. Hanno l'aria timida e spaurita, portano barbe piene e sono alti di statura; fanno l'effetto di grossi cani di San Bernardo, bastonati e umili.

S'aggirano presso le nostre baracche e frugano nelle botti dei rifiuti. Ci si può figurare che cosa vi trovano! Il nostro vitto è già scarso, ma soprattutto cattivo: rape tagliate in sei pezzi e cotte nell'acqua, torsi di carota ancora sporchi di terra; le patate, se anche guaste, si considerano leccornie, e il piatto più ghiotto è una magra minestra di riso, entro cui dovrebbero nuotare minuscoli pezzetti di carne di bue; i quali però sono tagliati così fini, che il cucchiaio non li trova.

Ciò nonostante si mangia tutto, beninteso. Se un giorno uno è tanto ricco da non aver bisogno di vuotar la gavetta fino in fondo, altri dieci compagni sono pronti a rilevargli il resto. Solo gli avanzi che il cucchiaio non riesce a trovare, vengono sciacquati via e finiscono nella botte dei rifiuti. Vi si aggiunge qualche buccia di rapa, qualche crosta di pane ammuffito e ogni sorta di porcherie.

Questo liquido lungo, torbido, sporco è la mèta dei poveri prigionieri. Lo attingono avidamente dalle botti puzzolenti e se lo portano via sotto i loro camiciotti.

Fa un effetto strano vedere così da vicino questi nostri nemici. Hanno facce che fanno pensare, buone facce di contadini; larghe fronti, nasi schiacciati, grosse labbra, grosse mani, capelli lanosi. Si dovrebbe utilizzarli per l'aratura e la mietitura e la raccolta delle mele. Hanno l'aspetto anche più mite e buono dei nostri contadini frisoni. Vederli muoversi, mendicare un po' di cibo, è cosa triste. Sono tutti piuttosto deboli perché ricevono appena quanto basta per non morire di fame. Noi stessi, è un pezzo che non abbiamo da sfamarci completamente. Soffrono di dissenteria; con sguardi paurosi, qualcuno ci mostra di nascosto il lembo della camicia insanguinata. Hanno schiena e collo incurvati, piegati i ginocchi; gli occhi guardano di sbieco, di sotto in su, mentre tendono la mano a mendicare, con le poche parole di tedesco che sanno, e con quelle voci di basso, morbide e piane, che ricordano le stufe calde e le stanze quiete.

Vi sono certuni che danno loro una pedata per farli cascare a terra: ma sono pochi. I più non fanno loro nulla, li lasciano passare. Qualche volta, bisogna dirlo, quando hanno l'aspetto più miserabile, si diventa furiosi e si dà loro un calcio. Se soltanto non ci guardassero a quel modo – quanta, quanta miseria può stare in quei due cosi che basterebbe un dito a chiuderli – negli occhi!

A sera vengono nelle nostre baracche, e contrattano: tutto quello che hanno, lo danno in cambio di pane. Talvolta ci riescono, perché hanno buoni stivali, mentre le nostre calzature sono pessime. Il cuoio dei loro alti stivali è morbidissimo, come bulgaro. Dei nostri, i figli di contadini che ricevono grassi viveri da casa, possono pagarsi questo lusso: il prezzo di un paio di stivali va da due a tre pagnotte, oppure una pagnotta e una piccola salsiccetta dura.

Ma quasi tutti i russi hanno da un pezzo venduto quanto possedevano; oramai portano cenci pietosi e cercano di barattare piccoli lavori d'intaglio od oggettini formati da schegge di granata o da pezzi di rame, tratti dagli anelli di guida. Queste cose naturalmente non rendono molto, anche se son costate molta fatica: le danno via per qualche fetta di pane. Il nostro contadino è tenace e scaltro nel contrattare. Tiene il pezzo di pane o di salsiccia sotto il naso del russo, finché questi dalla bramosìa diventa pallido, gli girano gli occhi, e allora non gli importa più di nulla. L'altro invece involge e ripone l'oggetto conquistato, con tutta la cura di cui è capace; tira fuori il suo grosso coltello, si taglia adagio adagio una bella fetta di pane dalle proprie provviste, vi unisce ad ogni boccone un pezzo di buona salsiccia, e mangia come per premiar se stesso.

È irritante vedere i nostri zoticoni far merenda a questo modo, vien voglia di picchiare su quella loro zucca dura. È raro che diano via un briciolo. Vero è che qui ci si conosce troppo poco.

Monto spesso di guardia al campo dei russi. Nell'oscurità si vedono muovere le loro figure, come di grandi cicogne malate. Si avvicinano al reticolato e premono il viso contro le maglie del filo di ferro, mentre vi si aggrappano con le dita adunche. Spesso sono lì in molti, l'uno accanto all'altro; e respirano il vento che viene dai boschi e dalla brughiera.

Parlano di rado, e solo poche parole. Fra loro sono più umani e, mi pare quasi, più fraterni di noi qui: dipende forse soltanto dal fatto che si sentono più infelici. Tuttavia la guerra per loro è finita. Ma anche essere sempre malati di dissenteria, non è una vita.

I territoriali incaricati della loro custodia raccontano che erano più vivaci da principio. Come sempre accade, avevano relazioni tra loro, e non di rado entravano in gioco i pugni e i coltelli. Ora sono torpidi e indifferenti, la maggior parte non si masturba neppure più, causa la debolezza; mentre spesso il vizio andava tanto oltre che veniva praticato collettivamente, per camerate.

Stanno appoggiati al reticolato. Di quando in quando uno barcolla via, e subito un altro si mette al suo posto. I più tacciono, qualcuno mendica un mozzicone di sigaretta.

Io vedo le loro figure brune, le barbe ondeggianti al vento. Nulla so di loro, se non che sono prigionieri di guerra, e ciò appunto mi turba. La loro vita è senza nome e senza colpa. Se sapessi qualcosa di loro, come si chiamano, come vivono, che cosa aspettano, che cosa li affligge, il mio turbamento avrebbe un senso e potrebbe diventar compassione. Ma così non sento dietro il loro volto se non il dolore della creatura, la tremenda tristezza della vita e la crudeltà degli uomini.

Un ordine ha trasformato queste figure silenziose in nemici nostri; un altro ordine potrebbe trasformarli in amici. Intorno a un tavolo un foglio scritto viene firmato da pochi individui che nessuno di noi conosce, e per anni diventa nostro scopo supremo ciò che in ogni altro caso provocherebbe il disprezzo di tutto il mondo e la pena più grave. Chi può più distinguere e giudicare, quando vede questi poveri esseri silenziosi coi loro volti di fanciulli e con le loro barbe d'apostoli! Ogni sottufficiale per la sua recluta, ogni professore per i suoi alunni è un nemico peggiore che costoro non siano per noi. Eppure noi torneremmo a sparare contro di loro ed essi contro di noi, se fossero liberi...

Qui mi fermo spaventato: non debbo andare avanti. Questi pensieri conducono all'abisso. Non è ancora tempo per approfondirli; tuttavia non li voglio lasciar dileguare, li voglio serbare, chiudere in me, per quando la guerra sarà finita. Mi batte il cuore: è questo dunque lo scopo, il grande, l'unico scopo, al quale ho pensato in trincea, quello che io cercavo come sola possibilità di vita, dopo questa rovina di ogni umanità: è questo il cómpito per la nostra vita di domani, degno veramente di questi anni d'orrore?

Mi tolgo di tasca le sigarette, rompo ciascuna in due parti e le do ai russi. Si inchinano e le accendono. Ecco che sui loro visi brillano qua e là punti rossi, e mi consolano; sembrano piccole finestrelle chiare su facciate di oscure capanne, che rivelano, dentro, rifugi di pace...

I giorni passano. In una mattinata nebbiosa si fa il funerale di un russo: quasi ogni giorno ne muore qualcuno. Sono di guardia mentre lo seppelliscono. I prigionieri cantano un corale a più voci: neppure sembrano voci, sembra un organo che risuoni da lungi sulla radura.

Il funerale è presto finito.

A sera i russi stanno di nuovo al reticolato, e il vento viene a loro dai boschi di betulle. Fredde splendono le stelle.

Ora conosco qualche prigioniero che parla discretamente il tedesco. V'è fra loro uno che racconta d'essere stato suonatore di violino a Berlino. Quando sa che io suono il piano, va a prendere il suo violino e si mette a suonare. Gli altri si siedono col dorso appoggiato allo steccato. Egli sta in piedi, e suona, ed ora ha l'espressione assente che prendono i violinisti, quando chiudono gli occhi; ora muove lo strumento a seconda del ritmo e guardandomi in volto sorride.

Devono essere canzoni popolari, perché gli altri l'accompagnano in sordina. Sembra musica profonda che salga dal grembo di oscure colline; sopra vi danza la voce del violino, e pare una fanciulla snella, tutta chiara e sola. A un tratto le voci cessano e continua da solo il violino, voce esile nella notte, come se avesse freddo; bisogna starle vicini vicini: come sarebbe meglio un locale chiuso. Qui fuori ci si sente così tristi, quando la musica erra sola e smarrita...

Non mi danno il permesso domenicale perché ho avuto da poco una licenza piuttosto lunga. Quindi, l'ultima domenica, prima della partenza, vengono a trovarmi mio padre e la mia sorella maggiore. Passiamo la giornata nella Casa del soldato; non ci resta altro da fare, poiché non vogliamo andare nella baracca. Verso mezzogiorno facciamo una passeggiata in brughiera.

Le ore si trascinano penosamente: non sappiamo di che parlare: perciò discorriamo della malattia della mamma. Ormai è sicuro che si tratta di cancro; essa è già in clinica e sarà operata quanto prima. I medici sperano di salvarla, ma noi non abbiamo mai udito che si guarisce da un cancro.

« Dove sta? » domando.

« All'ospedale Maria Luisa » risponde mio padre.

« In che classe? »

« Terza. Dobbiamo vedere quel che costerà l'operazione. Ha voluto lei stessa la terza classe. Dice che così avrà un po' di compagnia. E poi costa meno. »

« Allora è obbligata a stare con tanta gente. Purché possa dormire di notte! »

Il babbo china il capo. Ha il volto stanco, pieno di rughe. Mia madre è stata spesso malata; all'ospedale è andata soltanto quando non poteva farne a meno, tuttavia le malattie sono costate parecchio e la vita di mio padre vi si è per così dire consumata.

« Se almeno si potesse sapere quanto costa l'operazione! » osserva egli.

« Non l'avete domandato? »

« Non direttamente, non si può; se poi il chirurgo si secca, è una cosa che non va, ora che deve operare la mamma. »

Già, penso io amaramente, così è di noi, così è della povera gente. Non osa domandare il prezzo, e piuttosto si tormenta in congetture, mentre gli altri, che non hanno bisogno, trovano naturalissimo di fissare il prezzo prima. E con loro il medico non si secca.

« Anche le medicazioni, più tardi, saranno molto costose » aggiunge mio padre.

« Ma la cassa di previdenza non contribuisce? » domando.

« Da troppo tempo la mamma è malata. »

« Avete almeno un po' di denaro? »

Egli scuote la testa. « No; ma ora potrò fare di nuovo qualche ora di straordinario. »

Ho capito: fino a mezzanotte starà in piedi vicino al banco, a piegare, a incollare, a tagliare: verso le otto di sera prenderà un po' di quel cibo senza sostanza che si va a comprare con la tessera; poi manderà giù una polverina contro l'emicrania, e continuerà a lavorare.

Per rasserenarlo un po' gli racconto alcune barzellette, così come mi vengono in mente. Freddure militari e roba simile, storielle di generali o di furieri a cui si sia giocato qualche tiro. Poi accompagno tutt'e due alla stazione. Mi regalano un vasetto di marmellata e un pacco di frittelle di patate, che la mamma ha ancora preparato con le sue mani. Infine partono, ed io rientro alle baracche.

La sera spalmo un po' di marmellata sulle frittelle e le mangio. Ma non ci trovo gusto: esco, coll'intenzione di portarle ai russi. Poi penso che le ha fatte la mamma con le sue mani, e che forse sentiva i suoi dolori, davanti al fornello acceso. Allora ripongo il pacco nel mio zaino, e non ne prendo che due, da regalare ai prigionieri.

IX

Siamo in viaggio da più giorni. Nel cielo appaiono i primi aeroplani. Oltrepassiamo treni di munizioni. Cannoni, cannoni. Eccoci sulla ferrovia da campo; io cerco il mio reggimento, ma nessuno sa dove si trovi. In qualche luogo passo la notte, in qualche luogo mi danno da mangiare e poche vaghe istruzioni. E col mio zaino e col mio fucile riprendo il cammino.

Arrivo in una località distrutta dalle granate: nessuna traccia dei nostri. Mi dicono che siano costituiti in divisione volante e che li mandino sempre nei punti ove fa caldo. La prospettiva non è attraente. Mi parlano di grandi perdite che avrebbero subìto. M'informo di Kat e di Alberto: nessuno ne sa nulla.

Continuo le ricerche, girovagando: è una sensazione curiosa. Ancora per una notte, e poi per un'altra, dormo all'aperto come un pellerossa. Finalmente ho notizie precise e nello stesso pomeriggio posso presentarmi in fureria. Il furiere mi trattiene. La compagnia rientra fra due giorni, non val più la pena di mandarmi in linea. « Com'è andata la licenza? » mi domanda. « Bello, eh? »

« Così, così » rispondo.

« Già » sospira lui « se non si dovesse poi ripartire! La seconda metà della licenza è senz'altro rovinata da quella prospettiva lì. »

Vado bighellonando qua e là, finché un mattino vedo rientrare la compagnia, grigia, sporca, stanca e triste. Fo un salto e mi caccio in mezzo a loro, cerco con gli occhi, ed ecco Tjaden, ecco Müller che si soffia il naso, ecco anche Kat e Kropp. Ci prepariamo i pagliericci l'uno accanto all'altro. Nel guardarli sento un certo rimorso, sebbene non ne abbia motivo. Prima di coricarmi, tiro fuori il resto delle mie frittelle e la marmellata, perché anch'essi ne abbiano un poco. Due delle frittelle a contatto dell'aria si sono un po' ammuffite, pure si possono mangiare ancora. Le tengo per me e offro a Kat e a Kropp le meglio conservate.

Kat mastica adagio e domanda: « Queste vengono dalla mamma, vero? ».

Faccio cenno di sì.

« Già » dice lui « si sente al sapore. »

Mi viene quasi da piangere: non mi riconosco più. Ma ora andrà meglio, in compagnia di Kat e di Alberto e degli altri: è questo il mio posto.

« Sei fortunato » mi mormora Kropp prima di addormentarsi, « corre voce che ci mandano in Russia. »

In Russia! Che bazza: là non è più guerra.

Da lontano giunge il tuono del fronte. Le pareti della baracca tremano scricchiolando.

Si fa pulizia straordinaria. Un appello dopo l'altro; ispezioni su ispezioni. La roba stracciata viene sostituita con roba nuova: io ci guadagno una giubba in perfetto stato; Kat, naturalmente, una divisa completa. Corre voce che sia la pace; più probabile però sembra l'altra supposizione, che si vada « travasati » al fronte orientale. Ma che bisogno c'è di vestirci meglio, in Russia? Finalmente la verità trapela: viene l'Imperatore a ispezionarci. Ecco il perché di tutte quelle riviste.

Per otto giorni par d'essere tornati in una caserma di reclute, tanto si sgobba e si fanno esercitazioni. Tutti sono stanchi e nervosi, questi eccessi di pulizia non sono di nostro gusto, e il passo di parata ancora meno. Queste cose indispettiscono il fante più che la trincea.

Finalmente giunge il gran momento. Davanti alla truppa allineata, sull'attenti, appare l'Imperatore. Siamo curiosi di vedere che faccia ha. Egli percorre la nostra fronte, ed io rimango alquanto deluso: dai ritratti me lo ero figurato più grande, più poderoso, e soprattutto con una voce più tonante.

Distribuisce alcune croci di ferro, rivolge la parola a questo e a quello. Poi torniamo alle nostre baracche.

Tra noi si discorre dell'avvenimento. Tjaden esclama stupìto: « Questo dunque è il capo in testa, che sta più in su di tutti. Davanti a lui stanno sull'attenti tutti quanti, tutti indistintamente! ». Ci ripensa un po' e poi: « Anche Hindenburg deve star sull'attenti, no? ».

« Sicuro » conferma Kat.

Ma Tjaden non ha finito. Riflette ancora un pochino e poi: « Anche un re deve stare sull'attenti davanti a un imperatore? ».

Qui nessuno sa dargli una risposta precisa, ma non crediamo. Sono tutt'e due pezzi così grossi, che non è più il caso di parlare di attenti.

« Che razza di scemenze mi tiri fuori » brontola Kat. « L'importante è che ci devi stare tu sull'attenti. »

Ma Tjaden pare colpito da un fascino. La sua fantasia, di solito così arida, è in ebollizione.

« Ecco » ci dichiara « quello che non riesco a figurarmi, è che un imperatore debba andare alla latrina tale e quale come ci vado io. »

« Eppure puoi scommetterci la testa » dice Kropp ridendo.

« Ma dico, ohi, che ti gira? » completa Kat. « Ti sono andati i pidocchi al cervello, caro Tjaden; vacci tu subito, alla latrina, che ti si schiariranno le idee e non parlerai più come un bambino in fasce! »

Tjaden sparisce.

« Una cosa però vorrei sapere » dice Alberto, « se la guerra ci sarebbe stata egualmente, nel caso che l'Imperatore avesse detto di no. »

« Ma certo » interrompo io « anzi dicono che lui in principio non la voleva affatto. »

« Be', se non proprio lui solo, mettiamo, se venti, trenta persone nel mondo avessero detto di no. »

« In questo caso può darsi: il male è che quelle hanno detto di sì. »

« È buffo a pensarci » continua Kropp. « Noi siamo qui per difendere la patria, nevvero? Ma i francesi stanno di là, anche loro per difendere la patria. Chi ha ragione? »

« Forse gli uni e gli altri » dico io, senza crederci troppo.

« Va bene » dice Alberto, e vedo dalla sua faccia che cerca di confondermi; « ma i nostri professori e pastori e giornali dicono che abbiamo ragione noi, ed è sperabile che sia così; mentre dall'altra parte professori e curati e giornali francesi sostengono che hanno ragione soltanto loro; come va questa faccenda? »

« Questo non lo so » dico io; « quello che so è che la guerra c'è, e che ogni mese vi entrano altri paesi. »

Ricompare Tjaden, ancora eccitato, e si mescola subito al discorso, informandosi in che modo, innanzi tutto, scoppi una guerra.

« Generalmente è perché un paese ha fatto grave offesa a un altro » risponde Alberto, con una cert'aria sentenziosa.

Ma Tjaden fa il tonto: « Un paese? Non capisco. Una montagna tedesca non può offendere una montagna francese: né un fiume, né un bosco, né un campo di grano... ».

« Sei bestia davvero o fai per burla? » brontola Kropp: « non ho mai detto niente di simile. È un popolo che offende un altro... »

« Allora non ho che fare qui; io non mi sento affatto offeso » replica Tjaden.

« Ma mettiti bene in zucca » gli fa Alberto stizzito, « che tu sei un povero villanaccio e non conti nulla. »

« E allora, ragion di più perché me ne vada a casa » insiste l'altro, mentre tutti ridono.

« Ma mio caro uomo, si tratta del popolo come collettività, ossia dello Stato » grida Müller.

« Stato, Stato » e Tjaden con aria furbesca fa schioccare le dita « guardie campestri, polizia, tasse, ecco il vostro Stato. Se è tuo parente, ringrazialo tanto da parte mia. »

« Giusto » dice Kat « hai detto per la prima volta una cosa di buon senso, Tjaden. Lo Stato e il paese sono veramente due cose diverse. »

« Ma vanno connesse l'una coll'altra » osserva Kropp: « paese senza Stato non esiste. »

« Vero: però rifletti un po' che siamo quasi tutti povera gente. E anche in Francia la gran maggioranza sono operai, manovali, piccoli impiegati. Perché mai un fabbro od un calzolaio francese dovrebbe prendersi il gusto di aggredirci? Credi a me, sono soltanto i governi. Prima di venir qui, io non avevo mai visto un francese, e per la maggior parte dei francesi sarà andata allo stesso modo quanto a noi. Nessuno ha chiesto il loro parere, come non hanno chiesto il nostro. »

« E allora a che scopo la guerra? » domanda Tjaden.

Kat alza le spalle: « Ci deve esser gente a cui la guerra giova ».

« Be', io non sono del numero » sghignazza Tjaden.

« Né tu, né altri qui. »

« E chi allora? » insiste Tjaden. Neanche all'Imperatore la guerra giova: lui ha già tutto quello che gli occorre. »

« Non dire questo » interrompe Kat; « finora una guerra non l'aveva avuta. E si sa che ogni imperatore di una certa grandezza deve avere almeno una guerra, altrimenti non diventa famoso. Guarda un po' nei tuoi libri di scuola, se non è così. »

« Anche i generali diventano famosi con la guerra » osserva Detering.

« Più ancora degli imperatori » conferma Kat.

« Però è certo che dietro v'è altra gente che ci vuol guadagnare » brontola Detering.

« Credo piuttosto che si tratti di una specie di febbre » dice Alberto. « In fondo non la vuole nessuno, e poi, a un dato momento, ecco che la guerra scoppia. Noi non l'abbiamo voluta, gli altri sostengono la stessa cosa; e intanto una metà del mondo la fa, e come! »

« Però dall'altra parte si stampano più frottole che da noi » replico io; « pensate un po' a quei fogli trovati sui prigionieri, dove si diceva che noi mangiamo i bambini belgi. Bisognerebbe impiccare le canaglie che scrivono cose simili. Sono loro i veri colpevoli. »

Müller si alza: « Meglio ad ogni modo che la guerra si

faccia qui piuttosto che in Germania. Guardate un po' queste campagne... ».

« Giusto » conviene anche Tjaden; « però meglio ancora sarebbe se non ci fosse guerra affatto. » E se ne va, tutto fiero di aver bagnato il naso a noialtri volontari. E in realtà la sua opinione è tipica qui: ogni momento ce la troviamo di fronte, senza poterle contrapporre nulla di efficace, perché va di pari passo con una incomprensione di ogni altro ordine di rapporto. Il sentimento nazionale del fante consiste in questo, che egli è qui a combattere. Ma in ciò pure si esaurisce, tutto il resto viene da lui giudicato empiricamente e dal suo particolare punto di vista.

Alberto si sdraia nell'erba, di cattivo umore.

« Meglio non parlare di tutto questo pasticcio. »

« Tanto più che non si cambia nulla » conferma Kat.

Per soprammercato ci tocca restituire quasi tutto il vestiario nuovo che avevamo ricevuto, e riprendere i nostri vecchi stracci. La roba buona serviva soltanto per la parata.

Altro che Russia! Ci rimandano in linea. Attraversiamo ancora un miserabile boschetto dai tronchi straziati e dal suolo sconvolto. In alcuni punti si aprono buche enormi.

« Accidenti, qui è grandinato secco » dico a Kat.

« Bombarde » risponde lui, e mi indica qualcosa in alto.

Dai rami pendono cadaveri. In una forcella c'è un soldato, nudo, con l'elmo ancora in testa, del resto non un filo indosso. Il torso è rimasto lassù, le gambe mancano.

« Diamine, che è successo? » esclamo.

« Niente, è stato strappato fuori dal suo vestito » brontola Tjaden.

Kat dice: « Curioso, l'abbiamo osservato più di una volta; quando una bombarda scoppia in pieno, ti sbalza effettivamente fuori dal vestito. Effetti della pressione d'aria ».

Io continuo a cercare con lo sguardo: è proprio così. Qui pendono brandelli di uniforme, là è appiccicata una poltiglia sanguinosa, resto di membra umane.

Ecco un corpo con un solo pezzo di mutanda infilato in una gamba, e il bavero della giubba intorno al collo; il resto è nudo, il vestiario pende qua e là fra i rami. Le due braccia mancano come se le avessero disarticolate. Ne scopro uno, in un cespuglio, a venti passi di là.

Il morto giace con la faccia a terra. Dove sono le piaghe delle due braccia la terra è nera di sangue. Sotto i piedi l'erba è raspata via, come se l'uomo avesse tirato calci prima di morire.

« C'è poco da scherzare, Kat » mormoro io.

« Anche una scheggia nella pancia non è un complimento » risponde lui, alzando le spalle.

« Basta non intenerirsi » raccomanda Tjaden.

Tutto questo non deve essere accaduto da molto tempo, il sangue è ancora fresco. Poiché quelli che vediamo sono tutti morti, non ci soffermiamo, ma segnaliamo la cosa al più vicino posto di sanità. Dopo tutto non è affar nostro, rubare il mestiere ai portabarelle.

Occorre mandar fuori una pattuglia, per accertare in che misura sia tuttora occupata la posizione nemica. A causa della mia licenza io sento una specie di obbligo in confronto dei compagni, e perciò mi offro volontario.

Fissiamo il piano, sbuchiamo fuori dai reticolati e ci dividiamo per inoltrarci carponi, separatamente. Dopo qualche tempo trovo una buca poco profonda, entro cui mi lascio scivolare, e di lì osservo.

Il settore è sotto un fuoco moderato di mitragliatrici. Viene spazzato in tutti i sensi, non troppo intensamente, ma abbastanza perché non sia igienico mettere in vista la propria carcassa.

Un paracadute luminoso si spiega. Il terreno si stende come gelato sotto la luce livida. Tanto più nera sembra, un minuto più tardi, la notte che torna a coprirlo. In trincea raccontavano poc'anzi che avremo di fronte truppe negre. Ciò è spiacevole, perché sono meno visibili, e poi sono abilissime in pattuglia. Per contro sono spesso altrettanto irragionevoli; una volta Kat e Kropp in ricognizione ne hanno abbattuto a fucilate tutta una pattuglia, perché quei disgraziati, nella loro avidità di sigarette, fumavano cammin facendo, sicché i nostri non avevano che da mirare contro i punti di bragia.

Accanto a me fischia una piccola granata. Non l'avevo sentita venire e ne provo uno spavento improvviso. Nello stesso istante mi coglie non so quale insensata paura. Sono qui solo, quasi senza difesa nell'oscurità; già da un po', forse, due occhi mi osservano da una buca vicina, forse una bomba a mano è lì, pronta al lancio, per farmi a pezzi. Cerco di ridarmi animo; non è la mia prima ricognizione, né la più pericolosa! Ma è la prima dopo la licenza, e per di più il terreno mi è ancora piuttosto sconosciuto.

Mi rendo ben conto che la mia agitazione è assurda, e che probabilmente nessuno mi spia nell'oscurità, perché altrimenti il tiro non sarebbe così radente. Ma tutto è inutile. Ho nel cervello un turbine confuso di pensieri;

sento la voce ammonitrice di mia madre, vedo i russi appoggiarsi allo steccato con le loro barbe ondeggianti, ho la chiara, deliziosa visione d'una cantina con poltrone, poi di un cinematografo a Valenciennes; vedo la bocca grigia e fredda d'un fucile guatare in silenzio – orribile nell'immaginazione – ogni movimento che io faccia con la testa per sfuggirle: da tutti i pori mi stilla il sudore.

Sono sempre coricato nella mia piccola conca. Do un'occhiata all'orologio: non sono trascorsi che pochi minuti. Ho la fronte bagnata, umide le occhiaie, le mani tremanti e affannoso il respiro. Non è altro che un terribile attacco di paura, una infame paura ladra di tirar fuori la testa, di strisciare avanti.

La mia tensione si scioglie, come una pappa, nel desiderio di rimanere lì disteso. Le mie membra sono incollate al terreno, e nonostante i miei sforzi, non se ne vogliono staccare. Mi schiaccio contro il suolo, non posso andare avanti e alla fine decido di rimanere ove sono.

Ma subito un'altra ondata mi avvolge, un'ondata mista di vergogna, di rimorso e pure anche di sicurezza. Mi sollevo un poco per guardare fuori. Gli occhi mi bruciano a furia di fissare l'oscurità. Un razzo sale, mi rintano di nuovo.

Combatto con me stesso una lotta insensata e selvaggia, vorrei uscire dalla conca e vi ricasco, mi dico: "Tu *devi* uscire, si tratta dei tuoi compagni, non è un qualsiasi ordine balordo" e poi subito: "Che importa? Ho una vita sola da perdere".

"Tutta colpa della licenza" dico a me stesso con amarezza, per scusarmi. Ma so bene che non è così; sento una fiacchezza atroce nelle membra: mi alzo adagio e punto le braccia in avanti, mi trascino con le reni e sono mezzo fuori dalla buca.

Ma ecco un rumore: mi rimpiatto di nuovo. Nonostante il frastuono dell'artiglieria, si distinguono nettamente i rumori sospetti. Tendo l'orecchio: il rumore è alle mie spalle. Sono uomini nostri che camminano nelle trincee. Adesso odo anche voci soffocate. Dal tono potrebbe essere la voce di Kat.

E un calore straordinario mi fluisce ad un tratto nelle vene. Quelle voci, quelle poche parole sommesse, quei passi nella trincea mi strappano di colpo all'orribile isolamento, all'angoscia mortale alla quale stavo per cedere. Sono più che la mia vita, quelle voci: sono più che l'amore e l'ansia materna; sono la cosa più fortificante e protettrice che vi sia: sono le voci dei miei compagni.

Non sono più un brandello tremante di vita, solo nelle tenebre: appartengo ad essi, ed essi a me, abbiamo tutti lo stesso terrore e la stessa vita, siamo legati fra noi in un modo semplice e solenne. Vorrei affondare il mio viso in quelle voci, in quelle poche parole che mi hanno salvato e che d'ora innanzi mi assisteranno.

Con prudenza striscio sopra il margine della buca e avanzo serpeggiando.

A quattro zampe continuo la mia strada. La cosa va; fisso bene la mia direzione guardando intorno e notando esattamente il quadro dei tiri d'artiglieria, per ritrovare più tardi la via del ritorno. In pari tempo cerco di riprendere il contatto coi compagni.

Ho ancora paura, ma questa volta si tratta d'una paura ragionevole, d'una prudenza spinta all'estremo. La notte è ventosa, e la vampa dei colpi in partenza suscita ombre che vanno e vengono. Si vede troppo e troppo poco ad un tempo. Più volte mi irrigidisco, per poi accorgermi che non è nulla. Così riesco ad avanzare parecchio, poi, descrivendo un arco, ritorno sui miei passi, senza aver trovato il collegamento. Ogni metro che mi avvicina alla nostra trincea mi riempie di fiducia, e insieme accresce la mia ansia; sarebbe peccato, ora, farsi cogliere da una pallottola perduta.

Ma ecco che un nuovo terrore mi paralizza: non riconosco più bene la mia direzione. Di nuovo mi rannicchio in una buca e cerco d'orientarmi. È accaduto a più d'uno di saltar dentro una trincea, felice di essere in salvo, e di scoprire troppo tardi di avere sbagliato!

Dopo qualche tempo mi rimetto in ascolto; ma non trovo ancora la via giusta. Il labirinto delle buche mi pare ora così confuso che dall'orgasmo non so neppure più da che parte volgermi. Sarebbe bella ch'io strisciassi in senso parallelo alle nostre linee: in tal caso non la finirebbe più. Perciò, altra breve avanzata e ripiegamento ad angolo.

Maledetti quei razzi! Si direbbe che brucino un'ora ciascuno, e per tutto quel tempo non c'è modo di muoversi, senza che uno si senta fischiare d'intorno i colpi.

Ma è inutile, bisogna pure ch'io ne esca. A sbalzi cerco di avanzare, arranco di traverso come un gambero, e mi scortico le mani contro le schegge, puntute e taglienti come coltelli. Talvolta ho l'impressione che il cielo vada un poco schiarendo all'orizzonte, ma può essere immaginazione. A poco a poco mi accorgo che sto rampando e strisciando per la mia via.

Una granata scoppia, seguita subito da altre due. Comincia la musica: raffica di fuoco. Crocchiano le mitragliatrici. Per il momento non resta altro da fare che rimaner distesi. Sembra delinearsi un attacco. Da ogni parte salgono razzi, ininterrottamente.

Me ne sto curvo in una grande buca, con le gambe nell'acqua fino alla vita. Se l'attacco si sferra, mi immergerò nell'acqua quanto più posso senza affogare, con la faccia nella mota, facendo il morto.

D'un tratto sento che il fuoco arretra. Subito mi lascio scivolare giù nell'acqua, l'elmo sulla nuca, la bocca a fior d'acqua, tanto appena da respirare. E resto immobile – giacché poco distante sento pedate e rumor d'armi – i nervi mi si contraggono agghiacciati. Il rumore mi oltrepassa. La prima ondata è passata. Ho avuto un solo pensiero, imperioso: Che fare, se qualcuno salta nella buca? Strappo fuori il pugnale, lo impugno forte, lo nascondo, con tutta la mano, nella mota. Colpire subito, se qualcuno salta dentro; questo mi martella in fronte: colpire alla gola, perché non possa gridare; ma non c'è altro scampo; sarà spaventato al pari di me, il terrore ci getterà l'uno contro l'altro, e allora devo essere io il primo.

Ora entrano in azione le nostre batterie. Una granata scoppia vicino: ciò mi rende pazzo di furore, non ci mancherebbe altro che i nostri pezzi mi colpissero! Bestemmio e digrigno i denti nella mota: non è un delirio di rabbia; alla fine non so che gemere e supplicare.

Riconosco lo schianto particolare delle nostre granate. Se i nostri contrattaccano, sono liberato. Premo la testa contro la terra, e odo un tuonare sordo, come di lontane esplosioni in miniera; poi subito la rialzo per distinguere i rumori alla superficie.

Crepitano le mitragliatrici. Io so che i nostri reticolati sono forti e quasi intatti: una parte è carica di corrente ad alta tensione. La fucileria si fa intensa. Non passano; debbono ripiegare.

Mi lascio cascar giù di nuovo, coi nervi tesi all'estremo. Il crepitare delle mitragliatrici, lo strisciare dei corpi, il tintinnìo delle armi si avvicinano: un grido acuto, uno solo, si leva. Sono inseguiti dal nostro tiro, l'attacco è respinto.

Si è fatto un poco chiaro. Passi affrettati mi sfiorano. I primi. Si allontanano. Altri ancora. Il crepitare delle mitragliatrici si estende a una catena ininterrotta. Sto per voltarmi un poco e cambiar posizione, quand'ecco qualcosa ruzzola giù – un tonfo in acqua – un corpo pesante è cascato nella buca, addosso a me...

Non penso, non decido, colpisco pazzamente, sento che il corpo sussulta, e poi si affloscia e s'insacca: quando ritorno in me, ho la mano bagnata, viscida...

L'altro rantola. Ho l'impressione che urli, ogni suo respiro è come un grido, un tuono, ma sono soltanto le mie arterie che battono. Vorrei tappargli la bocca, riempirla di terra, pugnalarlo ancora: deve tacere, mi tradisce; ma sono già tanto tornato in me, e sono ad un tratto così debole, che non posso più alzar la mano contro di lui.

Mi trascino dunque nell'angolo più lontano, e resto là, con gli occhi sbarrati, il coltello in pugno, pronto, se si muove, a saltargli addosso un'altra volta... Ma non farà più nulla, lo sento dal suo rantolare.

In confuso posso vederlo. E provo un desiderio solo, venirmene via. Se non parto subito diventerà troppo chiaro: già ora è difficile. Ma quando tento di alzare la testa, vedo già che è impossibile. Il fuoco delle mitragliatrici è così fitto, che sarei crivellato prima di fare un sol balzo.

Faccio la prova col mio elmo, sollevandolo un poco per constatare la radenza del tiro. Dopo un istante una pallottola me lo strappa di mano: dunque il fuoco passa proprio a fior di terra. E non sono abbastanza lontano dalla posizione nemica perché qualche tiratore scelto non mi colga subito, al primo tentativo di fuga.

L'aria schiarisce sempre più. Aspetto febbrilmente un attacco dei nostri. Le nocche delle dita sembravano voler bucare la pelle, con tanto spasimo stringo i pugni, supplicando che il fuoco cessi e che i miei compagni arrivino.

I minuti stillano ad uno ad uno. Non oso più guardare l'oscura figura dell'altro, che è con me nella buca. Guardo fissamente più in là, e aspetto, aspetto. I colpi sibilano, formano una rete d'acciaio sopra il mio capo, e non cessano mai, non cessano mai.

Guardo la mia mano insanguinata, e all'improvviso provo un senso di nausea: prendo un po' di terra e la sfrego sulla mano; così almeno si sporca, e non vedo più il sangue.

Il fuoco non diminuisce: ora è egualmente intenso dalle due parti. Certo i nostri mi hanno dato per morto da un pezzo.

È giorno, un mattino chiaro e grigio. Il rantolo continua. Io mi tappo le orecchie, ma poi subito riapro le mani, perché altrimenti non odo più gli altri rumori.

La figura dinanzi a me fa un movimento. Trasalisco e involontariamente guardo da quella parte. E i miei occhi rimangono fissi, come se fossero inchiodati. È un uomo con un paio di baffetti; la testa gli pende da un lato e posa inerte sul braccio a metà piegato. L'altra mano preme il petto, nero di sangue.

È morto, dico a me stesso: deve esser morto, non sente più nulla; chi rantola è soltanto il suo corpo. Ma la testa tenta di sollevarsi, il gemito si fa per un istante più forte, poi la fronte ricade sul braccio. L'uomo non è morto; muore, ma non è morto ancora. Mi trascino verso di lui, mi arresto, punto sulle mani, poi scivolo un po' più in là, aspetto ancora: un orribile cammino di tre metri, un lungo, terribile viaggio. Finalmente eccomi presso di lui.

Allora apre gli occhi: deve avermi sentito, e mi fissa con un'espressione di indicibile orrore. Il corpo giace immobile, ma negli occhi gli leggo che vuol fuggire, una volontà di fuga così tremenda, che per un attimo mi pare che abbiano la forza di rapir lontano quella povera salma, via, lontano, a centinaia di chilometri, d'un sol balzo. Il corpo è immobile, perfettamente tranquillo, muto ormai, perché il rantolo è cessato; ma gli occhi gridano, urlano, tutta la vita si raccoglie in uno sforzo immenso, di fuggire, di fuggire; in uno spaventoso orrore della morte... e di me.

Io mi accascio a terra, sui gomiti: « No, no » mormoro.

I suoi occhi mi seguono. Non posso fare un movimento, finché mi fissano così.

Adagio adagio la sua mano si stacca dal petto, solo un piccolo tratto, pochi centimetri. Ma basta quel movimento a sciogliere l'incubo di quello sguardo. Mi piego su di lui, scuoto la testa e mormoro: « No, no, no » e alzo la mano, per mostrargli che lo voglio aiutare, e gli sfioro la fronte.

A quel tocco gli occhi sembrano ritrarsi; ormai perdono la loro fissità, le ciglia si abbassano alquanto, la tensione cede. Allora gli sgancio il bavero, e cerco di poggiare più comodamente la sua testa.

La bocca è semiaperta e si sforza di formulare parole. Ma le labbra sono aride. Non ho con me la borraccia, l'ho lasciata in trincea. Ma c'è dell'acqua motosa, giù nel fosso. Scendo, tiro fuori il fazzoletto, lo spiego nella melma, raccolgo nella mano l'acqua gialla che ne filtra. Egli la beve. Vado a prenderne ancora. Poi gli slaccio la giubba, per bendarlo, se si può. Devo fare così ad ogni modo, affinché quelli di là, se mi fanno prigioniero, vedano che ho cercato di soccorrere il loro compagno e non mi fucilano sul posto. Egli cerca di schermirsi, ma la sua mano è troppo debole. La camicia è attaccata alla piaga e non si lascia aprire; non mi resta che tagliarla.

Allora cerco e ritrovo il mio coltello; ma quando comincio a tagliare la camicia, quegli occhi si spalancano di nuovo, e di nuovo v'è in essi quel grido, quel delirio, cosicché sono costretto a chiuderli, a tener le dita sulle palpebre, mentre mormoro: « Ma no, ma ti voglio soccorere, compagno, *camarade, camarade*... ». E ripeto con insistenza la parola, perché la capisca.

Sono tre pugnalate. Il mio pacchetto di medicazioni le fascia, ma il sangue scorre sotto le bende; le comprimo e il ferito geme.

È tutto quello che posso fare. Ora non resta che aspettare, aspettare...

Che ore! Il rantolo ricomincia: come è lento a morire un uomo! Perché lo so: salvarlo non è possibile. Ho bensì cercato di illudermi, ma verso mezzogiorno il suo gemito ha dissipato il mio inganno. Se nell'avanzare non avessi perduto la mia rivoltella, lo finirei con una palla. Ma pugnalarlo non posso.

Verso mezzogiorno la mia mente tituba ai margini dell'incoscienza. La fame mi rode i visceri; quasi piango di rabbia per questo voler mangiare, ma non me ne posso difendere. Più volte vado a prendere acqua pel moribondo, e ne bevo io stesso.

È la prima creatura umana che io abbia ucciso con le mie mani, che io possa veder da vicino, e la cui morte sia opera mia. Kat e Kropp e Müller hanno già visto, quando hanno colpito qualcuno in un corpo a corpo, come spesso accade...

Ma ogni suo respiro mi strappa il cuore. Questo morente ha per sé le ore, ha un pugnale invisibile col quale mi colpisce: il tempo e il mio pensiero.

Non so che cosa darei perché rimanesse in vita. È duro starsene qui, doverlo vedere, doverlo udire...

Alle tre del pomeriggio è morto.

Respiro: ma per poco tempo. Il silenzio mi sembra ben presto anche più insopportabile che quel gemere di prima. Vorrei che il rantolo ricominciasse, roco, interrotto, ora fischiando piano e ora più aspro e più forte.

È stupido quello che faccio. Ma ho bisogno di occuparmi. E dunque metto il morto in una posizione più comoda, benché non senta più nulla. Gli chiudo gli occhi. Sono castani; i capelli neri, con qualche riccio sulle tempie.

La bocca è carnosa e tenera sotto i baffi; un po' arcuato il naso, bruna la pelle, non più livida, come poc'anzi, mentre era ancora in vita. Per un istante il viso sembra anzi riacquistar salute; poi subito si trasfigura in quel viso spento dei cadaveri che ho visto tante volte, e che li fa tutti uguali.

Certo, sua moglie ora penserà a lui: essa non sa quello che gli è accaduto. Egli ha l'aria d'un uomo che scriva spesso alla moglie: ed ella riceverà ancora lettere di lui, domani, tra una settimana, forse una lettera perduta ancora fra un mese. Ella le leggerà, ed egli le parlerà ancora.

Il mio stato peggiora sempre, non sono più padrone dei miei pensieri. Come sarà quella donna? Assomiglierà alla sottile bruna, di là dal canale? Non mi appartiene un po'? Forse è mia, ora che ho ucciso il suo uomo. Oh se avessi vicino Kantorek! Se mia madre mi vedesse così... Quest'uomo avrebbe potuto campare altri trent'anni, se io mi fossi impresso meglio la via del ritorno. Se fosse passato due metri più a sinistra, a quest'ora sarebbe là, nella sua trincea, e scriverebbe un'altra lettera alla sua donna.

Ma questi pensieri conchiudono a poco: si sa che è il destino di tutti noi; se Kemmerich avesse tenuto la sua gamba dieci centimetri più a destra... se Haje si fosse curvato cinque centimetri più basso...

Il silenzio diventa lungo e vasto. Io mi metto a parlare, debbo parlare. Mi rivolgo al morto e gli dico: « Compagno, io non ti volevo uccidere. Se tu saltassi un'altra volta qua dentro, io non ti ucciderei, purché anche tu fossi ragionevole. Ma prima tu eri per me solo un'idea, una formula di concetti nel mio cervello, che determinava quella risoluzione. Io ho pugnalato codesta formula. Soltanto ora vedo che sei un uomo come me. Allora pensai alle tue bombe a mano, alla tua baionetta, alle tue armi; ora vedo la tua donna, il tuo volto, e quanto ci somigliamo. Perdonami, compagno! Noi vediamo queste cose sempre troppo tardi. Perché non ci hanno mai detto che voi siete poveri cani al par di noi, che le vostre mamme sono in angoscia per voi, come per noi le nostre, e che abbiamo lo stesso terrore, e la stessa morte e lo stesso patire... Perdonami, compagno, come potevi tu essere mio nemico? Se gettiamo via queste armi e queste uniformi, potresti essere mio fratello, come Kat, come Alberto. Prenditi venti anni della mia vita, compagno, e alzati; prendine di più, perché io non so che cosa ne potrò mai fare ».

Silenzio. Il fronte è tranquillo, salvo il crepitare della fucileria. Il tiro è fitto, non si spara a caso, si mira bene da ambo le parti. Uscire è impossibile.

« Scriverò io a tua moglie » mormoro in fretta al morto « le scriverò, avrà la notizia da me, le dirò tutto quello che dico a te, non deve patire, voglio soccorrerla lei e i tuoi genitori e il tuo bambino. »

La sua uniforme è ancora a metà aperta. Il portafogli si trova facilmente. Ma esito a mettervi le mani. C'è dentro il libretto personale. Finché non so il suo nome potrò forse ancora dimenticare, il tempo cancellerà la sua immagine. Ma il suo nome è un chiodo che si pianterà in me e non si potrà strappare mai più. E avrà il potere di rievocare ad ogni istante questa scena: tutto ritornerà e ricomparirà davanti a me.

Indeciso, tengo in mano il portafogli. Mi sfugge dalle dita e si apre; ne cadono alcune fotografie, qualche lettera. Raccatto ogni cosa e vorrei riporre tutto a suo luogo, ma la tensione in cui mi dibatto, l'incertezza della situazione, la fame, il pericolo, queste ore in compagnia del morto mi hanno reso disperato: voglio affrettare lo scioglimento, accrescere la tortura perché abbia fine, così come si sbatte una mano atrocemente dolorante contro un tronco d'albero, accada ciò che vuole.

Sono i ritratti di una donna e d'una bambina, piccole fotografie da dilettante, davanti a un muro vestito d'edera. Poi le lettere. Le traggo dalle buste e tento di leggerle. Capisco ben poco, son difficili da decifrare, e il mio francese è scarso. Ma ogni parola che riesco a intendere è come una fucilata, come una pugnalata nel petto.

Sento che perdo la testa: ma una cosa comprendo bene, che a questa gente non dovrò mai scrivere, come pensavo di fare poc'anzi. È impossibile. Guardo ancora una volta i due ritratti; non è gente ricca. Potrò mandare loro danaro, senza svelarmi, se un giorno guadagnerò qualcosa. M'aggrappo a questa idea, che è un piccolo punto fermo.

Questo morto è legato alla mia vita; perciò, se voglio salvarmi, devo fare tutto per lui, promettergli tutto; faccio voto, ciecamente, che vivrò d'ora innanzi soltanto per lui e per la sua famiglia, e continuo a parlargli con labbra umide, e nel mio profondo c'è la speranza che in questo modo io mi riscatti, e possa forse uscir salvo di qui, e, più in fondo ancora, la piccola riserva mentale che dopo ci sarà tempo e si vedrà. Perciò apro il libretto e leggo lentamente: Gérard Duval, tipografo. Con la matita del morto trascrivo l'indirizzo su una busta, e con improvvisa fretta ripongo tutto il resto nella sua giubba.

Io dunque ho ucciso il tipografo Gérard Duval. Io devo diventar tipografo, penso tutto smarrito, devo diventar tipografo, tipografo...

Dopo mezzogiorno mi sento più calmo. La mia paura era infondata: il nome non mi turba più. Quella febbre è passata. « Compagno » dico al morto, ma con pacatezza: « oggi a te, domani a me. Ma se scampo, compagno, voglio combattere contro ciò che ci ha rovinati entrambi: che a te ha tolto la vita... e a me? La vita anche a me.

Te lo prometto, compagno. Non dovrà accadere mai più. »

Il sole è obliquo. Sono intontito dall'esaurimento e dalla fame. Il passato di ieri è come una nebbia; non spero di uscire di qui. Sonnecchio, e non mi accorgo che si fa sera. È il crepuscolo. Ora il tempo passa presto. Un'ora di attesa ancora; se fosse d'estate, tre ore: ma oggi, un'ora appena.

A un tratto comincio a tremare che qualcosa sopravvenga e si metta di traverso. Non penso più al morto, mi è diventato affatto indifferente. Di colpo la bramosìa di vivere è scattata su, e tutti i proponimenti di prima ne sono sommersi. Solo per scongiurar la mala sorte balbetto ancora macchinalmente: « Manterrò tutto, manterrò tutto quello che ti ho promesso » ma già sento che non lo farò.

A un tratto mi viene in mente che i miei compagni stessi possono spararmi contro, mentre mi avvicino ai reticolati; non possono sapere. Dovrò gridare, appena sarà possibile, perché m'intendano; e rimaner disteso davanti alla trincea, finché non rispondono.

La prima stella. Il fronte rimane tranquillo. Respiro e, tutto eccitato, parlo con me stesso: « Attento a non fare sciocchezze, Paolo. Calma, Paolo; calma e sei salvo, Paolo ». Continuo a ripetere il mio nome, e mi fa bene, come se un altro mi parlasse e mi desse ordini.

L'oscurità cresce. La mia agitazione si calma, aspetto per prudenza che salgano i primi razzi. Poi striscio fuori dalla buca. Ho dimenticato il morto. Davanti a me si stende la campagna, nella prima notte, sotto le luci bianche. Prendo di mira una buca, e appena il razzo si spegne, vi corro; torno ad orientarmi, ne prendo di mira un'altra, mi curvo, e avanti, via.

Mi avvicino. Finalmente alla luce d'un razzo vedo nel reticolato qualcosa che si muove ancora appena e poi s'irrigidisce; allora mi stendo a terra. Al razzo successivo guardo di nuovo; sono i compagni della nostra trincea senza fallo. Ma io voglio essere prudente finché riconosco i nostri elmi. Allora chiamo.

E subito risuona in risposta il mio nome: « Paolo! Paolo! ».

Torno a chiamare. Sono Kat e Alberto, usciti con un telo da tenda, a cercarmi.

« Sei ferito? »

« No, no... »

Ruzzoliamo dentro la trincea. Chiedo da mangiare e inghiotto avidamente. Müller mi dà una sigaretta. In poche parole spiego l'accaduto. Non è cosa nuova: avventure simili si sono avute spesso. L'unica singolarità nel mio caso è stato quell'attacco notturno. Ma a Kat è capitato in Russia di giacere per ben due giorni dietro il fronte nemico, prima di potersi aprir la strada verso i nostri.

Del tipografo morto non faccio parola. Ma la mattina seguente non ne posso più, e devo raccontare la cosa a Kat e ad Alberto. Entrambi mi tranquillizzano: « Non puoi farci nulla. Che altro avresti voluto fare? Se sei qui per questo! ».

Li ascolto al sicuro, confortato dalla loro vicinanza. Quanta roba insensata sono andato fantasticando in quella buca!

« Guarda un po' da quella parte » dice Kat.

Ai parapetti stanno appoggiati alcuni tiratori scelti. Hanno fucile a cannocchiale, ed esplorano il settore di fronte. Di quando in quando schiocca un colpo.

Udiamo un'esclamazione: « In pieno! ». « Hai visto

che salto? » Il sergente Oellrich si volge tutto fiero, e segna il punto. Nell'elenco dei tiri oggi egli sarà in testa con tre centri regolarmente constatati.

« Che ne dici? » domanda Kat.

Io chino la testa.

« Se continua di questo passo, questa sera avrà un nastrino di più » osserva Kropp.

« O diventerà presto sergente maggiore » soggiunge Kat.

Ci guardiamo in faccia: « Io non lo farei » dico.

« Però » dice Kat « è bene che tu l'abbia visto fare proprio oggi. »

Il sergente Oellrich si pianta nuovamente al parapetto. La bocca del suo fucile si sposta cercando il bersaglio.

« Così non hai da perdere altre parole intorno alla tua avventura » fa Alberto.

Io stesso non capisco più quello che fui ieri. « È stato soltanto » dico io « per aver dovuto rimanere così a lungo in quella compagnia. » In fin dei conti la guerra è la guerra.

Il fucile di Oellrich schiocca breve e secco.

Ci siamo imboscati in un posticino buono. In otto uomini abbiamo la consegna di guardare un villaggio che è stato sgomberato perché troppo colpito dal tiro.

Soprattutto dobbiamo badare al magazzino della Sussistenza, che non è ancora vuoto. E il vitto ce lo dobbiamo procurare dalle provviste giacenti. Siamo proprio la gente che ci vuole: Kat, Alberto, Müller, Tjaden, Leer, Detering, tutta la nostra squadra. Purtroppo Haje è morto. Ma siamo ancora fortunati, perché le altre squadre hanno avuto perdite più gravi.

Come ricovero ci scegliamo una cantina dalle pareti di cemento, alla quale si accede dall'esterno; per di più, l'ingresso è protetto da un altro muro di cemento.

E ora spieghiamo una intensa attività. Ci si offre una buona occasione per distendere una volta tanto non solo le gambe, ma anche, stavo per dire, l'anima. E di tali occasioni convien profittare: giacché la nostra situazione è troppo disperata, per far del sentimento. Ciò è possibile soltanto finché le cose non vanno troppo male. Ma a noi non rimane altro scampo che d'esser molto positivi. Tanto positivi, che talvolta ho orrore di me stesso, quando per caso un pensiero del passato, dell'anteguerra, si fuorvia nel mio cervello. Ma non vi rimane a lungo.

Dobbiamo prender le cose il più allegramente che ci è possibile, e perciò sfruttiamo ogni occasione, e passiamo bruscamente, senza transizione, dalla tragedia alla farsa. Non possiamo fare diversamente, ci precipitiamo da uno stato all'altro. Ora, per esempio, ci applichiamo con tutto l'ardore a creare una vita idilliaca: un idillio a base di mangiate e di dormite.

Cominciamo col guarnire la nostra cantina di materassi, che trasciniamo fuori da varie case. Anche il sedere di un soldato ha diritto, di quando in quando, di riposare sul soffice. Soltanto in mezzo il suolo resta libero. Poi ci procuriamo coperte e piumini, deliziose, morbide cose, delle quali v'è abbondanza nel villaggio. Alberto ed io scopriamo un letto smontabile in mogano, con un baldacchino di seta turchina, e cortine di pizzo. Sudiamo come scimmie nel trasportarlo, ma sarebbe un delitto lasciarsi sfuggire un simile oggetto, tanto più che un giorno o l'altro andrebbe in pezzi sotto il tiro.

Kat ed io facciamo poi una piccola ricognizione nelle case. In breve mettiamo la mano su una dozzina d'uova e circa un chilo di burro abbastanza fresco. Tutt'a un tratto, in un salotto, sentiamo uno schianto: una stufa di ferro, proiettata attraverso la parete, passa come un bolide a un metro da noi, ed esce dalla parete opposta. Rimangono due grandi fori. È venuta dalla casa di fronte, dove una granata ha picchiato in pieno.

« Questa è fortuna » ghigna Kat, e le ricerche continuano.

A un tratto aguzziamo le orecchie e allunghiamo il passo. Poi fermi, come stregati: in una piccola stalla ruzzano due porcellini da latte, vivi! Ci stropicciamo gli occhi e guardiamo di nuovo: non c'è che dire, sono ancora lì. Li abbranchiamo; nessun dubbio, sono proprio due autentici porcellini.

Vuol dire un pranzo meraviglioso. A cinquanta passi dal nostro ricovero c'è una casetta che servì alla mensa ufficiali. In cucina si trova un camino gigantesco, con due girarrosti, pentole, marmitte e paiuoli. C'è di tutto, persino, sotto una tettoia, una catasta di legna spaccata come si deve: il vero paese della cuccagna.

Due di noi sono in giro dal mattino pei campi in cerca di patate, carote e piselli. Perché siamo gran signori, e ci infischiamo dei legumi in scatola della Sussistenza; vogliamo roba fresca. In dispensa si adagiano già due bei cavolfiori.

I porcellini vengono macellati a cura di Kat. Con l'arrosto vogliamo anche le frittelle di patate. Ma non si trova la grattugia per le patate. Niente paura: in certi coperchi di latta pratichiamo con dei chiodi una quantità di buchi, ed ecco le grattuge bell'e pronte. Tre uomini infilano grossi guanti, per non farsi male alle dita, altri due sbucciano le patate, e tutto procede speditamente.

Kat prende in consegna i porcellini, le carote, i piselli,

i cavolfiori. Per questi ultimi confeziona perfino una salsa bianca. Io faccio le frittelle a quattro a quattro. In dieci minuti ho imparato a brandire la padella in modo che le frittelle, appena cotte da una parte, volino in aria, si voltino e ricaschino in padella. I porcellini vengono arrostiti interi. Stiamo tutti in cerchio intorno ad essi, come intorno ad un altare.

Nel frattempo arrivano visite: due radiotelegrafisti, che generosamente invitiamo al festino. Se ne stanno in salotto, dove c'è un pianoforte. Uno suona, l'altro canta "Sulle rive del Weser". Canta con sentimento, ma con accento sassone. Tuttavia ci commuove, mentre intorno al camino stiamo preparando tutta quella grazia di Dio.

Senonché ci accorgiamo che avremo filo da torcere. I palloni frenati hanno visto il fumo del nostro camino, e il tiro comincia. Sono quelle maledette granate dirompenti, che fanno un così piccolo foro e spargono le schegge così lontano e così rasente terra. Fischiano sempre più vicine, intorno alla nostra casetta, ma non possiamo piantare in asso il pranzo. Quegli animali picchiano sodo: alcune schegge volano sibilando nella finestra della cucina. L'arrosto è pronto, ma cuocere le frittelle diventa un affar serio. Gli scoppi si fanno così fitti, che le schegge percuotono ad ogni istante i muri della casa e penetrano dalle finestre. Ogni qualvolta sento avvicinarsi un sibilo, mi metto in ginocchio senza abbandonare padella e frittelle e mi appiatto alla parete sotto la finestra. Passata la sventola, continuo a fare il cuoco.

I due sassoni hanno smesso di suonare, perché una scheggia si è conficcata nel pianoforte. Anche noi oramai siamo a buon punto, e organizziamo il ripiegamento. Subito dopo uno scoppio due uomini partono di corsa, con le casseruole delle verdure, e li vediamo scomparire nel nostro ricovero, a cinquanta metri di distanza. Un altro scoppio; tutti si appiattano, e poi subito altri due, con due grandi caffettiere piene di eccellente caffè, trottano al ricovero prima che arrivi il colpo successivo. Ed ora è la volta di Kat e Kropp, col piatto forte: la casseruola grande coi porcellini deliziosamente dorati. Un sibilo, un piegamento sulle ginocchia ed eccoli filare come frecce sui cinquanta metri di terreno scoperto.

Io ho da terminare ancora quattro frittelle: per ben due volte devo accucciarmi al suolo, ma sono quattro frittelle di più, ed è il mio piatto preferito.

Poi prendo il vassoio col suo carico fragrante. Un sibilo, uno schianto, e via di galoppo, tenendo con le due mani il vassoio stretto al seno. Sono quasi arrivato, quando sento un tremendo fischio in arrivo, salto come un cerbiatto, svolto dietro il muro di cemento, le schegge vi picchiano contro: ruzzolo giù per la scala, ho i gomiti contusi, ma non ho perduto una sola frittella e non ho rovesciato il vassoio.

Il pranzo, cominciato alle due, dura fino alle sei. Poi fino alle sei e mezzo prendiamo il caffè – caffè da ufficiali, del magazzino di Sussistenza – e fumiamo sigari e sigarette da ufficiali, della medesima origine. Alle sei e mezzo in punto, comincia la cena. Alle dieci gettiamo fuori della porta gli ossi di quei disgraziati porcellini. Poi cognac e rum, sempre da quel benemerito magazzino, e ancora lunghi e grossi sigari con le fascette dorate. Tjaden sostiene che non manca più che una cosa: qualche ragazza dei casini per ufficiali.

A sera tarda udiamo un miagolìo, e troviamo sulla soglia una gattina grigia. La facciamo entrare e le diamo da mangiare. A vederla ci si risveglia l'appetito, e ci mettiamo a dormire masticando.

Ma la nottata è cattiva. Abbiamo mangiato troppo di grasso. Il porcellino fresco irrita i visceri. Nel ricovero comincia un andirivieni d'altro genere, ci si trova sempre in due o tre accoccolati fuori, a brache calate, bestemmiando. Io faccio nove viaggi. Verso le quattro del mattino tocchiamo il *record*: undici uomini, il posto di guardia al completo e i due ospiti, sono impegnati fuori.

Alcune case incendiate ardono come faci nella notte. Granate rintronano, esplodono: convogli di munizioni passano a tutta velocità. Il nostro magazzino ha una parete diroccata dai colpi. Nonostante la pioggia di schegge, i conducenti vi fanno ressa, come uno sciame d'api, per rubar pagnotte. Noi li lasciamo fare: già a dir qualche cosa c'è da guadagnarsi tutt'al più un sacco di legnate. Adottiamo dunque una tattica diversa. Diciamo di essere gli uomini di guardia, ed essendo pratici del magazzino, offriamo noi stessi le scatole di viveri, barattandole con altra roba che a noi manca. Che cosa ci potranno dire? Tra poco, tutto sarà spazzato via dalle granate. Per noi poi preleviamo una provvista di cioccolato, e lo mangiamo a tavolette intere. Kat sostiene che il cioccolato è indicatissimo contro la diarrea.

Quasi due settimane se ne vanno così, fra mangiare, bere e andare a spasso. Nessuno ci disturba, il villaggio scompare a poco a poco sotto le granate, e noi meniamo una vita beata. Finché rimane un pezzettino di magazzino, c'infischiamo di tutto, e non abbiamo altro desiderio che di aspettare qui la fine della guerra.

Tjaden è diventato gran signore al punto da fumare i sigari solo a metà, dichiarando sprezzantemente di essere abituato così. Anche Kat è molto su di tono. Le sue prime parole alla mattina sono: « Emilio, portatemi caviale e caffè ». In genere abbiamo tutti l'aria di gente del gran mondo; ciascuno tratta l'altro come suo attendente, gli dà del voi e impartisce ordini: « Kropp, ho un prurito sotto il piede. Toglietemi quel pidocchio »; e così dicendo Leer allunga la gamba al compagno, con la mossa di una ballerina; ma Alberto dà di piglio alla gamba e lo trascina così su per la scala. « Tjaden! » « Cosa? » « State pur comodo, Tjaden; ma ricordatevi che non si dice: Cosa? ma bensì: *Comandi!* Dunque da capo: Tjaden!... » Ma Tjaden risponde con un certo gesto che non si può descrivere, e che per lui è usuale.

Dopo altri otto giorni viene l'ordine di partire. La cuccagna è finita. Due grandi autocarri ci raccolgono. Portano un grosso carico di assi, tuttavia Alberto ed io sistemiamo in cima alla catasta il nostro letto a baldacchino, con la sua seta azzurra, più due materassi e due coperte di pizzo. Nel letto stesso, vicino alla testata, nascondiamo due sacchetti pieni di viveri scelti. Di quando in quando li palpiamo, e le salsicce dure e le salsicce di fegato, e le conserve, e le scatole di sigari fanno esultare i nostri cuori. Ogni uomo della squadra ha con sé un sacco simile.

Ma Kropp ed io abbiamo salvato per di più due poltrone di velluto rosso. Le abbiamo collocate tra le sponde del letto, e vi sediamo dimenandoci con affettazione, come se fossimo in un palchetto di teatro. Sulle nostre teste il panneggio di seta pende a guisa di baldacchino. Abbiamo ciascuno in bocca un lungo sigaro, e da quell'altitudine contempliamo il paesaggio.

Tra noi due sta una gabbia da pappagallo, che abbiamo trovata per la gattina. Perché portiamo via anche lei, che vi si adagia, davanti alla sua scodelletta di carne, e fa le fusa.

Gli autocarri rotolano lentamente sulla strada. Noi

cantiamo. Dietro a noi le granate sollevano getti di rottami dal povero villaggio ormai deserto...

Alcuni giorni più tardi, siamo comandati allo sgombero di una località. Per la strada incontriamo i profughi. Trascinano con sé la loro roba in carrette, in carriole da bimbi, o in spalla. Sono curvi, i loro volti sono pieni di tristezza e di scoramento, di ansia e di rassegnazione. I bambini si aggrappano alle madri, spesso una bambina più grandicella conduce i più piccini, che camminano inciampando e continuano a voltarsi indietro. Qualcuno porta seco una povera bambola. Tutti tacciono, quando passano accanto a noi.

Siamo ancora in formazione di marcia, sicuri che i francesi non tireranno su un villaggio dove ancora si trovano i loro compaesani. Invece, pochi minuti dopo, l'aria rintrona, la terra trema, si alzano gridi; una granata ha colpito in pieno l'ultimo plotone. Subito ci sparpagliamo e ci gettiamo a terra, ma nello stesso momento sento sfuggirmi quella tensione nervosa che sempre sotto il fuoco mi fa fare inconsciamente i movimenti giusti: mi afferra, con un'angoscia indicibile alla strozza, il pensiero: "Sei perduto"; e un istante più tardi un colpo, come una frustata, mi sferza la gamba sinistra; al mio fianco Alberto dà un grido.

« Su, Alberto, via! » gli urlo, perché siamo distesi su terreno scoperto.

Egli si alza e si mette a correre, io gli sto accanto. C'è da scavalcare una siepe più alta di noi. Kropp dà di piglio ai rami, io afferro la sua gamba, lui grida, ma gli do lo slancio e così si butta dall'altra parte. D'un salto gli son dietro e cado in uno stagno, dietro la siepe.

Abbiamo la faccia piena di erbe acquatiche e di fango,

185

ma la copertura è buona. Perciò guazziamo dentro fino al collo. Quando arriva un colpo, andiamo sott'acqua con la testa.

Dopo aver fatto una dozzina di volte questo esercizio, non ne posso più. Anche Alberto geme: « Andiamo via, altrimenti io casco giù e affogo ».

« Dove t'hanno preso? » gli domando.

« Al ginocchio, credo. »

« Ma puoi correre? »

« Mi pare di sì... »

« Allora, via! »

Giungiamo alla strada e la costeggiamo nel fosso, correndo curvi. Il fuoco ci insegue. La strada è in direzione del deposito di munizioni; se quello salta in aria, di noi non si troverà più un bottone. Perciò cambiamo idea e corriamo obliquando attraverso i campi.

Ma Alberto rallenta: « Corri, corri, ti vengo dietro » dice, e si butta a terra.

Io gli do uno strappone al braccio, lo scuoto:

« Su, Alberto, se ti getti non ti rialzi più. Vieni che ti sostengo. »

Finalmente troviamo un piccolo ricovero. Kropp si butta là, ed io lo bendo. È colpito poco sopra il ginocchio. Poi guardo me stesso. Ho sporchi di sangue i pantaloni, e una manica. Alberto mi lega il suo pacchetto di medicazione intorno ai fori. Già non può più muovere la gamba ed entrambi siamo stupìti come si sia potuto giungere fin qui. È stata la paura: avremmo saputo correre anche senza piedi, sui monconi.

Io posso trascinarmi ancora un poco carponi, e do la voce a un carro che passa e ci raccoglie. È pieno di feriti. C'è un caporale di sanità, che ci caccia in corpo un'iniezione antitetanica.

All'ospedaletto da campo facciamo in modo da trovarci l'uno accanto all'altro. Ci danno un brodo lungo che ingoiamo a cucchiaiate ingorde e sdegnose, perché è vero che siamo abituati meglio, ma nello stesso tempo abbiamo fame.

« Ora si va in paese, Alberto » dico io.

« Speriamo » risponde. « Se soltanto sapessi che cosa ho. »

I dolori aumentano, i bendaggi bruciano come fuoco. Beviamo e beviamo, una tazza d'acqua dietro l'altra.

« Quanto sopra il ginocchio è la mia ferita? » domanda Kropp.

« Almeno dieci centimetri, Alberto » gli rispondo. In realtà sono tre al massimo.

« Per me sono deciso » dice dopo un silenzio. « Se mi levano soltanto un osso, la faccio finita. Non voglio girare storpio per il mondo. »

Così ce ne stiamo distesi coi nostri pensieri, e aspettiamo.

A sera ci portano sul tavolo di medicazione. Spaventato, rifletto rapidamente sul da farsi: è noto che i chirurghi degli ospedaletti amputano con facilità. Quando c'è molta affluenza, ciò è più semplice delle medicazioni complicate. Mi viene in mente Kemmerich. In nessun caso mi lascerò dare il cloroformio, a costo di sfasciare la testa a qualcuno. Ma andiamo bene. Il medico fruga coi suoi ferri nella ferita, da farmi vedere le stelle. « Non far tante storie » mi grida, e continua a trinciare. I ferri lampeggiano sotto la luce cruda come bestie malefiche. Il dolore è intollerabile. Gli infermieri mi tengono ferme le braccia, ma io ne libero uno e sto per dar negli occhiali al medico, quando si accorge e fa un salto indietro: « Cloroformizzatemi questo animale! » grida inferocito.

Allora io mi calmo: « Chiedo scusa, signor dottore, starò quieto, ma per carità non mi dia il cloroformio ».

« Be', siamo intesi » brontola lui nel naso: e riprende i ferri. È un ragazzone biondo, al massimo sui trent'anni, con cicatrici in faccia e un antipatico paio d'occhiali d'oro.

Vedo bene che prende gusto a tormentarmi, non fa che frugacchiare nella ferita e ogni tanto mi dà una occhiata di sbieco sopra le lenti. Le mie mani stringono disperatamente le maniglie; piuttosto crepare che fargli sentire un *ahi*!

Ha estratto una scheggia e me la mostra. Evidentemente è soddisfatto del mio contegno, perché ora mi applica accuratamente le stecche, e mi dice: « Domani si va a casa ». Poi m'ingessano. Quando mi ritrovo con Kropp, gli racconto che probabilmente domani passerà un treno ospedale. « Bisogna che parliamo col furiere di sanità, Alberto, per rimanere insieme. »

Mi riesce di far scivolare nelle mani del furiere, con qualche parolina, due dei miei sigari con le fascette dorate. Egli li annusa e domanda: « Nei hai altri? ».

« Una buona manciata » rispondo io « e il mio compagno » accenno a Kropp « altrettanti. Saremmo lieti di poterglieli offrire domani, dal finestrino del treno-ospedale. »

Lui mangia la foglia, annusa di nuovo e risponde: « Sarà fatto ».

La notte non possiamo chiuder occhio. Nella nostra corsìa sette uomini muoiono. Uno canta i salmi per un'ora intera, con una voce alta e sforzata di tenore, e poi comincia a rantolare. Un altro, prima di morire, si è trascinato dal letto alla finestra, e giace davanti ad essa come se avesse voluto guardar fuori un'ultima volta.

Le nostre barelle stanno allineate alla stazione, in attesa del treno, e la stazione non ha tettoia. Le coperte sono leggere. Aspettiamo già da due ore...

Il furiere ha per noi cure materne. Quantunque mi senta assai male, non perdo di vista il mio piano. Senza averne l'aria, gli faccio intravvedere il pacchetto e gli offro un altro sigaro come caparra. In compenso egli ci copre con un telo da tenda.

« Alberto » dico ricordando « e il nostro letto a baldacchino, e la gatta... »

« E le poltrone » aggiunge lui.

Già, le poltrone di velluto rosso. Ci si stava come prìncipi, quella sera, e s'era pensato al progetto di affittarle, più tardi, un tanto all'ora. Per ogni ora una sigaretta. Sarebbe stata una bella vita, e un buon affare.

« Alberto » anche questo mi viene in mente « e i sacchi delle provviste? »

Diventiamo malinconici. Quei sacchi ci servirebbero. Se il treno partisse un giorno più tardi, Kat, senza dubbio, ci ritroverebbe e ci porterebbe la nostra roba.

Maledetto destino! aver nello stomaco una minestrina magra da ospedale, mentre nei nostri sacchi v'è dell'arrosto di maiale in conserva. Ma siamo così deboli, che non abbiamo neppure la forza di inquietarci.

Le barelle sono inzuppate di pioggia, quando arriva il treno. Il furiere provvede a farci mettere nella medesima vettura... C'è una quantità di infermiere della Croce Rossa. Kropp viene coricato nel lettino di sotto. Io vengo sollevato per entrare in quello che è sopra il suo.

« Per amor del cielo! » esclamo involontariamente.

« Che c'è? » domanda la crocerossina.

Do un'altra occhiata al letto. È coperto di lenzuola bianchissime, linde da non credere, che hanno ancora le pieghe della stiratrice. La mia camicia invece non è lavata da sei settimane, ed è molto sporca.

« Non può entrarci da sé? » domanda preoccupata l'infermiera.

« Questo sì » replico io, col sudore alle tempie « ma prima mi faccia il piacere di tirar via quelle lenzuola. »

« O perché? »

Mi par d'essere un maiale. E dovrei coricarmi là dentro? « Ma veramente... » dico esitante.

« Un po' sporco? » fa lei in tono incoraggiante. « Niente di male, dopo si lava tutto. »

« Non è questo... » dico io con orgasmo. Un tale assalto di civiltà è troppo.

« Se lei è stato tanto tempo in trincea » essa continua « noi potremo ben lavare un paio di lenzuola. »

Io la guardo, così giovane e saporosa, tutta linda e fine, come ogni cosa qua dentro: non si capisce come non sia riservato per ufficiali; ci si sente a disagio, quasi come sotto una minaccia.

Ma quella femmina è proprio una tortura, mi obbliga a dir tutto. « La questione è che... » e m'interrompo; dovrebbe ben capire che cosa voglio dire!

« Che cosa? »

« I pidocchi! » caccio fuori finalmente. Essa dà in una risata. « Bisogna bene che anch'essi abbiamo i loro comodi. »

Quand'è così, poco importa. Salgo nella cuccetta e mi ricopro bene.

Una mano palpa la coperta. È il furiere. Se ne va coi miei sigari.

Un'ora dopo, ci accorgiamo che il treno è partito.

Di notte mi sveglio; anche Kropp si muove. Il treno scivola piano sui binari. Mi pare ancora tutto un sogno: il letto, il treno, andare a casa. Mormoro: « Alberto! ».

« Che vuoi? »

« Sai dov'è la latrina? »

« Credo la porta là avanti, a destra. »

« Proviamo. » Nell'oscurità, tasto la sponda del letto, e faccio per calarmi giù con prudenza. Ma il piede non trova appoggio, comincio a scivolare, la gamba ingessata m'impaccia, e do un tonfo a terra.

« Porco cane! » esclamo.

« Ti sei fatto male? » domanda Kropp.

« Bene no di certo; non hai sentito? » brontolo, « ho picchiato la testa... »

In fondo alla vettura la porta si apre. Entra l'infermiera con la lampada e mi vede.

« È caduto dal letto... »

Mi tasta il polso e mi tocca la fronte: « Eppure non ha febbre... ».

« No » convengo.

« E allora? Ha sognato? »

« Sì, press'a poco... » mormoro io, per cavarmela.

E dàlli con quelle benedette domande! Essa mi guarda con quei suoi occhi limpidi; è così pulita, meravigliosa, e tanto meno io posso dirle ciò che voglio. Mi aiuta a risalire nella mia cuccetta. Ma benone! Appena se ne andrà, dovrò daccapo tentar di scendere. Se fosse vecchia, pazienza, si potrebbe parlare; ma è giovine giovine, venticinque anni al massimo, è inutile, non posso dirle.

Ma ecco che Alberto mi viene in aiuto. Non ha soggezione lui, anche perché la cosa non lo riguarda personalmente. Chiama l'infermiera, che si volta: « Signorina, vorrebbe... » ma qui non sa neppur lui come esprimersi educatamente. Fra noi, fuori, si usa una parola sola, ma qui, davanti a una signorina come questa... A un tratto però si ricorda di quando andava a scuola, e termina speditamente: « Vorrebbe uscire un momento ».

« Ho capito » dice la crocerossina « ma allora non occorre che si cali giù dal letto con la gamba ingessata. Che cosa vuole avere? » chiede, rivolta a me.

Spavento mortale: non ho nessuna idea dei termini tecnici per designare certi oggetti. È lei che viene in mio soccorso: « Piccolo o grosso? ». Mi sento ridicolo; sudo come un dannato e tutto confuso rispondo: « Piccolo, piccolo... ».

Comunque sia, meglio così. Mi portano una specie di bottiglia. Dopo alcune ore non sono più il solo, e verso il mattino ci siamo abituati e chiediamo senza arrossire ciò di cui abbiamo bisogno.

Il treno cammina lento. Talvolta si ferma per scaricare i morti. Si ferma spesso.

Alberto ha la febbre. Quanto a me, non c'è male; sento dolore, ma il peggio è che sotto l'ingessatura son rimasti, pare, i pidocchi. Sento un prurito intollerabile, e non posso grattarmi.

Sonnecchiamo lungo il giorno. Il paesaggio passa lentamente davanti alle finestre. La terza notte giungiamo ad Herbesthal. Sento dall'infermiera che Alberto sarà scaricato alla prossima stazione, a causa della febbre. « Fin dove prosegue il treno? » domando.

« Fino a Colonia. »

« Alberto, dobbiamo rimanere insieme » gli dico; « ora sta' attento. »

E al prossimo passaggio dell'infermiera trattengo il respiro e spingo il fiato alla testa. Mi si gonfia la faccia e divento tutto rosso. La crocerossina si ferma: « Ha dolore? ».

« Sì » rispondo con un gemito, « così all'improvviso... »

Ella mi dà il termometro e prosegue. Non sarei un buon allievo di Kat se non conoscessi certi trucchi. Codesti termometri sono fatti all'uso delle reclute, non di noialtri anziani. Si tratta semplicemente di spingere in su il mercurio; esso si fissa nel tubo sottile e non discende più.

Mi ficco il termometro nell'ascella, inclinandolo un po' in giù e batto leggermente l'indice sul bulbo, poi lo scuoto verso l'alto. Ottengo così 37,9. Ma non basta; un fiammifero cautamente avvicinato porta la temperatura a 38,7. Quando l'infermiera ripassa, mi metto ad ansimare col respiro un po' corto, la fisso con gli occhi imbambolati, sono irrequieto e mormoro: « Non ne posso più... ».

Ella segna il mio nome su un cartellino. Io so di non rischiare nulla perché, salvo casi di urgenza, l'ingessatura non viene tolta.

Così, Alberto ed io siamo scaricati insieme.

Ci troviamo in un ospedale cattolico, nella medesima stanza. È gran fortuna, perché gli ospedali cattolici sono conosciuti per il buon trattamento e il buon vitto. È stato riempito dal nostro treno, e molti sono i casi gravi. Per noi la visita non verrà oggi, causa la scarsezza dei medici. Senza posa passano nel corridoio i carrelli piatti con le ruote di gomma, e sopra v'è sempre qualcuno disteso. Brutta posizione, esser coricati così; a meno che non sia per dormire.

La notte è molto inquieta. Nessuno può chiuder occhio. Verso il mattino cominciamo ad assopirci. Io mi sveglio quando si fa giorno. La porta è aperta e dal corridoio giungono voci. Anche gli altri si svegliano. Uno che è qui da qualche giorno, spiega: « Quassù le suore pregano ogni mattina in corridoio. Lo chiamano il mattutino. E perché anche noi si abbia la nostra parte, tengono aperte le porte ».

L'intenzione è ottima, senza dubbio, ma a noi duole la testa, dolgono le ossa.

« Che gusto » dico io « proprio quando si comincia a dormire un poco. »

« Siccome quassù sono i casi più leggeri, hanno pensato di far così » risponde.

Alberto geme. Io m'infurio e grido: « Ehi laggiù, silenzio! ».

Dopo un momento appare una suora. Tutta vestita in bianco e nero, sembra una di quelle campane di stoffa che usano per tener caldo il caffè, ma carina. « Chiuda un po' quella porta, suora » dice qualcuno.

« È l'ora della preghiera, perciò sta aperta la porta » risponde.

« Ma noi si vorrebbe dormire ancora. »

« Pregare è meglio che dormire. » Se ne sta lì e sorride innocente. « Del resto, sono già le sette. »

Alberto geme un'altra volta. « Chiudere! » grido io.

È sbigottita, si vede che non sa capacitarsi. « Ma preghiamo anche per lei » osserva.

« Non importa. Chiudere! »

Essa scompare lasciando la porta aperta, e la litania riprende. Furibondo, dichiaro: « Adesso conto fino a tre. Se non cessa, faccio volare qualcosa ».

« Anch'io » dice un altro.

Conto fino a cinque. Poi afferro una bottiglia, miro e la scaravento attraverso la porta, nel corridoio. La bottiglia va in mille pezzi. La preghiera s'interrompe. Compare uno sciame di suore e ci sgrida, con misura.

« Chiudere la porta! » urliamo.

Le suore si ritirano. La piccola suora di prima è l'ultima ad andarsene e bisbiglia: « Miscredenti! » ma chiude. Abbiamo vinto.

A mezzogiorno viene il medico capo e ci dà un cicchettone, promettendoci la fortezza e peggio. Ma un medico capo, è come un ispettore dell'intendenza. Ha un bel portare sciabole e spalline, ma infine è un funzionario, e nemmeno una recluta lo prende troppo sul serio. Infatti lo lasciamo parlare. Per quel che ci può toccare...

« Chi ha gettato la bottiglia? » domanda.

Prima ch'io abbia pensato se dichiararmi o no, qualcuno grida: « Io! ».

E un soldato dalla barba ispida viene avanti. Tutti attendono di capire il perché.

« Voi? »

« Signorsì. Ero irritato che ci avessero svegliato inutilmente; ho perduto la testa, così da non rendermi conto di ciò che facessi. » Parla come un libro stampato.

« Come vi chiamate? »

« Territoriale Hamacher Giuseppe. »

Il medico capo se ne va. Tutti sono pieni di curiosità: « Perché diamine ti sei presentato? Se non sei stato tu! ».

Lui ride: « Non vuol dire. Ho un *permesso di caccia* ».

Allora tutti capiscono. Chi ha un *permesso di caccia* può fare quello che vuole.

« Sicuro » ci racconta « ho preso un colpo nella testa, e quindi mi hanno rilasciato un attestato, secondo il quale in certi momento sono irresponsabile. Da allora io sono a posto. Proibito irritarmi. Quindi a me non può accader nulla. Quel signore avrà un bell'arrabbiarsi. Mi sono presentato io, perché il fatto della bottiglia mi era piaciuto. E se domattina tornano ad aprir la porta, ricominciamo il tiro a segno. »

Giubilo generale. Con Hamacher Giuseppe in mezzo a noi, possiamo rischiare qualunque cosa.

Poi vengono i silenziosi carrelli piatti, a portarci via.

Le bende si sono incollate sulle piaghe. Mugghiamo come tori.

Siamo in otto, nella nostra camera. Il ferito più grave è Pietro, un bruno riccioluto; fucilata al polmone, con complicazioni. Francesco Wächter accanto a lui ha un braccio fracassato, che in principio non pareva cosa grave. Ma nella terza notte ci chiama pregandoci di suonare perché gli sembra che la ferita perda sangue.

Io suono con energia, ma la suora di guardia non viene. Bisogna dire che nella serata l'abbiamo fatta lavorare molto; perché eravamo tutti medicati di fresco, e perciò soffrivamo più del solito. Uno voleva che la sua gamba fosse messa in un modo, l'altro in un altro, il terzo chiedeva da bere, il quarto che gli accomodasse i cuscini...: la vecchiotta ha finito col perdere la pazienza e con lo sbattere gli usci. Forse ora teme che si ricominci, e perciò non viene.

Aspettiamo un poco, poi Francesco dice: « Suona ancora ».

Eseguisco, ma quella non si lascia vedere. Nella nostra ala, di notte, c'è una suora sola di guardia; forse è occupata in altre camere.

« Sei sicuro, Francesco, che fa sangue? » domando io « altrimenti son guai che ci tiriamo addosso. »

« Sento umido. Non c'è nessuno qui che possa far luce? »

Anche questo è impossibile, il commutatore è vicino alla porta e nessuno di noi è in grado di alzarsi. Premo il bottone del campanello, finché il dito mi si intorpidisce. Può anche darsi che la suora si sia appisolata; hanno tanto lavoro e sono esaurite già prima di sera, povere donne! E per di più quel continuo pregare.

« Dobbiamo scaraventare un'altra bottiglia? » domanda Giuseppe Hamacher, quello del *permesso di caccia*.

« Ma che! La sentirebbe ancor meno dei campanelli. »

Finalmente si apre la porta e compare la vecchia, arcigna. Ma quando vede il braccio di Francesco, diventa sollecita e grida: « Ma perché nessuno ha detto niente? ».

« Abbiamo suonato tanto. Nessuno qui può alzarsi. »

Francesco ha perduto molto sangue; e vien bendato a nuovo. La mattina vediamo la sua faccia, che si è fatta più sottile e più gialla, mentre era quasi florida la sera innanzi. Da allora la suora viene più spesso.

Qualche volta vengono anche le infermiere ausiliarie della Croce Rossa. Sono tanto buone, ma talvolta un po' inesperte. Nel trasportare un ferito da un letto all'altro fanno sentir dolore, e allora si spaventano al punto da far dolorare ancor più.

Le suore ispirano maggior fiducia. Sanno come devono prendere un ferito, soltanto si vorrebbe vederle un po' più allegre. Qualcuna sì, è d'umor faceto, ed è grande. Chi non farebbe qualsiasi cosa per suor Libertina, per questa meravigliosa suora che in tutta la nostra ala d'ospedale solleva i cuori, appena compare di lontano? E più d'una è così: per loro si andrebbe nel fuoco. Davvero non ci si può lamentare; si è trattati come borghesi da queste suore. Quando si pensa in paragone agli ospedali presidiari, c'è da rabbrividire.

Francesco Wächter non riprende le forze. Un giorno lo portano fuori, e non ritorna. Giuseppe Hamacher, che la sa lunga, dice subito: « Non lo vediamo più. Lo hanno portato nella stanza dei morti ».

« Quale stanza dei morti? » domanda Kropp.

« Sì, la stanza dove si muore... »

« Ma che diamine è? »

« È una stanza piccola, presso l'angolo di quest'ala. Quando uno è sul punto di tirar l'ultimo fiato, lo portano là. Vi sono due letti. In tutto l'ospedale la chiamano la stanza dei morti. »

« Ma perché li portano là? »

« Per aver meno lavoro dopo. È anche più comodo, perché è vicino all'ascensore che mena alla cripta dei cadaveri. Forse lo fanno anche affinché nessuno muoia nelle camerate, per via degli altri. E poi, si può vegliar meglio il moribondo, quando è solo. »

« Ma e lui? »

Giuseppe alza le spalle: « Generalmente non se ne accorge. »

« Ma lo sanno tutti? »

« Chi è qui da qualche tempo, naturalmente lo sa. »

Nel pomeriggio il letto di Francesco Wächter è occupato da un altro, ma dopo un paio di giorni portano via anche questo. Giuseppe fa un gesto significativo con la mano. Altri ne vediamo andare e venire.

Spesso accanto ai letti stanno dei parenti, che piangono, oppure parlano piano, imbarazzati. C'è una vecchietta, che non se ne vuole andare, eppure non è permesso passar qui la notte. Ritorna la mattina dopo prestissimo, ma non presto abbastanza, perché avvicinandosi al letto lo trova già occupato da un altro. La poveretta deve andare alla cripta. Le mele, che aveva portate con sé, le dà a noi.

Anche il piccolo Pietro peggiora. La sua tabella della temperatura è brutta, e un giorno il carrello piatto si ferma accanto al suo letto: « Dove mi portate? » domanda.

« Alla sala di medicazione. »

Lo mettono sul lettino. Ma la suora commette l'errore di staccare la sua giubba dal gancio e di deporla sul lettino stesso per non far la strada due volte. Pietro capisce subito e vuol gettarsi giù dal carrello: « Voglio restare qui! ».

Lo tengono fermo. Ed egli grida a bassa voce, col suo polmone lacerato: « Non voglio andare nella stanza dei morti ».

« Ma se andiamo alla sala di medicazione. »

« E allora che bisogno avete della mia giubba? »

Non ha più voce. Rauco, inquieto, bisbiglia: « Restare qui! ».

Non gli rispondono e lo portano fuori. Giunto alla porta fa uno sforzo per drizzarsi. La sua testa ricciuta sussulta, gli occhi son pieni di lagrime: « Ritornerò! Ritornerò! » grida.

La porta si chiude. Siamo tutti commossi, ma taciamo. Finalmente Giuseppe dice: « Lo dicono in molti.
Ma quando si è là dentro, non si dura ».

Mi hanno operato e ho vomitato due giorni di seguito. Le mie ossa non vogliono saldarsi, dice lo scritturale
del medico. Ad un altro invece si sono saldate male, e
gliele devono spezzare di nuovo. È una miseria.

Fra i nuovi arrivati ci sono due reclute coi piedi piatti.
Alla visita il medico capo li scopre e si ferma tutto contento. « Rimedieremo subito » dice; « una piccola operazione e i vostri piedi staranno benissimo. Prenda nota,
suora. »

Quando se n'è andato, Giuseppe, che sa tutto, am-
monisce: « Attenti, ragazzi, non lasciatevi operare. È una
fissazione scientifica del vecchio. Diventa matto di gioia
quando riesce a beccarne uno; vi opera i piedi piatti, e i
piedi piatti non ci son più; ma avete in compenso i piedi
storpi, e vita natural durante vi tocca camminar col
bastone. »

« Come dobbiamo fare? » domanda uno.

« Rifiutarsi, perdio! Voi siete qui per curare le vostre
ferite, e non i piedi piatti! Non li avevate forse in trincea?
E dunque, vedete! Adesso potete ancora camminare, ma
se il vecchio riesce ad avervi sotto i suoi ferri, siete dei
poveri storpi. Ha bisogno di soggetti per i suoi esperi-
menti; per lui la guerra è un'occasione magnifica, come
per tutti i medici. Guardate un po' giù al deposito di
convalescenza: ci sarà una dozzina d'individui che ha
operato. Alcuni sono qui da anni, fino dal '14 e dal '15.
Non ce n'è uno che cammini meglio di prima: quasi tutti
stanno peggio, la maggior parte ha ancora le gambe
ingessate. Ogni sei mesi li acchiappa di nuovo e spezza

loro un'altra volta le ossa, e ogni volta il successo, dice lui, è sicuro. State in guardia: non può farvi nulla se voi vi rifiutate. »

« Oh, caro mio » replica stanco uno dei due. « Meglio i piedi che la testa. Sai tu quello che ti aspetta se ti rimandano in linea? Facciamo un po' quello che vogliono, purché io torni a casa. Meglio storpio che morto. »

L'altro invece, un giovanotto del nostro campo, non vuole. La mattina appresso il medico capo fa chiamar giù tutti e due, e li imbonisce e li strapazza tanto che finiscono coll'acconsentire. Che altro debbono fare? Sono poveri fanti, e lui è un pezzo grosso. Ce li riportano ingessati e ubriachi di cloroformio.

Alberto sta male. Lo portano via e lo operano. La gamba viene amputata fin su alla coscia. Non parla quasi più: solo una volta dice che vuole spararsi se appena gli riesce di metter la mano sulla sua rivoltella.

Arriva un nuovo convoglio di feriti. Nella nostra camerata entrano due ciechi. Uno è un musicista, giovanissimo. Le suore non hanno mai con sé il coltello quando gli danno da mangiare, perché già una volta lo ha strappato loro di mano. Nonostante questa precauzione, si verifica un incidente. Una sera, durante il pasto, la suora viene chiamata via e pel momento depone sul tavolino accanto a lui il piatto con la forchetta. Egli trova a tastoni la forchetta, se l'avventa a tutta forza contro il cuore, poi prende una scarpa e picchia sul manico quanto più può. Gridiamo aiuto, tre uomini appena bastano a strappargli la forchetta, i cui denti ottusi erano già penetrati nella carne. Tutta la notte inveisce contro di noi, tantoché nessuno riesce a prender sonno. Al mattino lo assale una crisi di pianto.

Altri letti si vuotano. I giorni passano fra sofferenze ed ansie, fra gemiti e rantoli. La camera dei morti non basta più, alcuni muoiono di notte anche nella nostra camerata. La morte cammina più spedita che non la preveggenza delle suore.

Ma un bel giorno la porta si apre di colpo, entra il carrello, e chi vediamo sul lettino, pallido, esile, ma diritto e trionfante? Pietro, con tutti i suoi riccioli bruni e scarmigliati. Suor Libertina raggiante lo spinge verso il suo antico letto. È ritornato indietro dalla camera dove si muore! Noi l'avevamo creduto morto da un pezzo.

Si guarda intorno: « Che ne dite? ».

Ed anche Giuseppe deve riconoscere che un fatto simile non l'aveva visto mai.

A poco a poco, alcuni di noi hanno il permesso di alzarsi. Anch'io ricevo un paio di stampelle per saltellare qua e là. Ma ne faccio poco uso: non posso sopportare lo sguardo di Alberto, quando attraverso la camera: mi segue sempre con due occhi così strani. Perciò qualche volta scappo nel corridoio, ove mi posso muovere più liberamente.

Al piano inferiore sono i feriti al ventre, alla spina dorsale, alla testa, e gli amputati delle due gambe. Nell'ala destra i feriti alle mascelle, gli avvelenati dai gas, i colpiti al naso, alle orecchie, al collo. Nell'ala sinistra i ciechi, i feriti ai polmoni, al bacino, alle articolazioni, alle reni, ai genitali, allo stomaco. Bisogna venir qui per vedere in quante parti un uomo può esser ferito.

Due muoiono di tetano. La pelle diventa livida, le membra si irrigidiscono, ultimi vivono – e a lungo – gli occhi. Alcuni tengono l'arto ferito sospeso a una carrucola, esposto in aria; sotto la piaga è posto un bacile in cui cola a goccia a goccia il pus; il bacile viene vuotato ogni due o tre ore. Altri hanno un apparecchio di trazione, fissato al letto, con grossi pesi. Vedo delle ferite d'intestino, che son sempre piene di lordura. Lo scritturale del medico mi mostra delle radiografie, in cui si vedono ginocchi, anche, spalle, completamente fracassate.

Non si può comprendere come sopra corpi così orribilmente lacerati siano ancora volti umani, sui quali la vita continua nel suo ritmo giornaliero. E pensare che questo è un ospedale solo: e ve ne sono centinaia, migliaia uguali, in Germania, in Francia, in Russia! Come appare assurdo tutto quanto è stato in ogni tempo scritto, fatto, pensato, se una cosa simile è ancora possibile! Dev'essere tutto menzognero e inconsistente, se migliaia d'anni di civiltà non sono nemmeno riusciti ad impedire che questi fiumi di sangue scorrano, che queste prigioni di tortura esistano a migliaia. Soltanto l'ospedale mostra che cosa è la guerra.

Io sono giovane, ho vent'anni: ma della vita non conosco altro che la disperazione, la morte, il terrore, e la insensata superficialità congiunta con un abisso di sofferenze. Io vedo dei popoli spinti l'uno contro l'altro, e che senza una parola, inconsciamente, stupidamente, in una incolpevole obbedienza si uccidono a vicenda. Io vedo i più acuti intelletti del mondo inventare armi e parole perché tutto questo si perfezioni e duri più a lungo. E con me lo vedono tutti gli altri uomini della mia età, da questa parte e da quell'altra del fronte, in tutto il mondo; lo vede e lo vive la mia generazione. Che faranno i nostri padri, quando un giorno sorgeremo e andremo davanti a loro a chieder conto? Che aspettano essi da noi, quando verrà il tempo in cui non vi sarà guerra? Per anni e anni la nostra occupazione è stata di uccidere, è stata la nostra prima professione nella vita. Il nostro sapere della vita si limita alla morte. Che accadrà, dopo? Che sarà di noi?

Il più vecchio della nostra camerata è Lewandowski. Ha quarant'anni e già da dieci mesi è all'ospedale con una grave ferita al ventre. Solo in queste ultime settimane ha potuto finalmente muovere qualche passo, tutto curvo e zoppicante.

Da alcuni giorni è in grande agitazione. Sua moglie gli ha scritto, dal paesello polacco dove abita, di aver messo insieme danaro sufficiente per pagare il viaggio e venirlo a trovare. È già in cammino, dunque, e può giungere da un giorno all'altro. Lewandowski non gusta più il cibo, regala via persino la salsiccia coi cavoli dopo due bocconi. Non fa che girare per la stanza con la lettera in mano, ciascuno di noi l'ha letta almeno una dozzina di volte, i timbri sono stati verificati ripetutamente, la scrittura è appena riconoscibile tra macchie d'unto e impronte digitali: e accade finalmente quel che doveva accadere: il pover'uomo ha la febbre e deve mettersi a letto.

Due anni che non la vede, sua moglie: e nel frattempo è nato un figlio, ch'essa porta con sé. Ma ciò che preoccupa Lewandoswki è ben altro: aveva sperato di ottenere un permesso d'uscita per quando giungesse la sua vecchia, perché è chiaro: vedersi è un gran bel fatto, ma quando dopo tanto tempo ci si ritrova con la moglie, si vorrebbe, se possibile, anche qualche altra cosa.

Lewandowski ha discusso di tutto ciò per ore ed ore con noi, perché tra soldati non ci sono segreti, e del resto nessuno trova da ridire. Quelli di noi che possono uscire gli hanno fatto saper certi angoli più che adatti della

204

città, nei viali e nei giardini, dove sarebbe indisturbato; uno gli ha persino indicato una cameretta.

Ma a che giova tutto ciò, se Lewandowski deve stare a letto? Il brav'uomo è pieno di fastidi. La vita intera non gli sorride più, se deve rinunciare a questo. Noi lo consoliamo, assicurandolo che troveremo il modo di risolvere la cosa.

Nel pomeriggio seguente compare la moglie, una donnetta piccola, raggrinzita, con gli occhi spauriti e mobilissimi, come un uccellino; avvolta in una specie di mantiglia nera a sbuffi e a nastri, che domeneddio sa da chi l'abbia ereditata.

Mormora piano qualcosa e si ferma intimidita sulla soglia. Vedere lì sei uomini riuniti le fa impressione.

« Ebbene, Marja » dice Lewandowski, mentre manda giù la saliva e il pomo d'Adamo gli sussulta. « Vieni pure avanti, non ti faranno niente. »

Allora essa fa il giro, e dà la mano ad ognuno. Poi ci mostra il pupo, che nel frattempo ha sporcato le sue fasce. Essa ha con sé una gran borsa ricamata a perline, e ne tira fuori un pannolino pulito col quale avvolge alla svelta il marmocchio. Così ha superato il primo imbarazzo, e i due cominciano a discorrere.

Lewandowski è agitato, e ad ogni momento volge su di noi i suoi occhi tondi e sporgenti, con un'espressione di grande infelicità.

Il momento è propizio, la visita medica è passata, tutt'al più potrebbe venire una suora a dare un'occhiata. Uno di noi esce un momento in esplorazione. Rientra e fa cenno: « Neppure un gatto in vista. Diglielo, Giovanni, e finiamola ».

I due continuano a intrattenersi nella loro lingua. La donna alza gli occhi, un po' rossa e imbarazzata: noi le sorridiamo benevolmente e facciamo qualche gesto di noncuranza; che male c'è, infine? Al diavolo i pregiudizi, son buoni per altri tempi; ecco qua il falegname Giovanni Lewandowski, un soldato ferito, invalido per tutta la vita; ed ecco qua sua moglie: chi sa quando la rivedrà: vuole averla, deve averla, e stop.

Due uomini si mettono di fazione alla porta, per fermare al varco le suore e tenerle occupate, se per caso passassero da queste parti. Monteranno la guardia per un quarto d'ora.

Lewandowski non può star coricato che sul fianco, perciò uno gli mette un paio di cuscini dietro la schiena. Alberto tiene il pupo, noi ci voltiamo dall'altra parte, la mantiglia nera scompare sotto le coltri, e intanto attacchiamo una partita, parlando a voce alta di ogni sorta di cose.

Tutto va bene: c'è un certo asso che passa di mano in mano, e quasi ci fa dimenticare Lewandowski. Dopo qualche tempo il pupo comincia a frignare, quantunque Alberto lo vada disperatamente cullando in qua e in là. Poi sentiamo qualche fruscìo e cigolìo, e quando alziamo gli occhi vediamo che ha già in bocca il poppatoio ed è tornato con la mamma. Siamo in porto.

Ci sentiamo oramai una sola grande famiglia, la donnetta è piena di animazione e Lewandowski se ne sta disteso, sudato e raggiante.

Egli apre la borsa ricamata, e vengono alla luce alcune buone salsicce. Lewandowski prende in mano il coltello come fosse un mazzolin di fiori e trincia la carne a pezzi. Con largo gesto indica noialtri, e la piccola donna raggrinzita passa da questo a quello e ci sorride e ci distribuisce la salsiccia, con una grazia che la rende quasi bella. La chiamiamo mammetta, ed essa è tutta contenta e ci accomoda i guanciali.

Dopo alcune settimane mi tocca andare tutte le mattine all'istituto ortopedico, ove la mia gamba viene legata ad un apparecchio ed esercitata a muoversi. Quanto al braccio è guarito da un pezzo.

Nuovi convogli giungono dal fronte. I bendaggi non sono più di tela ma di carta velina bianca. C'è penuria di tessuto.

Il moncone d'Alberto guarisce bene. La ferita è quasi chiusa. Fra qualche settimana andrà in un istituto di protesi. Ancora egli parla poco, ed è molto più serio di prima. Spesso, nel mezzo di un discorso, si interrompe e guarda fisso dinanzi a sé. Se non fosse stato in nostra compagnia, da un pezzo l'avrebbe fatta finita. Ma ora ha sorpassato il momento peggiore. Spesso assiste alla partita, quando giochiamo a carte.

Mi danno la licenza di convalescenza.

Mia madre non vuole più lasciarmi ripartire. È tanto debole oramai. Tutto è ancora più triste dell'ultima volta.

Finalmente sono richiesto dal mio reggimento e riparto per il fronte.

La separazione dal mio amico Alberto Kropp è dolorosa. Ma a che cosa non ci si avvezza col tempo, sotto le armi?

X

Non contiamo più le settimane. Quando sono tornato al fronte era inverno, e allo scoppiare delle granate le zolle di terra gelata riuscivano pericolose quasi quanto le schegge. Ora gli alberi sono verdi di nuovo. La nostra vita si alterna fra le trincee e le baracche. Ci siamo in qualche modo abituati. La guerra è una causa di morte come ce n'è tante, come il cancro e la tubercolosi, come la spagnola e la dissenteria. Solo che i casi di morte qui sono più frequenti, più svariati e più crudeli.

I nostri pensieri sono come creta molle che viene plasmata secondo la varia vicenda dei giorni; sono buoni quando siamo tranquilli, morti quando ci troviamo sotto il fuoco. Terreno sconvolto, dentro di noi e fuori di noi.

Tutti siamo a questo modo, non soltanto noi qui; ciò che fummo un tempo non conta, quasi non lo sappiamo più. Le differenze create dalla cultura e dalla educazione sono quasi cancellate, appena riconoscibili. Talvolta rappresentano un vantaggio, nello sfruttare una situazione; ma portano seco anche qualche svantaggio, perché creano degli impacci che bisogna poi superare. È come se in passato fossimo stati monete di vari paesi: fuse poi nel medesimo crogiuolo, e che ormai portano tutte la stessa impronta. Per riscontrare ancora le differenze fra noi, bisognerebbe analizzare accuratamente il metallo. Siamo soldati anzitutto, e solo in linea secondaria e in una forma strana e quasi vergognosa siamo individui.

S'è creata una vasta fraternità, in cui si fonde stranamente qualcosa del cameratismo delle canzoni popolari, col senso di solidarietà dei galeotti e col disperato attaccamento tra condannati a morte. È una vita che ha per ambiente e per sfondo il pericolo, la tensione morale, il mortale abbandono, e che diventa un fuggevole godimento in comune delle poche ore di tregua, nel modo più semplice e senza sentimentalismo.

Vita eroica e banale ad un tempo, se si volesse stimarla; ma chi ne fa la stima?

Questa realtà si palesa quando Tjaden, all'annuncio di un attacco nemico, ingoia in fretta e furia la sua minestra di ceci al lardo, perché non sa se sarà vivo di lì a un'ora. Abbiamo discusso a lungo se faccia bene o male ad agire così. Kat dice che fa male, perché bisogna prevedere anche una ferita al ventre, che è sempre più pericolosa a stomaco pieno che a stomaco vuoto.

Questi sono problemi seri per noi, né potrebbe essere altrimenti. La vita qui sui confini della morte ha una linea straordinariamente semplice, si limita all'indispensabile: tutto il resto è addormentato e sordo: in ciò sta la nostra primitività, e in pari tempo la nostra salvezza. Se fossimo più evoluti, da un pezzo saremmo pazzi, o disertori, o morti. È come in una spedizione sui ghiacci del polo; ogni manifestazione di vita deve tendere soltanto a conservar la vita, e necessariamente è a ciò preordinata. Tutto il resto è bandito, perché sarebbe un inutile consumo d'energia. È questo l'unico modo di salvarci, e spesso sto davanti a me stesso come davanti a un estraneo, quando in ore tranquille un enigmatico riflesso del passato mi mostra, come in uno specchio appannato, i contorni del mio essere attuale: e allora mi stupisco come quell'elemento misteriosamente attivo, che si chiama vita, abbia potuto adattarsi anche ad una forma siffatta. Tutte le altre manifestazioni sono come in letargo, la nostra esistenza è soltanto un ininterrotto vigilare contro la minaccia della morte. Questa vita ci ha ridotti ad animali appena pensanti, per darci l'arma dell'istinto; ci ha impastati di insensibilità, per farci resistere all'orrore che ci schiaccerebbe se avessimo ancora una ragione limpida e ragionante; ha svegliato in noi il senso del cameratismo, per strapparci all'abisso del disperato abbandono; ci ha dato l'indifferenza dei selvaggi per farci sentire, ad onta di tutto, ogni momento della realtà, e per farcene come una riserva contro gli assalti del nulla. Così meniamo un'esistenza chiusa e dura, tutta in superficie, e soltanto di rado un avvenimento accende qualche scintilla. Ma allora divampa in modo inatteso una fiammata di passione aspra e terribile.

Sono questi i momenti pericolosi, che ci rivelano come il nostro adattamento sia tutto artificiale; come esso non sia affatto la calma, ma uno sforzo terribile per mantenere la calma. Nelle forme esteriori della vita ci differenziamo a mala pena dai negri più primitivi: ma mentre quelli possono essere sempre così, perché tale è la loro natura e tutt'al più possono, sforzando le loro qualità umane, svilupparsi in senso progressivo, per noi accade il contrario: le nostre energie interiori sono tese non già nel senso della evoluzione, sibbene in quello della involuzione. Essi sono quello che sono, senza sforzo, spontaneamente; noi, mediante uno sforzo terribile e in modo affatto artificiale.

E di notte, quando ci si risveglia da un sogno, sopraffatti e dominati dall'incanto delle visioni che affluiscono, sentiamo con raccapriccio quanto siano esili i puntelli e le barriere che ci separano dalle tenebre; siamo come fiammelle che una sottile parete a mala pena difende dal turbine del dissolvimento e della follia; fioche fiammelle che vacillano e spesso minacciano di spegnersi. In quei momenti il sordo rombare della battaglia diventa come un cerchio che ci rinchiude, e allora ci stringiamo in noi stessi e con gli occhi sbarrati guardiamo la notte. Ci consola soltanto il respiro dei compagni dormienti, e così aspettiamo il mattino.

Ogni giorno e ogni ora, ogni granata e ogni nuovo morto logorano un po' di quella povera difesa, e gli anni la consumano rapidamente. Io la sento già crollare a poco a poco intorno a me.

Vedete la stupida storia di Detering.

Era uno di quelli che se ne stanno molto soli e appartati. La sua disgrazia fu di vedere un giorno, in un giardino, un ciliegio in fiore. Ritornavamo allora dalla prima linea, nel crepuscolo del mattino, e questo ciliegio ci apparve ad una svolta, di sorpresa, vicino ai nuovi accantonamenti. Non aveva foglie, era tutto un solo cespo di fiori bianchi.

Quella sera Detering non si lasciò vedere. Arrivò finalmente, e aveva in mano uno o due ramoscelli fioriti. Ci mettemmo a scherzare, domandandogli se andasse a nozze. Non ci rispose, e andò a buttarsi sul letto. A notte alta lo sento muoversi, mi sembra che infagotti la sua roba. Fiuto qualche guaio, e mi avvicino. Lui fa come se nulla fosse, ed io gli dico: « Non fare sciocchezze, Detering ».

« Ma che! non posso dormire, ecco tutto... »

« Perché sei andato a prendere quei rami di ciliegio? »

« Non potrò più cogliere un ramo di ciliegio, adesso? » risponde testardo, e dopo un poco: « A casa ho un grande orto, pieno di ciliegi. Quando sono in fiore, sembra, a guardarli dal fienile, come un gran lenzuolo tutto bianco. Proprio adesso è il tempo ».

« Forse le licenze si riapriranno presto. Può anche darsi che ti comandino ai lavori agricoli. »

Fa cenno di sì con la testa, ma vedo bene che è assente. Quando questi contadini sono tocchi nel profondo, hanno una strana espressione, un misto fra la mucca e l'idolo; un'espressione che un po' fa ridere e un po' commuove. Per distoglierlo dai suoi pensieri, gli chiedo un pezzo di pane. Me lo dà senza osservazioni, il che è grave, perché di solito è tirchio. Perciò rimango sveglio: ma non accade nulla, e alla mattina è come al solito.

Probabilmente si è accorto che lo tenevo d'occhio. E tuttavia, due mattine dopo, Detering è scomparso. Io me ne avvedo subito, ma non dico nulla per dargli tempo; chissà che non gli riesca di passare. A parecchi è riuscito, verso l'Olanda.

Ma all'appello la sua assenza è notata, e dopo una settimana sentiamo che è caduto nelle mani dei gendarmi, di quella brutta razza di poliziotti militari. Si era diretto verso la Germania, perciò nessuna speranza di successo, e naturalmente aveva fatto le cose nel modo più stupido. Già da questo tutti dovevano capire che la sua fuga era soltanto un attacco di nostalgia, un momentaneo smarrimento. Ma che cosa può capirne un tribunale militare, a cento chilometri dal fronte? Non abbiamo più saputo nulla di Detering.

Ma anche per altra via salta fuori talvolta questo elemento oscuro e pericoloso, che è compresso in noi, come in una caldaia surriscaldata. A questo proposito c'è da raccontare la fine che fece Berger.

Da un pezzo le nostre trincee sono distrutte, ed abbiamo il così detto fronte elastico, il che torna a dire che non facciamo più la guerra di posizione. Quando attacco e contrattacco sono passati, rimane una linea frammentaria e una lotta accanita di buca in buca. La prima linea è rotta e qua e là si sono fissati dei nuclei, dei nidi aggrappati al terreno, dai quali si irradia la lotta.

Siamo in una di queste buche, sul nostro fianco abbiamo degli inglesi, che spiegano la loro ala e ci prendono alle spalle. Siamo accerchiati: è difficile arrendersi, nebbia e fumo vanno e vengono sopra di noi, nessuno capirebbe che vogliamo capitolare; e forse non lo vogliamo neppure; in simili momenti non si sa noi stessi quello che si vuole. Sentiamo avvicinarsi le esplosioni delle bombe a mano. La nostra mitragliatrice spazza il semicerchio che ci sta di fronte. L'acqua di raffreddamento svapora tutta, facciamo girare rapidamente le cassette, ciascuno vi piscia dentro, e così abbiamo l'acqua necessaria per continuare il fuoco. Ma dietro di noi gli scoppi si avvicinano, fra pochi minuti saremo perduti.

Ma ecco una seconda mitragliatrice entra furiosamente in azione, vicinissima a noi. È piazzata nella buca accanto; Berger ve l'ha portata; ed ora parte un contrattacco dalle nostre spalle, che ci disimpegna e ci ridà il collegamento coi nostri. Poco dopo, mentre ci troviamo in posizione relativamente coperta, uno dei portarancio racconta che a duecento passi di lì giace ferito un cane militare.

« Dove? » interroga Berger.

L'altro gli descrive il posto. Berger vuol partire per

riportare la bestia o per finirla. Sei mesi prima non se ne sarebbe curato, sarebbe stato ragionevole. Noi cerchiamo di trattenerlo. Ma quando se ne va sul serio non possiamo che dirgli: « Sei pazzo! » e lasciarlo andare; perché questi attacchi di delirio di trincea diventano pericolosi, quando non si è pronti a gettar l'uomo per terra e a tenerlo fermo. E Berger è alto un metro e ottanta, ed è l'uomo più robusto della compagnia.

È proprio impazzito, perché ha da attraversare la cortina di fuoco: ma quel lampo di follia, che a un dato punto ci attende tutti, lo ha investito e ne fa un ossesso. Di altri avviene che comincino a strepitare o vogliano correre via; ci fu uno, una volta, che si sforzava a tutt'uomo, con le mani, coi piedi, coi denti, di seppellirsi entro terra.

Naturalmente in queste cose la simulazione è all'ordine del giorno, ma già la simulazione è, a guardar bene, un sintomo. Berger, che voleva salvare il cane, è riportato indietro con una ferita al bacino; di più, uno degli uomini che lo riportano si busca una pallottola nel polpaccio.

Müller è morto. Gli hanno tirato a bruciapelo un razzo al ventre. È vissuto ancora una mezz'ora in perfetta coscienza, soffrendo orribilmente. Prima di morire mi ha consegnato il suo portafogli e mi ha lasciato i suoi stivali, quei famosi stivali che un giorno aveva ereditati da Kemmerich. Li porto, perché mi vanno bene. Dopo di me li porterà Tjaden, glieli ho già promessi.

Müller ha potuto aver sepoltura, ma non resterà certo a lungo indisturbato. La nostra linea vien portata indietro. Di là ci sono troppi reggimenti freschi, inglesi ed americani; troppo *corned-beef*, troppa farina di grano. E troppi cannoni nuovi; e troppa aviazione.

Noi invece siamo magri e spossati dalla fame. Il nostro vitto è tanto cattivo e in tanta parte composto di surrogati, che ne siamo malati. I fabbricanti in Germania si sono fatti ricchi signori; ma a noi la dissenteria brucia le budella. Le latrine da campo sono sempre piene zeppe: bisognerebbe mostrare a quelli di casa queste facce grigie, gialle, miserabili, rassegnate, queste figure curve a cui la colica spreme il sangue dal corpo, e che si contentano di ghignarsi l'un l'altro in faccia, con le labbra ancora tremanti dal dolore: « Non vale neppure la pena di tirar su le brache... ».

La nostra artiglieria è esaurita – non ha munizioni a sufficienza – e le canne sono logorate in modo che il tiro diventa incerto e semina proiettili fra i nostri. Abbiamo troppo pochi cavalli. Le nostre truppe fresche son ragazzi anemici e macilenti, incapaci di portare uno zaino, ma capaci ancora di morire, a migliaia. Non hanno nessuna idea della guerra, vanno avanti e si lasciano mitragliare. Un solo aviatore nemico si è divertito a sterminare due compagnie di questi ragazzi, allora allora scesi dal treno, prima che sapessero cosa vuol dire copertura.

« In Germania, quanto prima, non ci sarà più nessuno » dice Kat.

Non abbiamo speranze che la guerra possa finire. Non osiamo neppure pensarci. Si può ricevere un colpo e morire: si può esser feriti, e allora la prossima stazione è l'ospedale. Se non ti amputano un braccio od una gamba, cadi un giorno o l'altro nelle mani di uno di questi medici militari che con la croce di guerra all'occhiello, ti dicono: « Soltanto quella gamba un po' più corta? Ma al fronte non è necessario che facciate le corse, se siete coraggioso. Abile a tutti i servizi. Andate pure ».

Kat racconta una storia, di quelle che girano lungo

tutto il fronte, dai Vosgi alle Fiandre: la storia del medico militare che legge una lista di nomi, passando in rivista gli uomini, e man mano che uno si dà presente, senza nemmeno alzare gli occhi dice: « Abile, abile. Al fronte c'è bisogno di soldati ». Si fa avanti uno con una gamba di legno, e il medico dice ancora: « Abile ». « Allora » e qui Kat alza la voce « allora l'uomo gli dice: "Una gamba di legno ce l'ho già: ma se ora vado al fronte e mi sparano via la testa, mi faccio fare di legno anche la testa e divento medico militare". » Questa risposta ci soddisfa moltissimo.

Vi saranno anche buoni medici, molti anzi sono tali. Ma nelle innumerevoli visite e controvisite capita ad ogni soldato di cadere un giorno o l'altro nelle mani di uno di questi ripescatori di eroi, che si sforzano di trasformare sulle loro liste il maggior numero di inabili, permanenti o temporanei, in "abili a tutti i servizi".

Le storielle del genere abbondano, e per la maggior parte sono ancora più amare. Tuttavia non hanno nulla da vedere coll'indisciplina o con la sobillazione: sono oneste e chiamano le cose col loro nome: perché sotto le armi vi è molta impostura, molta ingiustizia, molta cattiveria. Non è già molto che, ad onta di tutto, reggimento dietro reggimento marcino ancora, in una guerra che appare sempre più disperata, e che l'attacco segua all'attacco, su una linea che ripiega e in molti punti si frantuma?

I tanks da oggetti di scherno sono diventati un'arma formidabile. Avanzano nella loro corazza, rotolando in lunga fila, ed ai nostri occhi esprimono più di ogni altra cosa l'orrore della guerra.

I pezzi che ci fulminano col loro fuoco tambureggiante, noi non li vediamo; le ondate dei nemici che ci assaltano sono di uomini come noi; ma questi tanks sono macchine, i cui cingoli sono una catena infinita come la guerra stessa; sono la strage, quando, macchine senz'anima, rotolano nelle buche e poi ne risalgono e non si fermano mai, flotta di corazze mugghianti e fumiganti, bestioni d'acciaio invulnerabili, che stritolano morti e feriti... Davanti a loro ci raggomitoliamo nella nostra pelle sottile, di fronte alla loro violenza colossale le nostre braccia sono fuscelli, le nostre bombe a mano fiammiferi...

Granate, gas, flottiglie di tanks: tutto ciò che schiaccia, che divora, che uccide.

Trincea, ospedale, fossa comune: altre possibilità non ci sono.

In un attacco cade il nostro comandante di compagnia, Bertinck. Era uno di quei magnifici ufficiali del fronte, che appena comincia a far caldo si trovano in testa. Era con noi da due anni, senza essersi mai buscato una ferita; per forza doveva un giorno accadergli qualche cosa. Ci troviamo in una buca, accerchiati dal nemico. Coll'odore della polvere viene a noi un puzzo di olio o di petrolio. Scopriamo due uomini con un lanciafiamme; uno ha in spalla la cassetta, l'altro ha nelle mani il tubo dal quale si sprigiona la fiammata. Se si avvicinano tanto da raggiungerci, siamo finiti, poiché ripiegare è pel momento impossibile.

Li prendiamo sotto il nostro fuoco, ma essi riescono a farsi avanti e la minaccia si fa seria. Bertinck è con noi, nella buca. Quando si accorge che non riusciamo a colpirli perché, data l'intensità del fuoco, dobbiamo tenerci ben coperti, prende lui un fucile, si arrampica fuori, e mira, stando disteso, appoggiato ai gomiti. Il colpo parte, e nell'istesso istante una palla schiocca dappresso, lo ha colto. Ma Bertinck rimane coricato e mira di nuovo; per un momento abbassa la canna, poi torna a puntare, e un altro colpo parte. Bertinck lascia cadere il fucile, dice: « Buono » e ruzzola indietro. Quello dei due lanciafiamme che sta più lontano è ferito e cade, il tubo sfugge di mano all'altro, il fuoco sprizza in tutte le direzioni e l'uomo brucia.

Bertinck è ferito al petto. Dopo un po' di tempo una scheggia gli fracassa il mento. La medesima scheggia ha ancora la forza di aprire il fianco a Leer. Questi geme e si punta sulle braccia, e si dissangua rapidamente; nessuno lo può soccorrere. Come un otre vuoto, dopo qualche minuto s'affloscia e giace. Che cosa gli serve ora, di esser stato così bravo in matematica, a scuola?

I mesi passano. Questa estate del 1918, è la più sanguinosa e la più greve. I giorni stanno, come angeli d'oro e d'azzurro, inafferrabili sopra la cerchia della distruzione. Tutti qui sappiamo che perdiamo la guerra. Non se ne parla molto, ma siamo in ritirata, e non potremo più attaccare dopo questa grande offensiva, non abbiamo più né uomini né munizioni. E tuttavia la lotta continua, la strage continua...

Estate millenovecentodiciotto: mai la vita, pure in questa sua così miseranda parvenza, ci è parsa più desiderabile di ora: papaveri rossi sui prati intorno ai nostri baraccamenti, lucidi insetti sui fili d'erba, calde serate nelle camere semibuie e fresche, alberi neri e misteriosi nel crepuscolo, stelle e fluire di acque, sogni e lunghi sonni. Oh vita, vita, vita!

Estate millenovecentodiciotto: mai si è tanto sofferto in silenzio quanto stavolta nel ritornare in linea. Incomposti, eccitanti rumori di armistizio e di pace sono sorti e turbano i cuori e rendono la partenza più grave che mai!

Estate millenovecentodiciotto: mai la vita di trincea è stata più amara e orribile che in queste ore di fuoco, quando le pallide facce di combattenti giacciono sulla mota e le mani si avvinghiano nella spasmodica invocazione: « Non ora! non ora! Non ora, proprio all'ultimo istante ».

Estate millenovecentodiciotto: vento della speranza che vola sopra i campi bruciati, febbre delirante dell'impazienza, della delusione, atroce orrore di morte, inafferrabile domanda: Perché? perché non si finisce? E perché si levano queste voci, che annunciano la fine?

Tanti sono gli aviatori, e così sicuri, che danno la caccia al singolo soldato, come se fosse una lepre. Per un aeroplano tedesco ne vengono almeno cinque inglesi e americani. Per un soldato tedesco in trincea, denutrito e stanco, ce ne sono cinque nella trincea avversaria, vigorosi e freschi. Per una pagnotta tedesca, ci sono di là cinquanta scatole di carne in conserva. Non siamo battuti, perché come soldati siamo migliori e più sperimentati: siamo semplicemente schiacciati e respinti dalla molteplice preponderanza avversaria.

Abbiamo dietro di noi alcune settimane di pioggia; grigio il cielo, grigia la terra che si scioglie in fango, grigia la morte. Quando ci portano in linea, l'umidità ci penetra già i cappotti e i vestiti e vi rimane finché si sta fuori. Non si è mai asciutti. Quelli di noi che ancora portano stivali li fasciano in alto con sacchetti da terra, perché l'acqua limacciosa tardi alquanto a colar dentro. I fucili arrugginiscono, le uniformi marciscono, tutto è liquido e sfatto; una gocciolante, umida, oleosa massa di terra, in cui si aprono pozzanghere gialle chiazzate da rosse spirali di sangue, e in cui morti, feriti e superstiti lentamente affondano.

L'uragano ci flagella, la grandine di schegge strappa da questa confusione di grigio e di giallo i gridi acuti, come di bimbi, dei feriti, e ogni notte la vita straziata geme a lungo, nella sua pena che va verso il silenzio.

Le nostre mani sono terra, i nostri corpi fango, i nostri occhi pozzanghere di pioggia. Non sappiamo quasi se siamo vivi ancora.

Poi il calore si abbatte sulle nostre buche, umido e vischioso come una medusa. E in uno di questi giorni di tarda estate, andando a prendere il rancio, Kat cade rovescio. Siamo noi due soli. Io bendo la sua ferita: la tibia sembra fracassata. Certo è colpito l'osso e Kat geme disperato: « Adesso! proprio adesso! ».

Io lo consolo: « Chissà quanto dura ancora, tu intanto sei salvo ».

La ferita comincia a sanguinare copiosamente. Kat non può rimanere solo finché io vada a prendere una barella. E neppure so dove ci sia un'ambulanza lì vicino.

Kat non pesa molto; perciò me lo carico sulle spalle e decido di portarlo al posto di medicazione. Due volte dobbiamo fermarci: il trasporto gli cagiona dolori acuti. Non parliamo molto. Io ho sganciato il bavero della mia giubba, respiro affannosamente, sudo, la faccia mi si gonfia per lo sforzo. Tuttavia insisto perché si prosegua: la zona è pericolosa.

« Va meglio, ora, Kat? »

« Per forza, deve andare, Paolo. »

« E allora via... »

Lo alzo in piedi, egli si sostiene sulla gamba sana e si appoggia a un albero. Allora sollevo con precauzione la gamba ferita, egli si dà una spinta, ed io prendo sotto l'altro braccio il ginocchio della gamba sana.

Il cammino diventa più difficile. Di quando in quando arriva fischiando una granata. M'affretto più che posso, perché il sangue della ferita gocciola a terra. Ci proteggiamo a stento dai colpi, perché prima che arriviamo a coprirci sono passati da un pezzo.

Per aspettare un po' ci ricoveriamo in una piccola buca. Do a Kat il tè della mia borraccia, e fumiamo una sigaretta. « Dunque Kat » dico tristemente « ora bisognerà separarci. »

Lui tace e mi guarda.

« Ti ricordi, Kat, quando abbiamo requisito l'oca? E come mi hai tratto fuori dai pasticci, quando ero ancora una recluta e fui ferito per la prima volta? Ho pianto ancora, quel giorno. Pensa, Kat, sono passati quasi tre anni. »

Fa segno di sì.

Il terrore della solitudine sale entro di me. Se mi portano via Kat, non mi rimane più un amico.

« Kat, bisogna che ci rivediamo in ogni caso, se davvero si fa la pace prima che tu torni al fronte. »

« Credi che con quest'osso io possa tornare abile? » domanda amaramente.

« Guarirai con tutta tranquillità. L'articolazione non è toccata. Vedrai, forse va tutto a posto. »

« Dammi ancora una sigaretta » dice.

« Chissà che non si possa più tardi combinare qualche cosa insieme, Kat. » Sono molto triste; è impossibile che Kat – Kat il mio amico, Kat dalle spalle spioventi e dai sottili e morbidi baffi, Kat che conosco in un modo

221

diverso da ogni altra creatura, Kat col quale ho diviso questi anni – è impossibile che non lo debba più rivedere.

« Dammi il tuo indirizzo di casa, Kat, ad ogni buon conto. Ed eccoti il mio, guarda, te lo scrivo. »

Metto il biglietto nel mio portafogli. Come mi sento già abbandonato, benché egli sia ancora qui accanto a me! Debbo tirarmi una pallottola in un piede, per rimanergli vicino?

All'improvviso Kat fa una specie di gorgoglìo, e diventa verde e giallo. « Andiamo avanti » balbetta.

Balzo in piedi, ansioso di aiutarlo, lo carico sulle mie spalle e mi metto a correre, una corsa lenta e regolare, perché la sua gamba non oscilli troppo.

Ho la gola arida, macchie rosse e nere mi ballano davanti agli occhi, quando, la bocca aperta e sforzandomi senza pietà, raggiungo finalmente il posto di medicazione.

Qui cado sfinito, ma ho ancora la forza di cadere dalla parte dove Kat ha la gamba sana. Dopo qualche minuto mi rialzo lentamente; le gambe e le mani mi tremano forte, fatico a trovar la borraccia per tranguiare un sorso. Mi tremano le labbra mentre bevo, ma sorrido: Kat è al sicuro.

Dopo qualche tempo, comincio a distinguere le parole nel confuso vocìo che mi riempie le orecchie.

« Avresti potuto risparmiarti questa fatica » dice un soldato di sanità.

Io guardo senza capire.

Egli indica Kat: « Non vedi? È morto ».

Non capisco: « Ha un colpo nella tibia » dico.

L'infermiere non si scuote: « Sì, anche quello... ».

Allora mi volto. Ho gli occhi ancora annebbiati, il

sudore ha ripreso a colare e mi scorre sulle palpebre. Lo asciugo e guardo Kat. Giace immobile. « Svenuto » dico in fretta.

Quello della sanità fa un lieve fischio: « Devo intendermene più di te, mi pare. È morto: ci scommetto qualunque cosa ».

Io scuoto la testa:

« Ma è impossibile. Gli ho parlato dieci minuti fa. È svenuto, ti dico. »

Le mani di Kat sono calde, gli prendo le spalle per frizionarlo col tè. Ora sento le mie dita inumidirsi. Quando gliele tolgo di dietro la testa, vedo che sono bagnate di sangue. Quello della sanità fischietta di nuovo, fra i denti: « Vedi? ».

Senza che io me ne sia accorto, Kat è stato colpito per la strada da una scheggia alla testa. Non si vede che un piccolo foro, dev'essere stata una scheggia minuscola, sperduta. Ma è bastata. Kat è morto.

Mi alzo lentamente.

« Vuoi prendere il suo libretto e le sue cose? » mi domanda il caporale.

Accenno di sì, e me le dà.

L'altro è stupito: « Siete forse parenti? ».

No, non siamo parenti. No, non siamo parenti.

Cammino? Ho ancora i piedi? Alzo gli occhi, li giro attorno, e mi giro io con essi, in cerchio, in cerchio, finché mi fermo. Tutto è come prima. Tutto. Soltanto è morto il richiamato Stanislao Katzinski.

Poi non so più nulla.

XI

È l'autunno. Dei vecchi compagni non siamo più in molti qui. Io sono l'ultimo dei sette che venimmo insieme dalla scuola.

Tutti parlano di pace e di armistizio. Tutti aspettano. Se anche questa volta fosse una delusione, guai; le speranze son troppo forti, non si possono piú rintuzzare senza farle esplodere. Se non sarà la pace, sarà la rivoluzione.

Mi danno due settimane di riposo, perché ho respirato un po' di gas. Siedo in un piccolo giardino, tutto il giorno al sole. L'armistizio viene tra poco, ora lo credo anch'io. Ce n'andremo a casa.

Qui i miei pensieri s'interrompono e non vogliono fare un passo innanzi. Ciò che mi trascina e mi attira, sono dei sentimenti. È bramosía di vita, è nostalgia della mia casa, è il sangue che pulsa, è l'ebbrezza di essere salvo; ma non sono propositi definiti.

Se fossimo tornati a casa nel 1916, dal dolore e dalla forza delle nostre esperienze si sarebbe sprigionata la tempesta. Ritornando ora, siamo stanchi, depressi, consumati, privi di radici, privi di speranze. Non potremo mai più riprendere il nostro equilibrio.

E neppure ci potranno capire. Davanti a noi infatti sta una generazione che ha, sì, passato con noi questi anni, ma che aveva già prima un focolare ed una professione, ed ora ritorna ai suoi posti d'un tempo, e vi dimenticherà la guerra; dietro a noi sale un'altra generazione, simile a ciò che fummo noi un tempo; la quale ci sarà estranea e ci spingerà da parte. Noi siamo inutili a noi stessi. Andremo avanti, qualcuno si adatterà, altri si rassegneranno, e molti rimarranno disorientati per sempre; passeranno gli anni, e finalmente scompariremo.

Ma forse anche questo che penso non è che malinconia e smarrimento; forse svanirà quando sarò sotto i miei pioppi, e ascolterò il mormorìo del loro fogliame. Non può essere del tutto scomparsa, quella tenerezza che ci turbava il sangue, quell'incertezza, quell'inquietudine di ciò che doveva giungere, i mille volti dell'avvenire, la melodia dei sogni e dei libri, il fruscìo lontano, il presentimento della donna: non può essere scomparso tutto questo sotto il fuoco tambureggiante, nella disperazione, nei bordelli di truppa.

Gli alberi qui splendono variopinti e dorati, le bacche del sorbo rosseggiano tra il verde, le strade corrono bianche verso l'orizzonte e le cantine sembrano alveari ronzanti per le voci di pace.

Mi alzo: sono contento. Vengano i mesi e gli anni, non mi prenderanno più nulla. Sono tanto solo, tanto privo di speranza che posso guardare dinanzi a me senza timore. La vita, che mi ha portato attraverso questi anni, è ancora nelle mie mani e nei miei occhi. Se io abbia saputo dominarla, non so. Ma finché dura, essa si cercherà la sua strada, vi consenta o non vi consenta quell'essere, che nel mio interno dice « io ».

Egli cadde nell'ottobre 1918, in una giornata così calma e silenziosa su tutto il fronte, che il bollettino del Comando

Supremo si limitava a queste parole: « Niente di nuovo sul fronte occidentale ».

Era caduto con la testa in avanti e giaceva sulla terra, come se dormisse. Quando lo voltarono si vide che non doveva aver sofferto a lungo: il suo volto aveva un'espressione così serena, quasi che fosse contento di finire così.